woman

坂元裕二
Sakamoto Yuji

河出書房新社

c o n t e n t s

c h a r a c t e r s

青柳小春（28）　二人の子供を抱えるシングルマザー

青柳望海（7）　小春の娘

青柳陸（4）　小春の息子

青柳信（享年31）　小春の夫。陸が生まれる前に事故死

植杉紗千（57）　小春が子供の頃に別れた実の母

植杉健太郎（59）　紗千の再婚相手

植杉琹（20）　紗千と健太郎の娘
蒲田由季（27）　小春の友人。自身もシングルマザー
蒲田直人（9）　由季の長男
蒲田将人（7）　由季の次男
砂川良祐（27）　福祉事務所職員
砂川藍子（26）　医師
砂川舜祐（4）　良祐と藍子の息子
澤村友吾（36）　小春の主治医

デザイン　坂野公一（welle design）

Woman

坂元裕二

Sakamoto Yuji

河出書房新社

Woman

第1話

○　夏の夕暮れの空

路面の、都電荒川線学習院下駅。

ホームのベンチにちょこんと座って、電車を待っているひとりの女性、高村小春《たかむらこはる》(20)。

小川洋子の『完璧な病室』のカバーのない古びた文庫本を読んでいる。

近隣の小学校であろうか、下校の音楽のドボルザーク『遠き山に日は落ちて』が聞こえてくる。

小春、本を読みながら思わず声に出て。


小春「♪　遠き山に　日は落ちて～」

小さな声だが、歌ってしまう。

隣のベンチに座っていた青柳信《あおやぎしん》(27)が振り返って。

信「え？」
小春「え？」
信「あ、いえ、すいません」
小春「いえ……」
信はバックパックを背負い、一眼レフを肩にかけ、随分とごつい登山靴を履いている。
信「あの」
小春「はい」
信「この曲って歌詞あったんですか？」
小春「え？」
信「いや今、歌って、らっしゃいましたよね」
小春「(あ、と恥ずかしくて)歌っては……」
信「歌ってましたよ。声高らかにって感じはなかったんですけど、わりと朗《ほが》らかに、(微笑《わら》って)歌ってました」
小春「(首を傾《かし》げ)……すいません」
小春、恥ずかしくてその場を離れようとする。
信「もう一回歌ってくれませんか」
小春「(驚き、すぐに)嫌です」
信「小学校の下校の歌ですよね。歌詞あるんですか？」
小春「(信の真剣な顔を見て)……(苦笑し)あります」
信「(どんな？と)」
小春「……(また苦笑して)」
小春、周囲を見回して、ひと息ついて。
小春「♪　遠き山に日は落ちて　星は空を　散りばめぬ」
夕暮れの日差しを浴び、歌った小春。
もういいかなと思うが、まだ聞き入ってい

る屈託のない笑顔の信。
小春「……♪　風は涼し　この夕べ」
嬉しそうな信。
照れながらも、そんな信を面白がる笑顔の小春。
小春「♪　いざや　楽しき　まどいせん」
都電が駅に入ってきた。
小春の声「そんな風にして、お父さんとお母さんは出会ったの」

○小さな部屋（早朝）
カーテンの隙間から朝の淡い日差しが僅かにこぼれ落ちている。
布団の中で話している青柳小春（25）と、娘の青柳望海《のぞみ》（4）がいて、小春の反対側には小さな布団でワニの人形を抱いて眠っている息子の青柳陸《りく》（1）。
朝方目が覚めてしまって、話しているような様子で。
望海「まどいせんって？」
小春「まどいせん？」
望海「あのね、♪　まどいせん。お母さん、歌ったでしょ？」
小春「あー。まどいせん……何だろ？」

○回想、走る都電荒川線
小泉純一郎、電車男、愛知万博の見出しの雑誌広告の下、吊革に摑まって立って乗っている小春と信。
信「チョモランマわかります？　エベレスト」
小春「はい」
信「に、行って来た帰りなんです。あ、食べます？」
信、森永ミルクキャラメルを差し出す。
小春「エベレストに持っていったやつですか？」
信「さっきキオスクで買ったやつです」

○小さな部屋（早朝）
布団の中、話している小春と望海。
小春「その頃お父さんは一年働いて、半年世界中の山を登って、また一年働いていってていう暮らしをしてたの」

○回想、古本屋
エプロン姿でバイト中の小春とレジを挟んで将棋を指している信。
小春「子供の時に、人間は死んだらどうなるのかな、どこに行くのかなって、考えはじめたら止まらなくなったことがあって（と、駒を指し）」
信　「（盤を睨《にら》んでいて）うん……（と、駒を指す）」
小春　「（すぐに指して）大人に聞いたら、星になったんだって言うの。人間が星になるわけないって思って。結局考え至ったのは、人は死んだら消えてなくなるんだって」
信　「待った」
と言って、森永ミルクキャラメルを差し出す。
小春　「はい（と、苦笑して駒を下げる）」
○　小さな部屋
望海　「お父さんがキャラメルくれたから結婚したの？」
小春　「（微笑って）そうかも」
○　回想、小春と信のマンションの部屋
夕暮れの山の写真パネルが飾られた新居の部屋で、婚姻届に名前を書いている小春と信。

二人の左手の薬指にはシンプルな結婚指輪がある。

小春の声　「結婚して、一緒に暮らしはじめて」
○　回想、小春と信のマンションの前の通り
水道工事会社の名前の入った軽トラックに工具を積み、乗り込む作業服姿の信。

お弁当を渡す、お腹の大きくなった小春。

小春の声　「お母さんが心配したからかな。お父さん、山に行くのをやめて、家族のために生きるって決めて」
○　回想、病院の分娩室
生まれたばかりの、布にくるまれた赤ん坊を見つめ、小さな手に触れ、感動で涙を溜める信。

見上げている小春。

小春の声　「で、望海が生まれたの」
○　小さな部屋
望海　「嬉しかった？」
小春　「すごくすごく嬉しかった。お父さんもお母さんも今日は人生で一番いい日だって思った」
○　回想、小春と信のマンションの部屋

赤ん坊の望海にお乳をあげている小春。
晩ご飯を作っている信。

× × ×

赤ん坊の望海をお風呂に入れている信。
洗濯物をひとつひとつ丁寧に畳んでいる小春。

× × ×

夜泣きする望海をだっこし、あやしている信。
小川洋子の『博士の愛した数式』の文庫本を枕元に置き、信のそんな様子を見つめている小春。

○ 回想、商店街

買い物をして歩く小春と信とベビーカーに乗った赤ん坊の望海。

× × ×

七五三帰りの小春と信と、三歳の望海。
買ってもらったばかりの動物図鑑を持っている望海。
小春のお腹は大きくなっている。
写真館があって、小春に示して話す信。

× × ×

写真館のウインドウの中、七五三の着物を着た望海と小春と信の三人の家族写真が飾られている。

望海の声「お母さん」

○ 小さな部屋

望海「お父さんは消えてなくなったの？」
小春、……。
棚の上にお線香と、その横に山の頂で撮影したような笑顔の信の遺影がある。
信が使っていた一眼レフのカメラも置いてある。
小春、少し迷いながら、首を振って。

小春「ううん、そんなことないよ。望海、お父さん、好き？」

望海「好き」

小春「お母さんもお父さん大好き。その気持ちは消えないの」

望海「好きは、死なない？」

小春「好きは死なないの。お父さんはちゃんといるの」
望海「どこ？」
小春「隠れてる。隠れてるだけで、傍《そば》にいるの」
見回す望海。
小春「みんなで笑うといいの」
望海「笑うといいの？」
小春「いつも笑ってたら、お父さん、何かなあ、楽しそうだなあ、お父さんも混ぜてって言ってくるの」
望海「えー（と、嬉しそうに微笑って）」
小春「だからお母さん泣かないよ」
望海「望海も泣かないよ」
小春「（頷《うなず》く）」

○　回想、マンションの前

朝、出勤する作業着姿の信、小春と手を繋いだ望海に森永ミルクキャラメルをあげる。
嬉しそうな望海、いってらっしゃいと手を振る。
笑顔で手を振り返す信の、あたたかな日差しに包まれた優しい笑顔。
小春の声「本当はお父さん、ずっと一緒にいたかったと思う」

○　小さな部屋

小春「手を繋いだり抱きしめたりしながら、望海と陸がだんだん大きくなるのを……（憂いを浮かべて）」
望海「（ウトウトと見ながら）お母さん、大好き」
小春「お母さん、お父さんの分も頑張る。お父さんが安心できるように、望海と陸が大きくなるまで頑張るよ」
安心したように目を閉じ、眠りについた望海。
小春、信がしていたように望海の指を撫でる。
布団から出て、椅子に座り、信の写真を見つめる。
小春「信さん、あのね（と淋しさが迫り、涙がこぼれそう）」
顔をあげてこぼれないようにし、今も結婚指輪をしたままの手で粗雑に拭う。
写真を見つめ、笑顔にして。
小春「見てて。わたし絶対この子たちを幸せにするから」

決意の強い眼差し。

玄関には、小春の靴、望海の靴、陸の靴と並んで置いてある信の登山用のごつい靴がある。

○　駅のホーム（日替わり）

字幕『2010年、夏。望海、4才。陸、1才』。

通勤ラッシュで多くの乗客がホームにおり、食べるラー油、ゲゲゲの女房、鳩山総辞職など見出しの新聞や週刊誌を読んでいる人がいる。

階段を上がってくるリュックを背負った小春。

陸の乗ったベビーカーを両手で抱えて運んでいる。

大判の動物図鑑を抱え、必死に付いていく望海。

ホームまで上がって、ふうと息をつく。

陸を片手で抱き上げながら、ベビーカーを畳む。

陸が持っていたワニの人形を落としてしまう。

陸　「ととろ！」
　望海、拾ってあげて、陸に渡して。
望海「お母さん、陸、ワニのことトトロって言うの」
小春「（微笑って）今度、陸にトトロ見せてあげないとね」

○　走る電車の中

満員状態の車内、扉付近に畳んだベビーカーと共に立っている小春と望海。

背の低い望海は大人たちに潰されている。

隣にいる六十ぐらいの会社員男性がベビーカーを邪魔そうに手で押し返し、咳払いする。


小春「（頭を下げ）すいません」

　陸が泣きはじめた。

　苛立《いらだ》つ乗客たちが鬱陶しそうに小春たちを見る。

　誰かが舌打ちした。

　小春、恐縮し、頭《や》を下げて。

小春「よしよし（と、泣き止ませようと陸の頭を撫でる）」

　三十代半ばの会社員女性が背を向けて言う。

女性「普通乗るかな、子供連れて」

小春「すいません……」

○　別の駅のホーム

乗っていた電車が走り去り、途中で降りた小春と望海と陸が残った。

望海、陸の腕をパチンと叩いた。

小春「望海。どうして陸、叩くの」

望海「だって泣くんだもん。陸、わからないんだよ。人のいるのところで泣くのは迷惑なんだよ」

小春「……（と、困惑）」

泣き続ける陸。

両手で耳を塞ぎ、歯を食いしばったような望海。

照りつける日差しの下、小春、笑顔を作って。

小春「あのね、望海。知ってる？　キリンの鳴き声。キリンの鳴き声はね、モーって言うの」

望海「牛とおんなじ！」

小春「鳴き真似《まね》するからどっちか当ててね。モー」

望海「キリン！」

小春「牛でしたあ。じゃ次。モー」

望海「キリン！」

小春「牛でしたあ。じゃ次。モー」

望海「キリン！」

小春「牛でしたあ。じゃ次。モー」

望海「全部牛だ！（と驚いて、そして笑う）」

小春「（笑う）」

○　タイトル

○　保育園・出入り口前

狭い敷地にある、古びた施設の保育園。

小春、望海の髪をブラシでといてあげて。

小春「はい、綺麗になった。いってらっしゃい！」

走る望海を見送って、陸のベビーカーを押して急ぎ足で行く小春。

○　託児所・玄関前

マンションの一室を利用している託児所で、多くの幼い子供たちが遊んでいる。

小春、職員に陸を預ける。

陸「（ワニの人形を手に）♪　ととろ　ととろ」

責任者の女性が小春に書類を渡して。

責任者「来月から料金が上がりますので」

小春「（困惑し）はい……」

○　ガソリンスタンド・店内

給油し、フロントガラスを拭いている小春。

車内から灰皿を渡され、捨てに行く。

小春「ありがとうございました！」

道路に誘導し、見送る。

店内でタイヤのカタログを入れ替えたりする。

古いものの裏面が白いのを見つけ、取り分けておく。

○　クリーニング工場・工場内

多くの女性たちが作業服を着て、アイロンや糊付けの作業をしており、小春もまたその中にいる。

蒸し暑い中、汗を流し、作業している。

同僚の蒲田由季《かまたゆき》（24）の姿もある。

○　同・休憩所

小春、階段途中の休憩所で、紙コップのお茶を飲みながら小川洋子の『ミーナの行進』の文庫本を読んでいると、私服に着替えた由季が来た。

あ、どうもという感じで遠慮がちに挨拶する二人。

由季「あおやなぎさんって」

小春「はい」

由季「え、あおやぎさんですよね？　え、何であおやなぎさんて呼ばれて返事したんすか？」

小春「すいません……」

由季「え、え、いや、何で謝るんすか？　ま、いいか。青柳さんもひとりで子育てしてる人でしょ？　ウチもす」

由季、デオドラントスプレーを自分にしながら。

由季「夜、わりと賑やかめなパーティーあるんすけど、医者とかいて、歯医者とか。青柳さんも一緒にどうすか？」

小春「あ……託児所遠くて、保育園も延長できないとこで」

由季「そこ幾らすか？　助成金抜いて」

小春「保育園が三万八千円で、託児所が四万、あ、今月から上がって、四万六千?円です」

由季「おー。食費は？　月」

小春「二万二、三千円とか」

由季「おー。懸賞やってます？（スプレー噴きつつ）

これもなんですけど、今日本にいる百八万人のシングルマザー、全員懸賞出してますよ。青柳さんって面白い人すね。なんか親近感持ててるっていうか、（自分と小春の間を示し）ここ、いい空気発生してますよね。してません？」

小春「（好感持って笑顔になって）はい。あ、してますね」

○　走る電車の車内

わりと空いている車内、畳んだベビーカーを置き、陸を抱いて座っている小春と望海。望海はタイヤのカタログの裏面に絵を描いている。

小春「望海、またお絵描き上手になったね」

望海「絵っていうか、設定が難しいんだよ」

小春「設定？」

望海「あのね。犬と猫はお話できる？」

小春「お母さんはできると思う。見たことあるし」

望海「鳩と猿は？」

小春「鳩と猿か。挨拶とか、トイレどこですかぐらいは……」

望海「鳩とモグラは？」

小春「あー、共通の話題ないもんね、住んでるとこ違うし」

○　スーパーマーケット・店内（夜）

小春、持参した広告チラシを見ながら、セール中の卵パックやじゃがいもを籠に入れていく。

望海、陸の乗ったベビーカーを押しながら。

望海「猫とアルパカは？」

小春「どうかな、アルパカ何考えてるのかわからないし……」

棚に梨が山盛りで売っている。

小春、目を逸《そ》らすようにし、次の売り場に行く。

望海「アルパカとオバマは？」

小春「オバマ？　オバマ大統領は人間だからね……あ、でもアルパカは人間の言葉わかりそうな気がするなあ」

望海「アルパカは英語？」

小春「うーん……（と、ふと気付く）」

小春「（あ、と思って）望海が持たせたの？」

陸が森永ミルクキャラメルを持っている。

望海「違うよ」

小春「（なんだか嬉しく見て）へえ」

ワゴンセールにぶどうパンがあるのを見て入れる。

○　小春のアパート・部屋

玄関に小春たちの靴と共に、信の登山靴がある。
部屋にテレビはなく、最低限の家電、家具のみで、古い扇風機が回っている。
箱の中にポケットティッシュがまとめて入れてあったりして、生活の知恵のようなものが幾つかある。
短くなった色鉛筆で絵を描いている望海と陸。

望海「お母さん。望海のひまわりの絵のお洋服あるでしょ」

台所の小春、料理を続けながら背中で話す。

小春「もうご飯できるから片付けて」
望海「ひまわりのにシミがあるでしょ？　あのね、みくちゃんのお姉ちゃんのカレーのシミのなの」
小春「片付け済んだ？」

小春、お盆に載せた料理を運んできた。

小春「（食卓を見て）ほらあ、片付けてって」

望海、絵の中の望海、陸を示して。

望海「望海でしょ、陸でしょ、お母さんでしょ」

小春の絵もあるが、小春だけ後ろ姿である。

小春「（え、と）……お母さん、何してるの？」
望海「望海とお話してるのところだよ」
小春「……そっか。お母さん、いつも用事しながら背中向けてお話してるもんね……」

食卓に質素な料理が並んで。

望海「（手を合わせて）いただきます」

陸は無言で手を合わせる。

小春「（陸を見て、手を合わせて）いただきます」

小春、食べかけて、望海を見て。

小春「ひまわりのシミって？」
望海「あのね、ひまわりのお洋服はみくちゃんのお姉ちゃんのなの。飽きたのなの。みくちゃんいらないから、リサイクルショップに売ったの」
小春「（あ、と）……」
望海「だから望海のお洋服になったんだって（と微笑う）」
小春「そう……」
望海「あのね、みくちゃんのお家《うち》の炊飯器喋るんだよ」
小春「あるね、そういうの」
望海「オバマと炊飯器は喋れる？」

×××

家計簿が広げて置いてあり、電気代、水道代、ガス代などから、細かい食費まで書き込まれてある。

電気代などの督促状《とくそくじょう》も急ぎ順に分類し、添えてある。

小春、ひまわりのプリントの服に裁縫している。

手製のリボンを縫い付けてアレンジした。できあがった服を広げて見て、できたと置く。

息をつき、ふと信の写真を見つめて、……。

望海の声「お母さん」

布団の中、望海が目を開けている。

小春「起こしちゃった?」

望海「お母さんはお写真とお話できるの?」

小春、察し、信の写真を見て、……。

小春「(微笑《ほほえ》み)できるよ」

○ 駅のホーム(日替わり)

通勤ラッシュの中、陸を乗せたベビーカーを抱え、階段を上がってくる小春と望海。

陸を抱き上げて、ふいに気付き、額に手を当てる。

○ 道路

陸の乗ったベビーカーを押して病院に向かう小春。

○ ガソリンスタンド・店内(夕方)

小春、店主に事情を説明している。

店主、厳しい表情で首を横に振り、レジから金を出し、日割りの給料を小春に渡す。

○ コンビニエンスストア・店内

レジに電気料金の督促状を出し、支払っている小春。

○ 小春のアパート・部屋(日替わり)

小春を正面から描いた三人の絵が飾ってある。

小春、台所に立って、油揚げを煮ている。

酢飯をしゃもじで混ぜている望海。

油揚げで酢飯を包み、いなり寿司を皿に並べる。

○　神社・境内（夜）

　夏祭りの夜店が出ており、小春、望海とベビーカーの陸を連れてきた。

　向こうから母親たちに連れられた三、四人の子供たち。

　友達のようで、笑顔で駆け寄っていく望海。楽しげに話しているが、他の子供たちは綺麗な浴衣を着ているのに、望海は地味な普段着である。

　小春、見て、……。

　×　×　×

　階段に腰掛け、持ってきたいなり寿司を頬張って食べている小春、望海、陸。
望海「奥様。わたくし、いなり寿司は世界一美味《おい》しい食べ物だと思いますわ」
小春「奇遇ですね、わたくしもそう思いますわ」
望海「王様の食べ物ですわね」

○　商店街

　ひとけのない中、写真館の前に自転車を停めて立っている女性、植杉栞《うえすぎしおり》（17）。

　ウインドウの中の青柳家の家族写真を見ている。

　耳にイヤホンをした栞、どこか挙動不審で泳ぐような視線で、ちらちらと信の顔を見ている。

　再び自転車を漕ぎ、走り去る。

○　保育園・園内（日替わり）

　東日本大震災の被災地への募金箱が設置してある。

　望海（5）が陸（2）と共に待って、動物図鑑を見ていて、折り紙を中に挟んだりしている。

　向こうでは小春（26）が、厳しい顔つきの園長や保育士を相手に頭を下げている。

　字幕『2011年、夏。望海、5才。陸、2才』。

○　駅のホーム（夕方）

　陸をだっこし、もう一方の手でベビーカーを持ち上げながら上がってくる小春。

　小春の足取りは速く、以前のように振り向かないため、必死に付いていく望海。

ホームに着き、息をついてベビーカーを置く小春。

望海「（小春の顔を気にしていて）……悪くないもん」

小春「（ため息）」

望海「よしくんが順番飛ばしたんだもん。わざとだもん」

小春「ちょっと黙ってて」

望海「望海、悪くないもん！」

小春「もう保育園行けないんだよ⁉　お母さん、お仕事できなかったらご飯食べれなくなるんだよ⁉」

望海「（目を潤ませて睨み返していて）」

小春「（その目を見、我に返って）……ごめん」

小春、望海に手を伸ばしかけて、気付く。

置きっぱなしにしてあったベビーカーが階段の手前にあって、乗客の鞄が当たり、階段を落ちる。

小春、！と手を伸ばす。

しかしベビーカーは転がり落ちていく。

小春、ああ！と。

するとその時、背中に手が置かれる。

振り返ると、陸がいる。

恐怖と安堵が交じって表情が歪《ゆが》む小春。

まだ涙を溜めて、その様子を見ている望海。

○　小春のアパート・廊下
大家の男性が書類を小春に渡す。
大家「今月で更新ですから、一ヶ月分お願いします」
小春「半額ずつとかじゃ駄目ですか、あ、ごみの掃除とかするんで（と、粘る）」

○　ブックオフ・店内（日替わり）
小春、両手に提げて持ってきた紙袋から本や信の残した写真集などを出し、売っている。

○　神社・境内
本年度の夏祭りは自粛するとの貼り紙が貼ってある。遊んでいる望海、由季の息子、直人《なおと》（8）と将人《まさと》（6）。
陸はワニの人形を持ってひとりでウロウロしている。
小春と由季、立ち話していて。
小春「（陸を見て）話しかけるようにしてるんだけど」
由季「男の子は言葉遅いすよ。ウチもまあまあ遅かったし」
小春「うん……（と、心配）」

由季「バイトってどうなりました?」
小春「今、居酒屋が決まりそうで」
由季「夜すか?」
小春「ランチタイム。週一で夜も入れるなら雇ってもいいって条件で。一日だけなら託児所使ったりとかできるし」
由季「(真顔になって)友達にスナックで働いてる子いて。真面目な子なんですけど、子供が起きないように、夜出る時睡眠薬飲ませてるんです。あー、真面目ってウチらには毒なんだなって思いました」
小春「……」
由季「結局、シングルマザーが並の生活手に入れるには、二つに一つしかないんすよ。風俗か再婚」
と、不安げに自分の左手薬指の婚約指輪を見る。
小春「(微笑み)大丈夫だよ。いい人なんでしょ?」
由季「青柳さんも早く新しいお父さん見つけた方がいいすよ」
小春「(微笑みながらも、しっかりと首を振って)」

○ 小春のアパート・部屋(日替わり、夜)

小春、ごみ箱に冷凍食品やレトルトの袋を捨てる。
溜まった督促状、畳まれていない衣類、溜まったごみ、壁の落書き、割れた窓にガムテープ、以前より雑然とした部屋。
小春、部屋を見て、あーどうしようと思う。
冷凍チャーハンを食べている望海と陸。
小春「陸、こぼさないの」
と食べさせてあげていると。
望海「(スプーンを差し出し)食べさせて」
小春「(微笑って)自分で食べれるでしょ」
望海「食べさせて」
小春「もうお姉ちゃんなんだから……」
望海、手で皿をなぎ払う。
望海「ホットケーキがいい!」
小春「(驚き)……おいで。ぎゅうしよ」
小春、望海を抱きしめる。

× × ×

布団の中、眠っている望海と陸。

小春、二人の寝顔を見つめ、不安で後ろ髪引かれるが、音をたてないように部屋を出ていった。

ふっと目を開ける望海。

○　居酒屋・店内
若い学生たちが飲んで騒いでいる店内、料理を運んでいる小春。

○　小春のアパート・廊下～部屋
疲れ切って帰ってきた小春、鍵を出そうとすると、扉が開いていて、中から陸の泣き声が聞こえる。

慌てて部屋に入ると、台所にホットケーキミックスの空き箱と粉が撒き散らかされ、フライパンがひっくり返り、水がこぼれ、タオルが散乱している。

ワニの人形を持って泣きわめいている陸。

小春「お姉ちゃん、どこ行ったの⁉」
玄関のドアが開き、入ってくる望海、そして中年女性、加藤潤子《かとうじゅんこ》（50）。

小春「望海！」
小春、駆け寄ると、潤子が望海を後ろに隠した。

潤子「（淡々と諭すように）子供は犬や猫じゃないのよ」

小春「……（頭を下げる）」
足下に信の登山靴があるのが見えた。

○　同・部屋（日替わり）
台所でフライパンの焦げ付きを落とそうとして金タワシでこすっている、虚ろな目の小春。

望海が扇風機のスイッチを入れたり消したりしているが、動かない。


望海「お母さん、扇風機壊れちゃったかな」

冷蔵庫も無音で、照明も消えている。

未払いのため電力供給停止のお知らせが置いてある。暑さで苦しそうにしている陸。

小春、フライパンをこすり続け、……。

○　福祉事務所・生活福祉課（日替わり）
生活保護課の表示があり、パンフレットなどが置いてある。職員の砂川良祐《すながわりょうすけ》（25）、デスクに飾ってある妻子（藍子《あいこ》と舜祐《しゅんすけ》）の写真を見て微笑みながら仕事をしている。

上司の松谷高生《まつたにたかお》（50）が目配せする。

良祐、窓口を見ると、小春が立っている。

小春「（会釈し）通帳と給与明細書持ってきました」
わかりましたと窓口に行く。

保護申請書、収入申告書、通帳のコピーなどを出す。

良祐、受け取って目を通すが、険しい表情。

良祐「収入がある状態ですし、申請は難しいですね」

小春「家に子供を残して仕事に出てるんです」

良祐「託児所は？」

小春「今の仕事の時給が九〇〇円で、託児所の料金が一時間八〇〇円なんです」

カウンターに置いてあるキャラクター『生保くん』が動き出す。

良祐「すいません、ちょっと大きい声出すと動くんです」

小春「全額じゃなくて構いません。家賃の更新分と、電気料金を払えるだけの。貸していただくだけでも……」

松谷が来て、横から書類を取り、見て。

松谷「ご主人はどうして亡くなられたんですか」

小春「（え、と）……」

松谷「事情がわからないと判断できかねますから」

小春「……駅の。駅で。電車に」

松谷「（あー、となって）ご両親からの援助は？」

小春「父は死にました。母親は……（複雑な表情で）もう二十年会っていません」

良祐「（そんな表情を見て、ん？と思って）……」

松谷「今年は悲惨な出来事があって、多くの方が苦労なさってます。一方生活保護でパチンコしてる人がいて……」

生保くんがまた動き出す。

小春「してません」

松谷「そういう状況をご説明してるんです。年金も生活保護も子供たちの未来の財布から抜き取ってるようなものなんですから……」

ずっと動いている生保くん。

松谷「（良祐に）これ、電池抜いて！」

良祐「はい（と生保くんを取り、電池を抜こうとする）」

小春「……」

○　居酒屋・店内（夜）

小春、酔った会社員たちのテーブルに料理を置くと。

客「遅いよ！　どんだけ待たせんの⁉」

小春「申し訳ありません（と、頭を下げて）」

客「ウソお！　怒ってないよお！　びっくりした？」

爆笑する会社員たち。

小春、頭を下げ、皿を下げ、厨房に運ぶと。

店長「島田《しまだ》くん、辞めるって。悪いけどあと二時間よろしく」
小春「(え、と首を振って)今日は七時までって……!」

○商店街

仕事を終えて帰ってきた小春。

時計を見ると九時を過ぎており、必死に走る。

○小春のアパート・部屋

俯《うつぶ》せになって横たわっている望海と陸。

望海「お姉ちゃんがいいって言うまで動いたら駄目だよ?」

頷く陸。

玄関のドアを開ける音が聞こえた。

望海「おかえり!」

玄関に行き、帰ってきた小春に抱きつく望海。

小春「ごめんね。すぐご飯作るから……(と、気付く)」

横たわっている陸。

小春、え、と。

望海「陸、動かないの。呼んでも動かないの」

小春、呆然とし、動かない陸に歩み寄る。

背後で望海は悪戯《いたずら》顔をしている。

小春「陸? お腹痛いの? お熱かな? どうした?」

小春、陸の前にしゃがんで、陸を揺さぶる。

小春「何してるの。起きなさい。起きて。陸? 陸⁉」

背後でニヤニヤしていた望海が回り込んできて。

望海「いいよ!」

目を開けて、起き上がる陸。

小春「(ぽかんと)……」

望海「お母さん、騙《だま》された! (メロディーを付けて)騙された! 騙された! 騙された!」

望海、呆然としている小春を嬉しそうに覗き込んで。

望海「びっくりした?」

小春、手のひらで顔をおおってうずくまる。

呻《うめ》くように声を漏らす。

驚いて見ている望海と陸。

望海「……お母さん、ごめんなさい」

首を振る小春。

望海「お母さん、ごめんなさい。ごめんなさいごめんなさい」

首を振る小春。

望海「お母さん、泣かないで。お父さん、来なくなるよ」

小春「……お父さん、もういないの」

望海「（え、と）」

小春「もういないの」

望海「……もう会えないの？」

小春「……」

望海「会えないの……」

望海、玄関に行く。

望海、置いてある信の登山靴を見つめ、そして重いのを抱え、靴箱にしまった。

小春、……。

信の靴のない玄関。

○　一〇〇円ショップ・店内（日替わり）

棚の百円のカップ麺を選んでいる望海（6）と陸（3）。

レジに行き、望海、握っていた百円を出す。

店　員「百五円になります」

陸が握っていた五円を出す。

字幕『2012年、夏。望海、6才。陸、3才』。

○　福祉事務所・窓口

もう動かなくなった生保くんがあり、カウンターを挟んで話している小春と松谷。

髪は乱れ、焦燥した様子の小春。

松谷、書類をめくりながら説明をしている。

松谷「今の状況であれば、生活保護の対象になりえます」

小春「はい（と、期待する）」

松谷「ただ問題がひとつありまして。三親等以内のご親族がいらっしゃる場合は申請が厳しくなります」

小春「（首を振り）親族はいません」

松谷「（書類をめくり）あなたの実母である植杉紗千《さち》さん宛《あて》にあなたの生活を援助できるかどうかを問う扶養照会状をお送りしました」

小春「（首を振り）その人はもう……」

松谷「植杉紗千さんは援助の意志を示されました。よって生活保護の申請は不可能となりました」

小春「……！」

デスクよりその様子を見ている良祐、……。

○　同・外〜通り

出てくる良祐、歩いていく小春を追いかけて、小春の前に立って。

良祐「あの。あなたとお母さんの間にどんな事情がありなのかわかりませんが……」

小春「すいません、お金貸していただけませんか？」

良祐「……（苦笑し）そういうことはできないんです」

小春「五千円でも三千円でもいいんです、月末に返します」

良祐「（首を振って）無理です」

小春「五百円でもいいんです」

良祐「（驚き）……五百円？」

良祐、財布を取り出し、五百円を出して、差し出す。

小春、受け取ろうとすると、良祐の手から落ちる五百円玉。

小春、しゃがんで、拾う。

良祐「……わざと落としたわけじゃないです」

小春「ありがとうございます」

小春、立とうとするが目眩《めまい》がし、横たわってしまう。

良祐、え、と。

○　商店街

写真館の前、自転車に乗った栞がおり、ウインドウの中の青柳家の家族写真を見ている。

望海の声「お父さんなの」

栞はイヤホンをしており、聞こえない。

望海の声「お母さんでしょ、望海でしょ、陸はまだお母さんのお腹の中にいるの」

栞、聞こえず、自転車にまたがろうとして、気付く。

百円ショップの袋を提げた望海と陸が立っている。

栞、驚き、自転車を倒してしまう。

籠に入っていたスケッチブックが落ちて開き、そこから何枚かの画用紙がばらまかれる。

栞、彫像などを描いた絵を慌てて拾い集める。

望海、拾ってあげて。

望海「はい」

栞、望海のことを見ないようにしながら受

け取り、スケッチブックを籠に入れ、自転車に乗る。
よろよろとしながら逃げるように走り去る。
望海、ふと見ると、小さな紙が一枚残っていた。
見ると、栞はもう行ってしまった後だ。

望海「……（絵を見て）リンゴかな？」
梨の絵である。
望海、動物図鑑に絵を挟む。

○総合病院・廊下（夕方）

良祐、長椅子に座って待っていると、診察室から研修医の砂川藍子（25）に連れられた小春が出てきた。

良祐「藍子」
藍子「貧血だと思うけど、（小春に）血液検査に回しましたから、おってご連絡します」
小春、礼をする。
藍子、良祐と軽く目を合わせ、少し小春と良祐のことを横目に見ながら診察室に戻る。

良祐「（小春に藍子を示して）妻なんです」
小春「植杉紗千さんの住所を教えていただけますか？」
良祐「はい。母親から援助を受けられるならその方が……」
小春「その人は好きな男の人が出来て、わたしと父を置いて家を出ていった人なんです。援助なんて何かの間違いです」
良祐「……いや、親子なんですから」
小春「親子にも相性ってあるんです」

○同・診察室

藍子、ドア外を横目に見つつ、作業をしていると、寝癖のある野暮ったい風体の医師、澤村友吾《さわむらゆうご》（35）がデスクに向かいながら言う。

澤村「今貧血で来た人って、旦那さんの知り合い？」
藍子「お子さんいるっておっしゃってましたけど」
澤村「ふーん……え、何だろ、その釘刺すみたいな言い方」
藍子「え、釘刺したんですけど何か？」

○街中を走る都電荒川線（日替わり）

○都電荒川線・鬼子母神前停留場・ホーム

都電が止まり、降りてくる小春、望海、陸。

○　通り

歩いてくる小春、望海、陸。
住所を確認しながら進み、緊張している様子の小春。
古びた紳士服の仕立て屋があって、色褪《いろあ》せた看板には『テーラーウエスギ』と書かれてあった。

○　テーラーウエスギ・店内

入ってきた望海と陸、見回すと、布地や糸、見本が飾られ、作業机があり、道具が並んでいる。
寝息が聞こえていて、首に巻き尺をかけ、作業机に突っ伏すように寝ている男、植杉健太郎《けんたろう》（58）。
小春が入ってきてドアがぎいっと軋《きし》んで、健太郎が顔をあげる。
健太郎、よだれを拭きながら望海たちに気付く。

健太郎「うん？」
健太郎をじっと見ている望海と陸。

健太郎「うん？　何？　（小春もいるのに気付き）あー。いらっしゃいませ」
なんかもじもじとしている小春。

健太郎「うん？」
健太郎、小春の顔をよく見て、望海たちを見て。

健太郎「……小春ちゃんか」

小春「（あ、と）」

健太郎「小春ちゃん」

小春「はい」

健太郎「あー。そうか。そう、そうでしたか。植杉です」
健太郎、頭を下げて、小春も頭を下げて。
見ていた望海と陸も頭を下げている。

×　×　×

レジ横のテレビを見ながらひよこ饅頭《まんじゅう》を食べている望海と陸。
作業台あたりで麦茶を飲んでいる小春と健太郎。

健太郎「そろそろだと思うんだけどね。さっちゃん、お母さん、池袋のホテル、ウエストパークホテルわかる？　働いてて。ほら店はこのテイでしょ、俺はヒモみたいなもので、お母さんに食わせてもらってます（と、笑う）」

小春「（はあと、間《ま》を持て余していて）……」

健太郎「何年ぶりだっ、でしたっけ」

小春「二……」

健太郎「二年？」

小春「二十年」

健太郎「二十年。そりゃそうだ。二年てことはない。どこだっけ、いつでしたっけ、最後」

小春「（首を傾げ、あ、と）」

健太郎「いや、ま、それはいいか」

小春「ウチの父があなたのことを」

健太郎「あ。あー。あったね、あったあった。ボウリングのピンで、こう、ね（と、笑いながら殴るフリをして）」

小春「（首を傾げ）ボウリングのピンの形した」

健太郎「ブランデーだ、そうだ。本物だったら死んでたね、はは」

間。

健太郎「（望海たちを見て）ちょっとお父さんに似てるね」

小春「（え、と）」

健太郎「うん、似てる。彼がウチに来てくれたのも夏だったか。二人目産まれるって言ってたから、この子か」

小春「……（内心、驚いていて）」

健太郎、やかんを手にして小春のコップに注ごうとするがいっぱいなので、自分のに入れて。

健太郎「彼……彼、名前何でしたっけ」

小春「信です」

健太郎「信くんね。結婚の報告に来てくれてね、小春ちゃんとお母さんの仲を取り持ちたいって言ってましたよ」

小春「（え、と）」

ふいにガラス戸が鳴る。

小春、びくっとする。

健太郎、見ると、誰も来ておらず。

健太郎「風かな……さっちゃんも心ん中じゃ期待あったと思うんですよ。（小春を示し）会うのをね。ほら、だからあの時彼にお土産持たせて、あのほらあれ、梨」

小春「（え、と止まって）……」

健太郎「信くんが持って帰ったでしょ。おぼえてない？　あれ、さっちゃんが山盛りの梨持たせてあげて……」

止まっている小春。

健太郎「小春ちゃんが梨好きなのおぼえてたからです
　よ」
　止まっている小春。
健太郎「あの人だってそういうとこあるんですよ。だ
　からね……」
　またガラス戸が鳴った。
健太郎「風、強いなあ……（と、見て）や、帰ってき
　た」
　止まっていた小春、はっとする。
　ガラス戸が開き、入ってくる植杉紗千（56）。
紗千「あっついなあ。どこ行っても暑い」
　スーパーの袋を提げ、もう一方の手で青い
　ソーダ味のアイスキャンディを食べている。
　出入り口に対し、背を向けたままの小春、
　……。
　紗千、望海と陸に気付いて。
紗千「あら。あらら。どこのちびっこが遊びに来た
　の？」
　紗千、嬉しそうに望海たちの元に行く。
健太郎「さっちゃん、小春ちゃんの子」
紗千「ん？」
健太郎「小春ちゃんだよ、小春ちゃん（と、小春を示
　す）」
　紗千、後ろ姿の小春を見る。
　緊張しながら振り返る小春。
　ゆっくりと顔を合わす。
紗千「（ぽかんとアイスを囓《かじ》っていて）……」
小春「（目は見られず）……」
　紗千、アイスを囓ったまま、小さく手を振
　る。
　小春、反応せず、……。
紗千「（健太郎に）電話してよ」
健太郎「出ないでしょうよ」
紗千「何よ、麦茶なんか出しちゃって」
健太郎「冷たい方がいいと思ったから」
紗千「（ひよこ饅頭があるのを見つけ）……」
健太郎「ひよこじゃない方が良かったかな？　子供ら
　喜ぶと思ったんだけど……」
　紗千、アイスの箱を出し、望海と陸に差し
　出す。
紗千「（望海と陸に）食べるか？」
　受け取らない望海と陸。
紗千「遠慮しないの、ほら」
　望海たちは逃げて、小春の後ろに隠れる。
健太郎「ひよこは食べてたよ」
　紗千、健太郎を睨み、小春に差し出す。

紗千「親が食べれば子供も食べるでしょ、はい」
同じく受け取らない小春。
紗千「(誤魔化《ごまか》すように苦笑して) もう、親子して」
健太郎「(饅頭の箱を見ながら) ひよこは食べたんだけどな……」

○ 同・奥の居間 (夕方)

色褪せた畳の和室で、質素なたたずまい。

腕まくりした紗千、冷蔵庫を開け、ねぎと生姜などを取り出し、棚から素麺《そうめん》の束を出す。

紗千「(素麺の束を見て) あの子たち、結構食べる?」

立ったままの小春、テーブルの上に漫画『アイアムアヒーロー』の六巻が伏せて置いてあるのを見る。

素麺を持った紗千、小春の視線に気付く。

紗千「……娘が買ってきたのよ」

小春、小さく頷きながら視線を逸らす。

紗千「結構面白いのよね」

などと言いながら座布団を取って、小春の前に置く。

紗千「どうぞ」

小春、目を合わさぬまま座る。

紗千「……えーっと、おろし金は、と」
台所に戻ろうとして食卓にぶつかり、積んであった梨が転がり落ちる。
転がってきて、小春の前で止まる。
小春、見て、……。
紗千、来て、小春の前の梨を拾おうとした時。
小春「えっと (と、大きめの声が出て)」
紗千「(え?と見る)」
小春「(俯いたまま) 新宿の福祉事務所から生活保護、の扶養照会っていうのが届いたと思うんですけど」
紗千「(え?と)」
小春「手違い、なんです。かえって、生活保護の受給が、ちゃんと、ちゃんとというか、色々あるので援助の話は取り下げていただきたい、感じで」
紗千「……はい」
小春「用事、用事っていうか今日伺ったのはそれだけなんで」
紗千「はい」
小春「はい」
紗千「じゃあまあ、素麺食べてって」
紗千、まな板でねぎとみょうがを刻みはじ

める。

小春、……。

紗千「(刻みながら) あの子、元気? あれ、旦那さん」

小春「……」

紗千「信くん、だっけ」

小春「……今は一緒にいません」

紗千「あ、離婚? それで母子家庭で生活保護ってこと? 大変ね(と、軽く言う)」

小春「……(と、刺さるものがある)」

紗千、沸いたお湯を見て、素麺を流し込む。

素麺を茹《ゆ》でている合間に生姜を剝《む》く。

紗千「ま、色々あるでしょうね(と、口調は軽く、表情は真剣)」

落ちたままの梨を見つめている小春、……。

×　×　×

店の方から部屋に入ってきた健太郎。

俯いて座っている小春。

健太郎「二人共、テレビ見てて、バタコさんに夢中だよ。アンパンマンじゃなくて、バタコさんに(と、微笑って)」

紗千から二人分の素麺を載せたお盆を受け取り、また店に戻る健太郎。

食卓に二人分の素麺。

紗千、小春の前に座って、箸を手にし。

紗千「あ、そうだ。あれがあった」

紗千、台所に行き、皿を持って戻ってきた。

食卓にいなり寿司を置いた。

小春「(あ、と)……」

紗千「残り物ですけど」

いなり寿司をじっと見ている小春。

紗千「何? 腐ってないわよ、朝作ったから……」

小春「(薄く苦笑し)何がですか?」

紗千「え?」

小春「さっき、なんか、大変って。大変とか、いろいろあるでしょうねとか。(首を傾げ)何がですか?」

紗千「(小春が怒っていると察しながら、薄く微笑み)何かおかしいかしら? 母子家庭でしょ? 大変でしょ?」

小春「別に、母親として当たり前なことしてるだけで。大変とか、いろいろとかいうの、別にないです」

紗千「そう」

小春「母親だから、お母さんだから、子供大事だから、負担とか思ったこととかありません」

紗千「そう」

小春「（梨を見ながら）……何でだろう。って思うことはあります。彼がいたらなって、思うことはあります」

紗千「……？」

小春、箸を持ったまま、俯き加減に、しかし薄く微笑みながら話す。

紗千、小春を見つめ、黙って聞く。

小春「子供育てるのって、本当は難しいことじゃなくて。じゃないんだけど、難しいのはそれをひとりですることで。お風呂もご飯も電車もみんな。二人だったら簡単にできることがひとりだと急に難しくなるし、なりますし。ただご飯作ったり、ただ電車で三つ先の駅に行くのがひとりだと難しく、なります。本当は子供育てるの大変なことでもないのに、ひとりだとどうしてか……」

小春、ふっと視線を外に向ける。

雨音が聞こえ、庭に雨が降っているのが見える。

紗千は庭を見ず、雨を見ている小春を見続ける。

小春、ガラス戸に雨粒が当たるのを見ながら。

小春「子供連れて町に出て、一番耳にするのが、舌打ちと咳払い。毎日聞いてるとだんだんなんか、子供連れてるのが悪いことに思えてくる。子供って邪魔なんだな。子供って迷惑なんだな。わかんないですけど。ベビーカーって場所取るし。子供はやっぱり泣くし。うるさい時ある。でも、うるさいって何？　何だろ？　泣かない子供育てればいいのか。口、塞げばいいのかな……。お金、なくなって。わたし昔からお寿司はいなり寿司が好きで、パンはぶどうパンが好きで、何でか。安上がりだなって思ってたんですけど、今は子供にそれすら食べさせられない、満足に。お腹すいたって言わせてる。何よりああって思うのは、子供家に残して出かけること、です。仕事してる間想像して。わたしがいない間に何かに巻き込まれてるんじゃないかとか。怖いこと、怖いこと想像して。帰って寝顔見てもまだ全然安心とかできなくて、どうしよう、このままだとこの子たち死んでしまう、て思って。思い込んで。子供育てるのって、綱渡りしてる気がするんです。今度こそ落ちるんじゃないかって思いながら、毎日繰り返し渡って……。お金がないって人に言うと、母の愛があれば大丈夫って言われます。そうか。そうかな。お金で買えない幸せあるって言うけど、そういうこと言う人はお金持ってて、わたしはとにかくまずお金で買える幸せが欲しい。お金じゃ幸せになれないかもしれないけど、お金あったら不幸になることないし、て。そういう、そういうふうに思ってること、彼に聞こえてるかな。聞こえてたら、怒ってるだろうなあ。だって言ってたし。父親の仕事は子供に希望を伝えることだと思う。母親の仕事は愛を伝えることだと思う、って。だけどわたし、母親から愛情なんてもらってなかったから」

小春、はじめて紗千を直視する。

小春「男の人は母性って言うけど、そんなの無理。だって母性、そんなの本当に欲しがってるのは女の方だもん。母親の愛情が欲しくて欲しくてたまらないのは女の方だもん」

紗千「……」

小春「そういう、そういうのを、大変ねとか、いろいろとか、それちょっと違うんじゃないかなって」

紗千「(息をつき) わたしにそういうこと言われても……」

小春、遮るように梨を拾って、紗千を見つめ。

小春「夫は、信さんは死にました」

紗千「……!」

小春「三年前。駅で。線路に。電車で」

紗千「(顔を歪め) ……」

雨音が強まる中、小春、何か少し言い淀みながらも。

小春「転がった梨拾おうとして、線路に落ちたんです」

紗千「……(理解し) !」

×　×　×

回想フラッシュバック。

駅のホーム、ごった返す乗客、転がっていく梨、手を伸ばす信、誰かとぶつかる背中、見ている女子中学生の後ろ姿、線路に尻餅をつく信、走ってくる電車。

○　同・店内

素麺を食べている望海と陸、健太郎。

健太郎、店の電話番号の書かれた広告を見せていて。

健太郎「で、1129がイイフク。おぼえた?」

望海「おぼえた」

健太郎「おじさん、いつも暇だから電話しておいて」
望海「お仕事しないの？」
健太郎「おじさん、怠け者ですからね」
望海、え⁉となって動物図鑑を開き、ナマケモノのページを示して。
望海「おじさん、ナマケモノなの⁉」

○　同・奥の居間

向かい合っている小春と紗千。

小春「今も信さんに愛されてるって思ってます。愛してるだけじゃない。愛されてるって、思います。今も」

紗千「（ただ小春を見ていて）……」

小春「だけど同じだけ思います。いてくれたらな。信さん、いてくれたらな。何で梨なんか。何で拾おうとしたんだろ。何でってずっと思ってて。思ってたけど、今日さっき、やっとわかって……そうだったんですか」

紗千「……」

小春「何なのかな（と、苦笑混じりに首を傾げる）」

紗千「……」

小春「（無言の紗千を見据え、口を開こうとすると）」

紗千、置いてあった生姜とおろし金を手にし、汁の椀の上ですりはじめた。

小春、え、と。

紗千、すり終えて、汁に素麺を付け、食べはじめた。

小春、……。

紗千「（黙々と食べ、そして息をつき）ふう」

音をたてて箸を置き、立ち上がって、行く。

タンスの引き出しの奥から慌ただしく音をたてながら、銀行の封筒を取り出す。

十枚ほどの一万円札と小銭が出てくる。

小銭を脇に避《よ》けて、一万円札を手のひらで伸ばし、置いてあったスーパーのチラシに慌ただしく包む。

小春の元に来て、包みを差し出す。

紗千「たいしてないし、何も買えないでしょうけど」

小春「（驚き、首を振る）」

紗千、小春に持たせようとして。

紗千「持ってって！」

小春、手をふりほどいて。

小春「いりません！　いらない！」

摑み合い、激しく揉《も》み合う。

食卓にぶつかり、先ほどの小銭が床にばらまかれる。

掴み合ったまま睨み合う。
その時、どこからか聞こえてくる音楽。

○ 同・店の外の風景
近隣にあるであろう小学校から聞こえてくる校内放送、ドボルザークの『遠き山に日は落ちて』。

○ 同・店内
外から聞こえてくる『遠き山に日は落ちて』を聞いている望海、陸、健太郎。
望海「……(笑顔になって)まどいせん!」

○ 同・奥の居間
『遠き山に日は落ちて』が聞こえる中、対峙して、睨み合っている小春と紗千。

○ 同・店内
健太郎、曲に合わせて。
健太郎「♪　いざや　楽しき　まどいせん……か」
望海「まどいせんって何?」
健太郎「まどいせんというのはですね……」
健太郎、広告の裏に洋裁用のチャコペンで書く。
健太郎「こういう字」
望海と陸、見ると、『円居せん』とある。
健太郎「まどいせん。輪になって家族で語り合うというか、まあ、家族の団らんのことかな」
望海「団らん?」
健太郎「家族仲良しのことですね」

○ 同・奥の居間
対峙し、睨み合っている小春と紗千。
音楽がやんだ。
目を逸らし、持参したリュックを手にした小春。
小春「……(紗千を見、微笑んで)」
紗千「……」
小春、礼をし、部屋から出ていった。
残った紗千、……。

○ 同・店の外
雨はやんでいて、道が濡れている。
健太郎に見送られ、出てきた小春、望海、陸。
健太郎「(空模様を見て)傘はいいかな。またね」

望海、『円居せん』と書いた広告の紙を図鑑に挟み。

望海「またね、ナマケモノさん」

歩いていく小春たちを見送る健太郎。

○同・奥の居間〜店内

健太郎、入ってくると、洗い物をしている紗千。

健太郎、何かあったのかなと思いながら、座布団を半分に折って、横になりながらひよこ饅頭を食べる。

健太郎「さっちゃん、お茶を……」

紗千「あなたでしょ、生活保護の書類だか何だか」

健太郎「……言うと怒るから」

紗千「そんなお金どこにあるの」

健太郎「実の母親なんだし、昔のことあるんだから……」

紗千「(洗い物を続けながら) わたし、捨てたんじゃないから。あの子がわたしを捨てたのよ」

健太郎「……笑って帰ってったけどなあ」

紗千「(思い返し) 怒って帰りたくなかったのよ。許したくないから笑って帰ったのよ」

その時、店の方で誰かが戸を開いて入ってきた。

紗千、顔を出し、優しい母親の笑顔に変わって。

紗千「おかえり」

帰ってきたのは栞である。

栞「お腹空いた (と、甘えるような笑顔で)」

○都電荒川線沿いの通り

夕暮れの中、歩いてくる小春、望海、陸。

ワニの人形を持って歌っている陸。

陸「♪　ととろ〜　ととろ〜」

望海「陸、いつトトロじゃないってわかるのかな」

小春「ね。陸もお素麺食べてた?」

望海「食べてたよ」

小春「晩ご飯食べれるかな?」

望海「晩ご飯、バナナがいいよ」

小春「(笑って) バナナはご飯じゃありませんよ」

望海「バナナ、栄養あるよ」

小春「あるけどね」

望海「あとさ、持つところあるよ」

小春「(笑って) 持つところあるのは関係ないでしょ」

望海「剝きやすいよ」

小春「(笑って) 剝くとこはじめから付いてるもんね」

望海「あとね、バナナは、セットになってるでしょ」
小春「(笑って) セットになってるね。望海は面白いね」
望海「面白いかなあ」
小春「面白いよ、望海とお話しするの楽しい……お母さん、すごく楽しい」
望海「いいよ、お母さん、お話しよ」
小春「ありがと……」
小春、ふいに言葉に詰まる。
立ち止まり、思いが込み上げ、涙があふれ出てくる。
唇を噛みしめ、必死に堪《こら》える。
望海「お母さん?」
小春「(首を振る)」
望海「どうしたの? お腹痛いの? お熱あるの?」
小春「(首を振って) 何でもない。何でもないよ。お母さん、望海とお話するのが楽しくて……」
背を向け、低く嗚咽《おえつ》し、涙が止まらない小春。
望海「お母さん?」
陸もぽかんと見ている。
望海「お母さん? どうしたの?」
小春「……お父さんに、会いたいの」

望海「……」

小春「信さんに会いたいの」

望海「……」

堪えても堪えても涙が止まらない小春。

望海「お母さん。お父さん、いるよ。お父さん、いるよ」

望海、周囲を見回しはじめる。

振り返って線路を見る、家々を見る、工事現場を見る、線路の向こうを、高層ビルを見る。

望海、必死に見回して。

望海「お父さん!」

望海、叫んだ。

望海「お父さん、来て! お父さん、来て! お父さん、お父さん、出てきて!」

小春、泣きながら膝から崩れ落ちるようにして望海を抱きしめる。

抱きしめられながら望海、空に向かって叫ぶ。

望海「お父さん! 来て! お父さん! 来て!」

ぽかんと見ている陸もまた夕暮れの空を見上げる。

何か考えているような陸の目。

○　小春のアパート・玄関（日替わり、朝）
玄関に信の登山用の靴が再び置いてある。
朝ご飯を食べ終え、手分けして皿を持って後片付けをしている小春、望海、陸。
小春、信の写真の前、一眼レフのカメラを手にする。
信を見つめ、カメラを抱きしめ、頭を下げる。

○　中古カメラショップ・店内
カウンターに信のカメラが置いてある。
小春、五万円程度の金を受け取り、財布にしまう。
店主に持っていかれるカメラを見送る。

○　総合病院・廊下
書類の束を持って歩いてくる藍子。

○　同・診療室
書類に目を通している澤村、あっと何かに気付き、藍子にそれを見せる。
藍子もまたそれを見て、あっと。

×　×　×

藍子、赤字で記載された異常値を示すデータの書類を封筒に入れ、要再検査のハンコを押す。
封筒の宛先には青柳小春様とある。

○　コンビニエンスストア・店内
望海と陸を連れた小春。レジで督促状を出し、料金を払っている。
穴がちょっと開いたワニ見て泣いている陸。
小春「帰ったら縫ってあげるから」
しかし泣き続け、店員や通る客が疎《うと》ましく見ている。
後ろに並んだ老人が泣いている陸を見る。
小春「（頭を下げ）すいません」
老人「いいんだよ、子供が泣くのは当たり前だよ」
微笑み軽く言う老人。
小春「（嬉しく）……」

○　長い階段
リュックを背負って、望海と陸の手を繋ぎ、長い長い階段を上がっていく小春。

凛とした眼差しで、たくましく昇っていく。
階段の向こうに青い空が見える。

第1話終わり

Woman

第2話

○　夢の中の、林の中の小径《こみち》

緑に囲まれ、木漏れ日がきらきらと落ちる中、小さな道を歩いてくる小春と信。

小春はベビーカーを押していて、バスケットを載せており、ピクニックの帰りといった様子。

信は背中に眠る三歳の望海をおんぶしている。

望海は手に森永ミルクキャラメルを握っている。

信「寝てる？（と、背中の望海を）」

小春「うん。（ベビーカーを）乗せる？」

信「（首を振り）何歳までおんぶさせてもらえるんだろうな」

小春「（苦笑し）すぐ自分で歩くって言い出すよ」

信「そうかあ」

小春「この間生まれたのに、もう自分でパジャマ着てるんだもん。あっという間に大人になるよ」

信「（背中の望海を見て）そうかあ、俺と小春ちゃんの子供が大人になるんだ」

小春「うん」

信「……（ふいに感極まって、微笑みながら首を振る）」

小春「（そんな信を見て）信さん」

信「嬉しいなんてもんじゃないかもな」

小春「（頷く）うん」

信「な。嬉しくて、嬉しくて……（微笑み、首を振る）」

小春「うん（と、優しく信を見つめる）」

望海の手から森永ミルクキャラメルが落ちた。

小春、しゃがんで拾って、立ち上がろうとすると、木々の向こうで鳥が鳴き、信が遠い目で言う。

信「俺のことおぼえててくれるかな」

小春「うん？」

電車の音が聞こえる。

信「俺のこと忘れないでほしいな」

小春「（薄く苦笑し）何言ってるの？」

信「（小春に微笑みかける）」

信の笑顔が少しずつぼやけていって。

小春「信さん……？」

○　三つ峠駅・構内〜駅前

山々に囲まれた小さな駅より、リュックを

背負って出てくる小春、望海、陸。

小春「（周囲を見回し）すごいね！　綺麗だね！」

望海「（顔をしかめて）なんか田舎」

小春「嘘、なんか大きい声出したくならない？　わー！」

クラクションが鳴り、見ると、ミニバンが駐《と》まっており、車内から顔を出す由季、直人、将人、犬。

小春「（挨拶しかけて気付き）望海！　犬いる！」

望海「犬だ！　犬！　犬いる！」

小春と望海、手を繋いで歓喜して。

小春「犬！」

望海「犬犬！」

字幕『2013年、夏。望海、7歳。陸、4歳』。

○　山間の川の周辺

浅瀬の川で水着姿で遊んでいる望海、直人、将人。

由季の夫、相馬《そうま》貴史《たかし》（35）が遊んであげている。

小春、ズボンの裾をまくって陸を抱いて川に入る。

望海たちが水をかけてくる。

由季は日傘の下で暑そうにアイスを食べている。

×　×　×

陸が棒を持ってスイカ割りをしている。

転ぶ陸。

小春、あっと駆け寄ろうとするが、陸は自力で立ち上がり、見事にスイカを割る。

小春、笑顔で拍手し、陸の膝小僧の砂を払う。

由季は日傘の下で爆睡し、虫が顔を這っている。

○　相馬家・外景（夕方）

山の中のログハウスである。

○　同・子供部屋

小春に連れられてくる望海と陸。

望海、部屋に入って何か気付き、小春にしがみつく。

望海「お母さん、どうしよう。どうしようどうしよう」

小春「うん？」
二段ベッドがある。
×　×　×
夜になって、二段ベッドの上の段に直人と将人、下の段に望海と陸が寝ていて、小春と由季が見ていて。
由季「上で寝ていいのに」
望海「いいの。上で寝たら夢がかなっちゃうから」
小春「我慢しちゃって」
望海「いいの。大人は早くあっち行ってお酒飲みなさい」

○同・LDK
貴史はソファーで寝ており、食卓で小春は紅茶を、由季はワインを飲んでいる。
由季、足がサンダルの形に焼けたのを気にしながら。
由季「こっち越してくればいいのに」
小春「信さんだったら住もうって言うかな。自然の中でのびのびと育てたいって言ってたの」
由季「今は正反対ですもんねー」
小春「（少し悲しく微笑んで）仕事ある？」
由季「ないっす。農業やるって言って来た人もみんな東京帰りましたもん。あ、でもいつでも子供たち預かりますよ」
小春「ありがとう」
由季「今のまま働いてたら絶対そのうちパンクしますって」
小春「こう見えても強いんだけど」
由季「強いからパンクするの。の」
小春「（苦笑し、首を傾げ）」
由季「死んだ人のこと好きでい続けるなんて、そんな残酷な話ないです（と、小春の紅茶にワインを注ごうとする）」
小春「（避けて）しょうがないよね、好きなんだから」
由季「何で亡くなったんすか？（と、注ごうとする）」
小春「（質問には答えず）え、何で注ごうとしてるの？」
由季「大丈夫すよ」
小春「大丈夫じゃないすよ。大丈夫って何すか」

○走る電車（日替わり）
車内、乗っている小春、望海、陸。
望海「（窓の外を見ながら）お母さんさ、百円ショップって花火売ってるかなあ」

小春「売ってると思うよ」
望海「(窓の外を見ながら) ふーん」
小春「花火、したいの?」
望海「(首を傾げ) 直人くんのお家《うち》、今日花火やるんだって。花火ってさ、火傷《やけど》とかするから危ないよね」
小春「(察し) ウチも花火しようか」
望海「(え!と小春の方を向く)」
小春「今度しようよ」
望海「いいよ。お母さん、今度花火しよ (と、笑顔)」
小春「うん」
小春、疲れて眠っている陸の頭を撫でていると。
望海「お母さん」
小春「何?」
望海「やっぱり上の段で寝れば良かった」
小春、微笑んで、望海の手を取って握って。
小春「また今度遊びに行こ。ね」
○ 福祉事務所・生活福祉課 (日替わり)
デスクの方から良祐が横目に気にして見ている中、カウンターにて松谷と話している小春。

少し離れた脇で陸がワニの人形で遊んでいる。

小春「扶養照会状は取り消しになったはずです」

松谷「親族ぐるみで詐欺まがいな不正受給をしてるケースが増えてますから」

小春「……(思いを飲み込み、頷き) わかりました」

陸の手を引き、帰っていく小春。

心配そうに見送っている良祐。
○ 小春のアパート・部屋
誰もいない部屋で鍵が開けられ、帰ってきた望海。

ランドセルを下ろし、合い鍵をフックにかける。

置いてあったブラシを手にし、髪をとかす。

笑顔の信の写真の前に行き、髪を撫でて可愛くし。

望海「お父さん、ただいま」

信の写真の横に乱雑に積み重ねられた郵便物などがあり、病院からの封筒もその間に挟まっている。

○ クリーニング工場・工場内

黙々と糊付けやアイロンの作業をしている小春。

○ タイトル

○ 駅・外（夜）

時計が二十時過ぎを示している。
駅から出てきた小春、急いで走る。

○ 小春のアパート・周辺の通り〜外階段

走ってきた小春、角を曲がると、消防車が駐まっており、赤いランプが回っている。
周辺の住民や消防隊員が話し込んでいる。
近隣の家の窓が焼けているのを見て、また走る小春。
アパートに来て、外階段を駆け上がっていく。

○ 小春のアパート・廊下

小春、部屋の前に来ると、潤子と、見知らぬ女性と男性（三澤《みさわ》、仁村《にむら》）の姿。
小春、え？と。
潤子、小春に気付いて顔をしかめ、目で三澤に示す。

三澤「（会釈し）青柳さんですか？」
小春「はい……」
三澤「児童相談所の三澤と申します（と名刺を出す）」
小春「（え、と）……」

扉が開き、望海と陸が出てきた。

望海「おかえり、お母さん！（と、笑顔で）」
小春「ただいま……」

望海と陸を観察する三澤と仁村。

望海「お母さん、消防車見た？（と、嬉しそう）」
陸「消防車！」

小春、答えようとすると。

仁村「僕、この怪我はどうしたの？」

陸の膝の怪我を示して言う。

小春「（え、と）」

○ 児童相談所・相談室（日替わり）

お茶が出されており、行政指導のパンフレットを見ながら三澤と話している小春。
陸は脇でワニとヤクルトの容器に恐竜の絵を貼ったものを戦わせて遊んでいる。

三澤「母親にはスイッチがありません」
小春「スイッチ……？」
三澤「スイッチを入れたり切ったりができないんです。一度母親になると、それから先ずっと母親として生きてしまう。趣味も時間の使い方も変わり、それまでどんな人間だったのかに関わらず、母親、という人格になってしまう。虐待やネグレクトはその延長線上にあります」
小春「（驚き、首を振って）」
仁村が入ってきて、厳しい顔で小春を見る。
三澤「お子さんのためにも、夏の間だけでもどなたかにお預けになられた方がよろしいかと思います」
小春「……離れて暮らすとか考えたことなかったので」
仁村「今度通報があれば、緊急保護もあるんですよ」
小春「（動揺し）……」

○同・外

困惑し、出てくる小春と陸。
小春「……陸はお母さんと一緒の方がいいよね」

○代々木美術予備校・教室

十人ほどの生徒がおり、講師の指導の元、イーゼルの画用紙に向かって石膏像の絵を描くなどしている中、栞の姿もある。

講師、ある生徒の絵を見て。

講師「君、それじゃまた来年落ちるよ。美術予備校の講師だったらなれるかもしれないけどね」

笑う生徒たち。

ひとり笑っていない栞。

虚ろな視線で手が止まっており、描きかけの画用紙をふいに丸めはじめた。

またかという感じで見ている近くの生徒たち。

○駅前の通り

耳にイヤホンをし、自転車に乗った栞が走ってくる。

車道を挟んだ向こう側にランドセルの小学生がおり、望海だとわかる。

望海は通り沿いの建物を覗き見るようにしている。

栞、何を見ているんだろうと思い、通りを渡る。

近付くと、望海が見ているのは、バレエ教室だった。

望海と変わらない年頃の女の子たちがバレエの練習をしているのを見入っている望海。
栞、見つめていると、望海、ふいに振り返り、栞に気付いて、あっとなる。
栞、慌てて自転車を押して去ろうとし、転ぶ。
望海、駆け寄ってきた。
栞、慌てていると、望海、ランドセルを置く。
中から動物図鑑を出し、挟んであった紙を差し出す。
以前栞が落とした、梨の絵である。

望海「落としたでしょ。はい」
受け取らず、目が泳いでいる栞。

望海「うん?」
栞「あ、いえ、何でもないです」
望海「うん?」
栞「あ……あの、バレエ、好きなんですか?」
望海「違うよ。あのね」
望海、動物図鑑の違うページを開き、紙を出し、栞に差し出す。
色鉛筆で描かれたバレエを踊る女の子のようだ。
子供が描いた絵らしく、手足の配置や形が変である。

栞「下手なの」
望海「(あ、と)……」

○　小春のアパート・廊下〜部屋

帰ってきた小春と陸。

小春「ただいま」
望海の靴がなく、フックにも鍵がかかっていない。
小春、あれ?と。

○　駅前のファーストフード店・店内二階

駅周辺の景色を見下ろす二階窓際にあるカウンター席に並んで座っている栞と望海。
栞が描いた見本の絵を見ながら、望海、自分の紙に描いている。

栞「そう。そう。ラインに沿って。そう、止めて」
望海「描けた!」
栞「はい」
望海「(栞を見て)お姉さん、絵上手だね」
栞「(目を逸らし)いえ……」
望海「遺伝?」

栞　「（え、と）」
望海　「望海、絵上手なのはお父さんの遺伝なの」
栞　「……」
また絵を描く望海。
栞　「（見ていて）……お父さんって？」
望海　「（描きながら）望海のお父さんだよ」
栞　「お父さん……いないですよね。電車の事故で亡くなったんじゃないんですか？」
望海　「（首を傾げ）いるよ」
栞　「どこにいるんですか？」
望海　「望海のこと見てるの」
栞　「（おびえるように）……」

○　駅前の通り
見回しながら急ぎ足で来る小春と陸。
陸　「（前方を見上げて）お姉ちゃん」
小春　「え？（と、陸の視線を追ってみると）」
向こうに見えるファーストフード店の二階の窓から手を振っている望海の姿。

○　駅前のファーストフード店・店内二階
階段を上がってきた小春と陸、カウンター席にいる望海の元に行って。

小春　「望海！」
望海　「（笑顔で）お母さん！」
小春　「（安堵し）……何してるの」
望海はひとりでおり、しかし席には望海のジュースともうひとり分のコーヒーが置いてある。
小春　「誰かといたの？」
望海　「お母さん。お父さんは電車で死んだの？」
小春　「……！（と、激しく動揺）」

○　駅前の通り
自転車に乗った栞、ファーストフード店の二階にいる小春と望海たちを見上げている。おびえるようにし、自転車で走り去る。

○　小春のアパート近くの踏切（夕方）
電車が行き過ぎるのを待っている小春、望海、陸。
目の前を走る電車を見ながら、小春、不安と共に考え事をしていて、……。
電車が走り去り、遮断機が上がった。
三人、歩きだしながら。
小春　「望海。二段ベッド、今度は上の段でお願いしようか？」

○　三つ峠駅・駅前（日替わり）

由季のミニバンが駐まっていて、望海と陸の荷物を積み込む小春と由季。

小春、陸を抱きしめて。

小春「いっぱい遊んでね」

陸「（頷く）」

小春、望海を抱きしめて。

小春「望海、髪伸びてるね。帰ってきたら切ろうね」

望海「お父さん、長い方がいいって言ってたよ」

小春「そっか。じゃ、まだいいか」

望海「（小春の耳元で小声で）上の段で寝れるかな」

小春「（望海の耳元で小声で）お願いしたから大丈夫」

望海「（笑顔で）じゃあね、バイバイ」

望海、陸の手を引き、さっさと車に乗り込んだ。

急な反応に、小春、え、となりつつ、ドアを閉めて。

小春「（由季に頭を下げ）よろしくお願いします」

窓を開けて、手を振る望海と陸。

小春「いってらっしゃい！（と、笑顔で手を振る）」

○　小春のアパート・部屋（夕方）

しんと静まりかえった部屋に帰ってきた小春。

目眩がし、手を付き、……。

望海の声「お父さんは電車で死んだの？」

小春、不安がよぎりながらも、信の写真を見て。

小春「（笑顔で）信さん、ただいま」

仕事に出かける支度をはじめる。

写真の横に積んだままの病院の封筒がある。

○　相馬家・子供部屋（夜）

二段ベッドの上に上がって見回し、バタンと倒れ込むように寝転がる望海。

由季、陸を乗せながら見て。

由季「どう？　二階の居心地は」

望海「（にまあっと微笑んで）普通」

○　テーラーウエスギ・風呂場（日替わり）

木製の風呂の中に入り、裾をまくり、袖をまくり、掃除をしている紗千。

戸が開き、入ってくる栞。

栞「お母さん」
紗千「あ、もう行く？　お皿そのままでいいから、（栞のスカートを見て）ほら、似合うじゃない」
栞「わたしの服ばっかり買うし」
紗千「栞の服選んでる方が楽しいの」
栞「（嬉しい中で）予備校のお金だってかかるし」
紗千「あんなのたいしたことないわよ」
栞「もっとお金使ってあげた方がいい人いると思うし」
試すように言う栞。
紗千「お父さんにお金使うくらいなら、犬飼うわ」
栞「お父さんじゃなくて、（よそ見しながら）青柳小春さん」
紗千、手が止まり、しかしまたすぐに動かし。
紗千「そんな人いませんよ」
栞「娘……」
紗千、立ち上がり、シャワーの取っ手を取りながら。
紗千「わたしの娘は栞だけです。他の人のことは栞を産んだ時に忘れました」
風呂を流しはじめる紗千。
栞「ふーん（と、内心嬉しく）」
健太郎が来て、ヨーグルトを小さいプラスティックのスプーンで食べながら。
健太郎「しーちゃん、最近ズボンのことはパンツって言うけど、パンツのことは何て言うんだ？」
栞「知らない。（紗千に）いってきます」
出ていく栞。
紗千「（笑顔で）いってらっしゃい」
健太郎「（笑顔で）いってらっしゃい」
紗千「もう、何でここに集まるの。流しといて」
紗千、シャワーのノズルを健太郎に渡し、行く。
健太郎、スプーンをくわえたまま、風呂の泡を流す。

○同・栞の部屋

彩りなく無機質な部屋で、美大受験に関する本や画集などが並んでいる。
入ってきた紗千、カーテンを開け、窓を開ける。
四方の壁に画が飾ってある。
何十枚とあり、その全てが手を描いたものである。
様々な角度、形の、男の手だ。

紗千、見慣れた風景だが、見つめ、不安な感じ。

○　クリーニング工場・工場内

黙々と作業をしている小春。

○　相馬家・ＬＤＫ（夜）

由季が電話に出て。

由季「うん、大丈夫。全然全然全然全然。少々お待ちを。（振り返り）お母さん」

望海、来て。

望海「（受け取り、出て）あのね」

○　居酒屋・勝手口あたり～相馬家・ＬＤＫ

小春、勝手口を出たあたりで、携帯で話している。

小春「（その感じに微笑って）うん？」

望海「お母さん、テレビ出てる人見たことある？」

小春「え？（と、何でそんな話？と）」

以下、相馬家のＬＤＫとカットバックし。

望海「直人くんね、あるんだって。えっとね。忘れたけど。お母さん、会ったことある？」

小春「あるよ」

望海「何ていう人？」

小春「ボブサップ」

望海「歌う人？」

小春「うーん、戦う人かな」

望海「お母さん、戦ったの？」

小春「お母さんは戦ってないけど」

望海「ふーん、じゃあね、バイバイ」

小春「え。ちょっと待って」

望海「何？」

小春「どう？　元気？　楽しい？」

望海「（小声で）あのね、トイレのね、お水が出てね、お尻を洗うの（と、笑っちゃって）」

小春「（笑って）すごいね……淋しくない？」

望海「何で？」

小春「（そうか、と）ううん……」

望海「じゃあね」

小春「待って。陸に代わってくれる？」

望海「陸。お母さん」

小春、待っていて、ふっと目眩がし、しゃがむ。

陸の声「（出て）もしもし」

小春「（微笑み）陸？　お母さんだよ」

○　居酒屋・店内

閉店後、厨房の中で洗い物をしている小春。
皿を抱えて運ぼうとした時、ふと立ち止まる。

小春「（目眩があって）……大野《おおの》さん」

近くで調理していたバイトの若者、大野、振り返る。
小春、ふらつきながら抱えていた皿を大野に手渡す。
手渡して、しゃがみ、横になってしまった小春。

大野「え、まじで」

驚いて皿を落とす大野。

小春「あ……（と、落胆しながら目眩に顔を伏せる）」

○　小春のアパート・外

疲れ切った様子で帰ってきた小春、郵便受けを開けると、病院からの封筒が入っていた。
再送、及び要再検査のハンコが押されている。

○　同・部屋

小春、鞄を置き、信の写真の前に来て。

小春「（笑顔にして）ただいま……」

病院からの封筒を手にし、座って見るつもりがそのまま床に寝転がる。
横たわったまま封筒を開く。

○　クリーニング工場（日替わり）

黙々と作業をしている小春。

○　相馬家・LDK（夕方）

帰ってきた貴史がテーブルに花火セットを広げた。
絵を描いていた望海、あ、と見る。
由季、直人、将人たちが、わあ！と集まってきて。

貴史「陸くん、花火やる？」

陸「（頷く）」

盛り上がって嬉しそうな陸、直人、将人たち。
望海だけぽかんと見ていて、……。

由季「（望海に気付き）ん？　花火好きじゃないの？」

望海、直人たちと同じように花火を手にして。

望海「(笑顔にして)わあ、すごい」

○居酒屋・店内(夜)

料理と酒を運び、注文を聞いたりしている小春。

○相馬家・庭

花火をする陸、由季、貴史、直人、将人。喜んで花火を振り回している由季。

直人「ママ、危ない! 振り回さないで!」

構わず悲鳴をあげながら喜んでいる由季。距離を置いて、気後れした様子で見ている望海。

由季「(気付き)望海ちゃん、何してんの、早く」

望海「(首を傾げ、躊躇《ちゅうちょ》して)」

由季「はいはい、どうぞどうぞ」

少し震える手で花火を持つ望海。由季、火を点《つ》ける。ぱっと花火の光が灯《とも》って、望海の顔を照らした。

望海、内心では困惑しているが。

望海「(由季を見て)綺麗(と、微笑む)」

花火を見つめ、悲しみが込み上げる望海。振り返り、そんな望海を見る陸。

○相馬家・階段~子供部屋

携帯で話しながら階段を上がっていく由季。

由季「今ベッドに入ったとこだから大丈夫す……」

部屋に入り、二段ベッドの上を見る。陸と共に眠っている望海。

由季「望海ちゃん?」

○居酒屋・勝手口あたり

望海が出るのを待ち、携帯で聞いている小春。

由季の声「望海ちゃん? 望海ちゃん、お母さん」

○相馬家・階段~子供部屋

由季、声をかけたが、望海は起きない。由季、廊下に戻って。

由季「寝ちゃったみたい。今日も一日遊びまくってたから」

二段ベッドの上、望海は起きている。我慢しているかのように、布団をかぶる望海。

○　居酒屋・勝手口あたり

携帯を切った小春、……。

○　良祐のマンション・外

仕事から帰ってきた良祐、中に入っていく。

○　同・LDK～寝室

帰ってきた良祐。

ソファーに横になってワインを飲みながらテレビを見ている藍子の姿がある。

どちらも言葉を交わさない。

良祐、台所を見ると、子供の皿の洗い物が放ったままであり、レトルト食品の空き箱がある。

良祐「（見て）……」
藍子「（そんな良祐を不満げに見て）何？」
良祐「別に」

良祐、奥の寝室に行くと、舜祐が寝ている。

牛乳パックで作った乗り物が落ちている。

良祐、拾って、……。

藍子、ワインを飲みながら、寝室に入ってきた良祐を意識していると、戻ってくる良祐。

藍子、またテレビに視線を戻す。

良祐「……今日、話そうって」
藍子「どっちみち、結論出てるでしょ」
良祐「……（寝室のことを気にして）」
藍子「わたし引き取るし。養育費とかいらないし」
良祐「今だってこうなのに、どうやってひとりで」
藍子「何、今だってこうって」
良祐「ひとりで晩飯食わせて……」
藍子「疲れてるって言ってるでしょ」
良祐「母親のくせに」
藍子「……」

藍子、目を逸らすようにし、テレビに目をやる。

良祐、ため息をつき、部屋を出ていく。

藍子「（虚ろな目でテレビを見ていて）……」

○　スーパーマーケット・店内

特売品の食材を買っている小春。

ワゴンの中に五百二十五円のワインが売っている。

通り過ぎかけて、三百十五円のもあることに気付く。

小春、手に取って見つめ、……。
迷って、戻そうとすると、後ろを別の客が通る。
避けながら見ると、客は良祐だった。

小春「すいません」
良祐「あ！」
小春「（あ、と会釈する）」
良祐「あ、すいません、大きい声出して……」
小春「いえ……」
良祐「その後、どうですか？　あ、お金じゃなくて、体調。妻が心配してて。あなたが再検査に来ないって」
小春「あ、ごめんなさい、今日電話しました。明日行きます」
良祐「そうですか……」
良祐、小春がワインの瓶を持っているのが目に入る。
小春、良祐のその視線に気付き、……。
良祐「……あ、でもお元気そうですね」
小春「……あ、はい」
良祐「お子さんは？」
小春「今は、友人の、家に」
良祐「預けて」
小春「はい」
良祐「あ、それでワイン」
小春「え」
良祐「（少し揶揄《やゆ》するような雰囲気で顔をしかめ）」
小春「（見て）……」
小春、ワインをワゴンに戻す。

○　道路

買い物してきた袋を提げて歩いていく小春。
後ろから追い付いてくる良祐。
良祐「すいません」
小春、立ち止まって、え？と。
良祐「そういうつもりで言ったわけじゃないんです」
良祐、自分の袋からワインを取り出し、差し出す。
小春「え……（と、いりませんと手を振る）」
良祐「謝ります、すいません。子供預けて、お酒飲んでるみたいに言って」
小春「（え、となって）……」
持たされたが、離してしまう小春。
地面に落ちて割れるワイン。
あ、と割れたワインを見る二人。
小春「すいません……！」

小春、しゃがんで拾おうとする。

良祐「あ、いえ、すいません……！」

良祐もまたしゃがんで拾おうとする。

良祐「あ、触らない方がいいです」

しかし割れたガラスのかけらを集める小春。

良祐「ほんとに、あの、そういうふうに思ってないんで。あなたがそういう人だとは……」

小春「母親失格ですね」

良祐「いや……」

小春「ワイン買おうとしたんです。ワイン飲みながら本でも読もうかなって思ったんです」

良祐「それは別に……」

小春「……（と、拾い集めて）」

○　良祐のマンション・ＬＤＫ

帰ってきた良祐、ソファーの方を見ると、藍子の姿はなく、テレビも消えている。

あれ？と思っていると、携帯のメールが着信した。

画面を見てみて、え⁉と思う。

良祐、慌てて寝室に行くと、クロゼットの扉が開いていて、中が半分ほど減っている。

眠っている舜祐。

良祐「（呆然と見て）……」

携帯画面に藍子のメールが着信しており、『出て行きます。舜祐をよろしくお願いします。』とある。

○　総合病院・廊下（日替わり）

藍子、点滴をしている男性に付き添って歩いている。

藍子「ゆっくりでいいですよ」

見回しながら歩いてくる小春。

○　相馬家・ＬＤＫ

一輪車を持った直人と将人と共に外に出かけようとしている望海と陸。

由季「帽子帽子、望海ちゃん、ほらあの帽子」

望海と陸、リビングに置いてあった野球帽を被る。

望海、被って何か違和感を感じた。

外して、髪に触ってみると、ガムが付いている。

望海、え……、と。

由季「（見て）あ！」

由季、望海の髪に付いたガムを確かめて。

由季「(直人に) どういうこと⁉　何でこんなとこにガム捨てんの⁉　髪にべたー！って付いちゃったじゃん！」

不安そうにしている望海。

由季「ごめんね。あ、ちょっとそこ座って、そこ、うん」

由季、望海の後ろから髪に付いたガムを確認する。

絡みつくようにべったりと付いている。

由季「うわあー！　これどうしたって取れないよ！」

望海「……」

由季「直人、どういうこと⁉　謝りなさい」

直人「ごめんなさい」

望海「いいよ……」

由季「望海ちゃん、ごめんね。髪の毛切ろうか」

望海「(小声で) え……」

由季「ちょっとだけ、これぐらい、五センチ。超五センチ。大丈夫大丈夫、わたし散髪上手だから。ちょっと待って」

望海、動揺し、……。

由季、ハサミと新聞紙を持って戻ってきて、望海の後ろに立って、新聞を敷く。

由季「はい」

由季、ガムの付いた髪に手を挿し、ハサミを挿す。

びくっとする望海。

由季「じっとしててね」

陸、望海の前にいて、気付く。

望海の目に涙が溜まっている。

由季は気付かず、望海の髪を切りはじめた。

新聞紙の上に髪の束が落ちた。

望海の目から涙が落ちる。

由季「大丈夫大丈夫……」

由季、揃えるためにどんどん切っていく。

じっとしている望海。

由季、切り終えて、見て。

由季「いいよ。すごいいいよ。伸びてたし……(と気付く)」

泣いていた望海。

由季「え……何で？」

直人「おばさんぽくなった」

望海「……」

逃げだして部屋を出ていく直人と将人。

由季「なってないし！(と言って、望海に) 全然そんななってないよ。待って。今鏡持ってきたげる」

由季、部屋を出ていく。

陸、心配そうに望海を見て、言う。

陸「お姉ちゃん、お家《うち》帰りたい」

望海「……」

○同・廊下〜LDK

由季、鏡を二つ持って戻ってくると、望海と陸の姿が消えている。

由季「ん？（と、見回す）」

○富士宮・道路

リュックを背負って、走っていく望海と陸。

○総合病院・廊下

長椅子に座って待っている小春。

誰かの話し声、遠くの方で院内アナウンス、キャスターが段差を越えて医療器具がカタカタ鳴る音。

○富士宮・道路

歩いてくる望海と陸。

まだ泣いている望海。

陸、見て、手を伸ばし、望海の涙を服の袖で拭く。


望海、ありがとうと薄く微笑む。

○総合病院・廊下

長椅子に座って待っている小春、携帯の画面で時間を見て、電源を切る。

○三つ峠駅・切符売り場

望海、動物図鑑を陸に預け、リュックを下ろし、財布を取りだし、小銭を手のひらに全部出す。

背伸びし、窓口に向かう。

○同・改札口〜ホーム

望海、陸の手を繋いで改札を抜け、見回す。

既に上り電車が停車しているのが見える。

遮断機横を通り、線路を越え、ホームへ向かう。

発車のベルが鳴っている。

ホームに来て、そのまま電車に駆け込もうとする。

その時、陸がワニの人形を落とした。

陸「ととろ！」

陸、望海の手を離し、ワニを振り返る。

○　同・駅前

由季のワンボックスが停まり、降りてくる由季。
見回す。

○　同・ホーム

望海、電車に乗った。
陸がまだホームにいて、ワニの人形を拾う。
望海、あっと思って降りようとした時。

由季の声「陸くん！」
改札口を抜けて走ってくる由季。
望海、立ちすくむ。

由季「望海ちゃん！」
次の瞬間、扉が閉まった。
望海、陸、由季、！と。
陸、振り返ると、望海を乗せて、電車が走りだした。
由季、来て、陸を抱きしめる。

陸「（電車を見送って）……」

○　総合病院・廊下〜血液内科診察室

扉が開き、看護師が診察室から出てきた。

看護師「青柳さん。診察室にお入りください」
座っていた小春、診察室に入る。

○　走る富士急行線・車内

不安そうに、ひとり乗っている望海。
周囲をきょろきょろと見回している。

○　総合病院・血液内科診察室

注射針が刺され、看護師によって採血される小春。
看護師、数本取って、注射器を脇に置く。

○　大月駅・ホーム

電車が到着しており、乗客たちが降りていく。
最後に見回しながら降りてくる望海。
よくわからぬまま改札方向に駆けだす。

○　総合病院・血液内科診察室

採血を終えた小春。

看護師「結果は後日お知らせします」
小春、出ていこうとすると、入ってくる澤村と藍子。

藍子「あ（と、会釈し）その後、貧血は？」
小春「いえ……あ、いえ、時々」
藍子「ご自分の体、もっと大事にされた方がいいと思います」
小春「はい……」
　澤村、小春を見ていて、何かに気付き。
澤村「あ、ちょっと失礼します」
　澤村、小春の腕を取る。
　青い痣《あざ》がある。
澤村「これ、どうしました？」
小春「（首を傾げ）……仕事中にぶつけたんだと思います」
澤村「いつですか？」
小春「（首を傾げ）ちょっと……」
　気になるようで見ている澤村、藍子と目で話す。
　小春、澤村のデスクに置いてある本が目に入る。
　骨髄、白血病などの言葉を中心に血液の病気の本。
小春「……」

○　大月駅・改札口周辺

　望海、周囲を見回すと、公衆電話があった。

　動物図鑑を置き、リュックを下ろし、財布を出し、小銭を出すと、十円玉ばかりが五枚あった。

　望海、五枚の十円玉を並べ、一枚を手にし、受話器を取って、電話機の投入口に入れる。

　ボタンを押し、090とかけて。

望海「もしもし、お母さん」

　電源が切られているためと、留守番電話メッセージが流れた。

望海「お母さん？（首を傾げ）間違えた」

○　総合病院・会計係

　患者たちが会計を待っている中、小春も椅子に座り、待っている。

○　大月駅・改札口周辺

　公衆電話前の望海。

　受話器を置いて、返却口を見るが、入っていない。

　望海、首を傾げ、二枚目の十円玉を入れ、かける。

○総合病院・会計係
会計を待っている小春。

○大月駅・改札口周辺
望海、また留守電メッセージとなり、切る。
望海、三枚目を投入し、かける。
また留守電メッセージとなり、切る。
望海、四枚目を投入し、かける。

○総合病院・会計係
会計を待っている小春。
青柳さんと呼ばれ、立ち上がり、窓口に行く。

○大月駅・改札口周辺
望海、ゆっくりと受話器を置く。
最後の十円玉を手にし、見つめ、迷う。

○総合病院・会計窓口
会計をしている小春。
会計係「二千三百六十円になります」
小春「(困惑し)二千……」
会計係「三百六十円です」
小春、厳しい出費だと思いながら、お金を出す。

○大月駅・改札口周辺
望海、最後の十円玉を手にし、まだ迷っている。
投入し、ボタンを押そうとして、止まる。
動物図鑑を開き、ナマケモノのページを開く。

○総合病院・ロビー
会計を終え、出ていく小春。

○大月駅・改札口周辺
呼び出し音が鳴っており、望海、待っている。
開かれたナマケモノのページにテーラーウエスギの広告が挟んである。

○テーラーウエスギ・店内
店の電話が鳴っている。
肩に巻き尺をかけた健太郎が眠っている。

電話が鳴るが、健太郎は起きずに、眠っている。

電話が切れた。

戸が開き、帰ってくる栞。

栞、眠っている健太郎を横目に見ながら奥の部屋に行こうとすると、また電話が鳴り出す。

栞「(息をつき、出て)はい、テーラーウエスギです」

○総合病院・外

出てきて、携帯の電源を入れる小春。

途端にメールが繰り返し、着信した。

小春、え?と画面を見る。

○三つ峠駅・駅員室〜総合病院・外

駅員が電話を手にし、連絡を取っている。

由季、陸の手を繋ぎながら、携帯で話していて。

由季「ごめんなさい、髪の毛にガム付いたのがショックだったみたいで……」
陸「(由季のその言葉に疑問があって見ていて)……」

以下、病院前の小春とカットバックし。

小春「(おびえるように聞いていて)……」
由季「ごめんなさい、ごめんなさい……」
陸が由季の服を引っ張って、首を振る。
由季「何？　陸くん」
小春「(聞こえて)え?」
由季「(陸に)どうしたの?」
陸「(首を振っている)」
由季「待って。(小春に)大月駅が終点だから今問い合わせてもらってます。なんで、えっと、あ、あー、どうしよう、望海ちゃんに何かあったら……(と、声が詰まって)」
小春、はっとして表情が引き締まる。
小春「由季ちゃん!」
由季「はい……」
小春「大丈夫、望海は大丈夫。あの子、しっかりしてるの」
小春、自分自身に言い聞かせている。
小春「心配してない。あの子は大丈夫。今から大月駅に向かいます。何かわかったら連絡して。お願いします。はい」
小春、携帯を切って走りだす。

○　道路

走る小春。

×　×　×

回想。

部屋の中、怖い本を読んだのか少し泣いている望海を膝の上に載せて、その手を握りしめながら話している信。

信「望海のことはお父さんが一生守るよ」

そんな信と望海を見つめている小春。

信「お父さん、望海を悲しい目になんか絶対あわせない」

×　×　×

走る小春、信の言葉と望海を思い、強い眼差し。

○　新宿駅前の通り

走る小春、乗り換えの中央線に向かって走っていく。

○　テーラーウエスギ・店内（夕方）

買い物袋を抱えて歩いて帰ってきた紗千。

紗千「ただいま」

健太郎は作業台でスーツの丈直しなどをしている。

健太郎「あー忙しい忙しい。今日は一日中忙しいわ」

紗千「（奥の部屋を見て）栞は？」

○　大月駅・改札口周辺

待っている望海。

動物図鑑を下敷きにし、絵を描いている。

小春の絵である。

望海「お母さん（と、微笑んで）」

すると傍《かたわ》らに誰かが立って、望海、顔を上げる。

栞だった。

血の気の引いたような様子で、虚ろな栞。

○　テーラーウエスギ・二階〜栞の部屋

紗千、部屋のドアを開けて。

紗千「栞？　帰ってるの？」

栞はおらず、壁には手の絵。

紗千、息をついて部屋から戻ろうとし、棚にぶつかる。

棚の上に置いてあった画用紙を入れる筒状のケースが落ちてきて、転がった。
紗千、拾って戻そうとするが、手が止まる。
蓋を開けて、画用紙を抜き出し、広げて、見る。
鉛筆画の、信の顔である。
紗千、気付き、息を飲む。
絵の下の方に何か切り抜きが貼ってある。
新聞から切り取った細長いベタ記事である。
見出しに、『痴漢で逃走　会社員電車にはねられ死亡』とある。
水道工事会社社員として青柳信の名前も出ている。
紗千、！と。
周囲を見回し、四方の壁の鉛筆画の手を見る。
信の顔と見比べ、信の手だと思う。
紗千、呆然と、……。

○　大月駅・改札口周辺～ホーム

望海、動こうとしない栞の顔を見上げる。
望海「あのさ、何でお姉さんが来たの？　望海、ナマケモノさんにお電話したんだよ」
答えず、遠い視線の栞。
望海「お家《うち》帰らないの？」
栞の手が震えている。
望海「寒いの？」
栞「（首を振る）」
望海「お腹痛いの？」
栞「電車乗ったの、四年ぶりだから……」
望海「……？」
向こうのホームに下り電車が到着するのが見える。

× × ×

到着した電車から降りてきた小春。
見回し、改札口へと急いで向かう。
改札口周辺に、立っている望海と、その隣にいる栞の後ろ姿が目に入った。
はっとする小春、望海に向かって。
小春「望海！」
望海、振り返って、気付き。
望海「お母さん！」
互いに駆け寄る。
望海、小春に抱きつく。
小春、望海を抱きとめる。

小春「（笑顔で）良かった。良かった」
望海「（悲しげな顔）」
小春「どうしたの、大丈夫大丈夫」
望海「ごめんなさい……」
小春「いいの。お家《うち》、帰りたかったんでしょ？　ごめんね、お母さん……」
望海「あのね……（と、涙声になって）」
小春「うん？」
望海「花火、しちゃったの」
小春「（え、と）」
望海「お母さんとしようねって約束したのに、花火しちゃったの（と、涙を流して）」
小春「（あ、と）」
望海「今度しようって約束したのに」

× × ×

回想フラッシュバック。
電車の帰り道、花火しようねと話した小春と望海。

× × ×

望海「お母さん、ごめんなさい。お母さん、ごめんなさい」

× × ×

回想フラッシュバック。
悲しい思いで花火をしている望海。

× × ×

小春「（望海を見つめ、涙が出てきて）」
望海「お母さん、ごめんなさい……」
小春、望海の肩を引き寄せ、強く抱きしめる。
小春「（首を振って）いいよ、いいの」
望海「お母さん（と、泣いて）」
小春「いいよ、いいんだよ、大丈夫だよ、いいよ、いいよ」
望海「（泣いて）花火しちゃったの……」
小春「お母さんと花火しよ。帰ったら花火しよ」
望海「（泣きながら頷く）」
小春「お母さん、ごめんね。約束したもんね。お母さん、いつも、今度って言ってたね。いつも、今度ばっかりだったね。ごめんね」
望海「お母さん、ひとりで淋しかった？」
小春「うん、淋しかった」
望海「もう大丈夫だよ」

小春「ありがとう」
小春、ハンドタオルを出し、望海の涙を拭く。
望海もそれを受け取り、小春の涙を拭く。
二人、顔を見合わせて、微笑《わら》う。
小春、向こうに俯いて立っている栞に気付く。
小春「……あのお姉さんは？」
望海「あのね、迎えに来てくれたの」
小春「……梨の絵、描いた人？」
望海「そうだよ」
小春、……と、警戒する思いを抱えながら、望海の手を引き、栞に歩み寄る。
俯いている栞。
小春「あの。ありがとうございました（と、礼をする）」
答えず、俯いている栞。
小春「青柳と申します。望海の母です」
答えず、俯いている栞。
小春「あの」
栞「植杉です（と、聞こえるか聞こえないかの声で）」
小春「（え、と）」
栞「植杉、栞です」
小春「……（と、察して）」
栞、顔を上げて小春を見て、甘えたような、しかしどこか引きつったような違和感を含んだ笑顔と声で。
栞「お姉ちゃん」
小春「……」

第2話終わり

Woman

第3話

○　大月駅・改札口周辺

前回の続きより。
栞、顔を上げて小春を見て、甘えたような、しかしどこか引きつったような違和感を含んだ笑顔と声で。

栞「お姉ちゃん」

小春、内心、思うところありながら普通にしようと。

小春「(姿勢を正し、礼をし) はじめまして」
栞「(ぎこちなく礼をし) はじめまして。(小春を盗み見るようにし) あ、あれです、たまたま店にいて、この、この子の、電話受けて、それで、来て……」
小春「ありがとうございます」
栞「あ、いえ。あ」
小春「はい?」
栞「いえ……あ、すごい汗ですね (と、小春を指さし)」
小春「あ、走ってきたんで」
栞「え、どっからですか⁉」
小春「そっからです (と、ホームを示し)」
栞「あ、そうですよね、東京からは走ってこないですよね」
小春「はい」
栞「(笑いながら) なんか照れる感じですよね、こういう流れのでお姉ちゃんと会うと、なんか……」

ホームに電車が到着した。
振り返ると、降りてくる由季と陸が見えた。

望海「お母さん、陸だよ」

ホーム に向かって駆けだす望海。

小春「望海、走らないの!」

しかし行ってしまった望海。

小春「(栞に頭を下げ) ありがとうございました」

と言って、陸たちの方に行く。
再会して陸を抱きしめている小春と望海。

栞「(ぽかんと見つめていて) ……」

○　小春のアパート・部屋 (夜)

小春と由季、眠る望海と陸をだっこして入ってきた。
小春、望海を抱いたまま、布団を下ろして敷く。
由季、足で揃えたりし、上布団を敷く。
望海と陸を寝かせる。
小春と由季、顔を見合わせ、ふうと息をつ

いて。
由季「ご心配おかけしまして（と、頭を下げる）」
小春「（笑顔で首を振り）ごめん、暑いでしょ」
　扇風機を点《つ》け、麦茶を出そうとする小春。
小春「ありがとう、いただきます。コーン茶持ってきたから」
　由季、信の写真に気付いて。
由季「あ。あ、あ、あ、あ（と、示す）」
小春「（頷く）」
由季「（写真を見つめ）あれですね。こういう言い方あれですけど、なんか幸せそうな人ですね」
小春「（頷き）死んじゃう人には見えないでしょ？」
由季「見えないです……病気？」
小春「……」
由季「あ、コーン茶飲んでください。むくみ取れるんで」
小春「いただきます（と、飲んで）え、むくんでる？」
由季「あ、そういう意味じゃないです」
　二人、笑って、向かい合って座って。
小春「……あの人、何て名前だっけ」
由季「え、工場の時の？」
小春「じゃなくて芸能人の。大食いの方」
由季「ギャル曽根？」
小春「じゃなくて。あ、オーバーオールの」
由季「石ちゃん？」
小春「石ちゃん」
由季「石ちゃん、タイプなんですか⁉」
小春「（笑って首を振り）彼が死んだのを教えてくれたのが、石ちゃんに似てる刑事さんだったの」
由季「……（微笑み）太ってる人はおおむね石ちゃん似ですけどね」
小春「（微笑み）朝はね、普通だったの、彼、出かける時。予感とか全然なくて。一緒に卵焼きと鮭の、普通の、朝ご飯食べて。お弁当持って、こう、手振って」

×　×　×

　回想フラッシュバック。
　ベランダから見送る小春と望海に向かって、いってきますと手を振る笑顔の信。
信「いってきます！」

×　×　×

小春「（思い返していて）……あ、風行ってる？」
　小春、扇風機の首振りのスイッチを押して。
小春「わたしはその日、望海連れて市民プール行ったの。夕方なって帰ってきて、晩ご飯作って。でもなかなか帰ってこなくて。仕事かなって思ったから、彼のご飯にラップかけて冷蔵庫入れて、望海、お風呂に入れて、そしたら電話あったの。それが、警察で。青柳さんですか。奥さんですか。すぐ来てくださいって言われて。ご主人は電車で痴漢をして、逃げようとしたところで線路に転落しました。電車に轢《ひ》かれて亡くなりました……」

由季「(きょとんとして)……」

小春「(望海を示し)この子寝てて。わたし、だっこしてたの。ここに顔あって、寝息聞こえて、甘いイチゴの歯磨き粉の匂いがして」

○テーラーウエスギ・栞の部屋

帰ってきた栞、着替えようとしていると、扉が開き、後ろ手を隠した紗千が入ってきた。

栞「ごめん、起きてたんだ」

紗千「だって遅いんだもん」

栞、紗千の後ろ手を見ようとする。
紗千、下がる。

栞「うん?」

栞、見ようとすると、紗千、下がる。

栞「何?(と、笑って)」

紗千、手を前に出すと、画用紙を入れる筒状のケースを持っている。

栞「(あ、と)……」

紗千、ケースから絵を取りだす。
信の顔の画、そして青柳信さんが電車にはねられて死亡とのベタ記事の切り抜き。
栞、動揺し、……。
紗千、問うように栞を見つめ、……。

○小春のアパート・部屋

話している小春と由季。

小春「言っても、結局何が起こったのかわからないまだったの。電車の中で彼が高校生の女の子に痴漢、したって疑われて、周りの乗客が彼をホームに引きずり下ろしたらしい、とか。何人かの人たちが彼を押さえつけたらしい、とか。そのうち鞄から持ってた梨が落ちて、彼がそれを拾いに行こうとしたところを誰かが背中押したとか押してないとか。で、事故が起こった後にはもう最初に痴漢だって言った高校生も、背中押したかもしれない人もいなくなってて。そういうそんな、ぼんやりした、信じられない話ばかりあって、その向こうに、彼が死んだってことだけあって……。死んだ理由が嘘にしか思えないから、死んだことも嘘としか思えないの」

○テーラーウエスギ・階段〜奥の部屋〜店内

栞、信の画を手にし、階段を降りてくる。
紗千、追ってくる。
栞、画を脇に挟んだまま冷蔵庫から麦茶をだす。
紗千、食器棚からコップを出し、栞に差しだす。

紗千「その人、知ってるの？」
栞、麦茶を入れながら。
栞「前に一回ウチに来てた人でしょ。青柳小春さんの結婚相手でしょ」
紗千「（驚き）栞、友達の家に行ってて……」
栞、麦茶を飲み、背を向けながら。
栞「お母さんたち、その人と仲良く話してたし、邪魔するの悪いかなって思って、声かけなかった」
紗千「仲良くなんか……」
栞「青柳さんのことは禁止って言うか、暗黙の了解みたいな感じなのかなって思ってたし」
紗千「……あなた、会ったわけじゃないんでしょ？」
栞「（向こうを向いたまま）会ってないよ」
紗千「じゃ、どうしてこんな絵なんか」
栞、食卓の上に何故《なぜ》か置いてあるワンカップ酒の蓋を手にして見つつ。
栞「……新聞の、見て。あー死んじゃったんだって思って」
紗千「お母さんだってこの間まで知らなかったのに」
栞「偶然見て。へえって思って」
内心動揺あるが、淡々と言う栞。
栞「描いてみようかなって。好奇心っていうか」
紗千「趣味悪いことしないでよ」
栞「義理のお兄さんだし……」
紗千、栞の飲みかけの麦茶を取って、飲み。
紗千「あなたには関係ない人なの」
栞「あるでしょ、お姉ちゃ……」
紗千「お姉ちゃんなんて言わないで」
栞「……はい」
紗千、栞の前髪に触れて、かき分けながら。
紗千「そんな絵、描かないでよ。お母さん、びっくりした」
栞「ごめん」
店の方に身を潜めるようにして、ワンカップのお酒とスルメを持った健太郎の姿がある。
酒をすすりながら話を聞いていて、……。

○小春のアパート・部屋
話している小春と由季。
由季「探そうと思ったことないんですか？　その、当事者っていうか、高校生とか、背中押した人のこととか」
小春「そんなことしても信さん帰ってこないし。もし、そんな人に会ったら……（と、首を傾げ、苦笑）」
小春、遠い目で、かすかに怒りがあって。
小春「お母さんじゃいられなくなるから。おさえきれなくなると思うから」

○タイトル

○総合病院・廊下（日替わり）
医者や患者が行き交う中、歩いてくる小春。
澤村の声「念のため、骨髄検査しておきましょう」

○同・血液内科診察室
椅子に座って澤村の診察を受けている小春。
澤村「骨髄っていうのは血液を作る組織ですが、青柳さんはその機能が低下してるんですよ」
小春「はい（と、気丈に聞いている）」
澤村「ただ、お話を聞いてると、青柳さんの場合は栄養不良から来てるのかなあと思います（と、薄く微笑む）」
小春「はい（と、合わせて照れたように微笑む）」
藍子が書類を渡す。
藍子「骨髄採取と麻酔の同意書です。当日お持ちください」
小春「はい……（ふと思って）あの、すいません」
藍子「はい」
小春「お金はどのくらいかかりますか？」
澤村と藍子、意外な質問に、顔を見合わす。
小春「ごめんなさい」
澤村「いえ。（藍子に）幾らかな？」
藍子「三割負担ですから、二万円程度でしょうか」
小春「（え、と）」
澤村「うん、そんなもんかな」
小春「……すいません、検査、やっぱりいいです」
澤村「え」
小春「わたし、大丈夫です」
藍子「大丈夫じゃありません。ご自分の体でしょ。もし病気があって倒れるようなことがあったら二万やそこらじゃ済みませんよ」
小春「(困惑し)はい……(照れたように笑って)すいません、わかりました、はい」
澤村「約束ですよ」
小春「はい」

○ テーラーウエスギ・店内

派手めな綺麗な色のシャツを着ている健太郎。
衿を直し、髪に櫛を入れる。
紗千が奥の部屋から来て、シャツを見て。
紗千「出かけるの?」
健太郎「(咳払いし)安孫子《あびこ》さんち。将棋指そうって」
紗千「安孫子さん、通風で入院……」
健太郎「(咳払いし)だから見舞い行くんだよ」
紗千「病室に将棋ないでしょ」
健太郎「持っていくよ、持っていくに決まってんじゃん」
健太郎、置いてあった将棋の駒を手にする。
紗千、将棋盤も取って差しだす。
健太郎、重そうだなあと思いながら紙袋に入れる。
紗千「ついでに安孫子さんの奥さんにあれ返しておいて」
女物の絵柄の手提げを持ってきて、健太郎に渡す。
健太郎、持つと、かなり重い。
健太郎「何⁉」
紗千「ガラスの仮面の一巻から二十五巻まで。帰りに二十六巻から四十九巻まで借りてきて」
健太郎「今度でいいんじゃない?」
紗千「随分お洒落してるのね」
健太郎「いつも通りだよ。いってきます!」
紗千「(怪訝《けげん》に見送って)」
重い手提げを二つ持って出ていく健太郎。

○ 通り〜小春のアパート・外

手提げ二つとケーキの箱も持った健太郎が来る。

重い荷物を持った手を持ち上げ、必死な感じで住所のメモを見て、小春のアパートの前に立つ。

○ 同・廊下

健太郎、青柳と表札のある部屋をノックしていて。

健太郎「小春ちゃん？　小春ちゃん？」

○　同・外

落胆し、重い荷物を手に階段を降りてくる健太郎。
宅配業者が来た。

健太郎「すいません。どうぞどうぞ。すいません」

健太郎、宅配業者に道を譲ろうとして変な姿勢になり、うっと声を漏らし、静止する。

健太郎「（腰を押さえ）痛いぞ……痛い痛い痛い」

手提げを落とし、『ガラスの仮面』がばらまかれる。

健太郎「あー」

声をあげ、手すりに摑まって悶絶する。
ランドセルを背負った望海が帰ってきた。
健太郎、あ！と思うものの、望海は健太郎をスルーし、階段を上がっていこうとする。

健太郎「望海ちゃん望海ちゃん」

望海「（振り返って見て、うん？）」

健太郎「おかえり。おじさん、おぼえてませんか？」

望海「ナマケモノさんでしょ。何？」

健太郎「何って。えーと、遊びにきました」

望海「宿題あるの」

健太郎「あ、そう。ちょっと今、おじさん、腰あれしてるんだけど、とりあえず部屋あげてくれますか」

望海「あのね、知らない人は駄目なお約束なの」

健太郎「知らない人じゃないよね」

望海「知ってるけど、お家《うち》の人じゃないでしょ。そこは望海が応用してるの」

健太郎「入れる方向で応用できないかな？」

望海「ひとりいいことにしたら何人でもよくなるじゃない」

健太郎「はい、わかりました。お母さんが帰ってくるまでここで待ってます」

○　託児所・廊下〜室内

廊下に立って、インターフォンを押した小春。
肩にかけたバッグに病院の封筒が見える。
まだ不安の残っている顔で待っている。
扉が開き、職員に連れられた陸が出てきた。

小春「（ぱっと笑顔になって）陸」

○　通り〜小春のアパート・外（夕方）

陸と共に帰ってきた小春。

小春、陸が牛乳パックで作った玩具を見ながら。

小春「パトカー、上手にできたね」

陸「牛だよ」

小春「牛？　牛か。あー、牛だね」

などと言いながらアパート前に到着すると、外階段に腰掛けて、夕日を浴びてうなだれている健太郎。

小春、顔がよく見えず、警戒しながら近付くと。

健太郎「うー（と、呻いて）」

小春、健太郎だと気付く。

小春「あ……」

健太郎「小春ちゃん。帰ってきた。良かった。死ぬかと思った」

小春「（困惑しつつ、会釈）」

○　小春のアパート・部屋

布団に横になっている健太郎、小春が持ってきた水を一気に飲み干して。

健太郎「あー。大丈夫大丈夫、もう大丈夫、ありがとう」

小春「はい（と、困惑していて）」

健太郎が持ってきたケーキを食べている望海と陸。

健太郎「ケーキ美味しいですか？」

望海「美味しい」

小春「陸、お口」

小春、ケーキを食べている陸の口元を紙ナプキンで拭き、丸めてごみ箱に投げ入れる。

健太郎「お、入った」

小春「あ、ごめんなさい」

望海「お母さんの特技だよ」

小春「特技じゃないよ」

健太郎「特技だよ」

小春「特技じゃありません」

健太郎「はい。アイテテテ」

望海「あのさ、マッサージしたらいいんじゃない？」

健太郎「そうですね」

望海「してあげようか」

健太郎「いや……（と、おびえて）」

望海「してあげる」

小春、病院の封筒が見えるバッグを棚に置きながら。

小春「望海、駄目だよ」

健太郎「じゃ、お願いしようかな。お願いします、望海ちゃん」
望海、健太郎の腰の上に乗る。
健太郎「(痛み)ん」
小春「やめましょう」
健太郎「大丈夫大丈夫……ん」
望海「お母さん、おじさん押したら鳴る！　んて鳴る！」
健太郎「ん」
小春「望海、降りなさい」
望海「陸、ここ押して」
陸、押す。
健太郎「ん」
陸「んて鳴った！」
楽しそうに笑う望海と陸。
小春も笑ってしまう。
健太郎「小春ちゃん、今笑いました？」
小春「(笑いかけて)笑ってません」

× × ×

夜、晩ご飯を食べている小春、健太郎、望海、陸。食事はちくわの入ったチャーハンである。

健太郎が楽しげに話している。


健太郎「まあ、中学生でしたからね、牧田《まきた》くんと二人してパンツに何匹ザリガニ入るか競争することになりまして」

えー！となる望海と陸。

健太郎「一匹、二匹、三匹、三匹入れたところで、これは挟んでるなと気付いたわけですよ。でも牧田くん見たら四匹目入れてるもんですから、僕も調子乗って、(望海たちを見据えながら)四匹、五匹、六匹、七匹！」

手を繋ぎ、目を丸くしながら聞いている望海と陸。

健太郎「八匹！　九匹！　十匹！　その時牧田くんがぎゃあと叫んで慌ててパンツ下ろしたら、玉にね、ごめんねお母さん、玉にね、ザリガニが三匹、ぶーらぶらーって」

笑う望海と陸。

小春も笑いながら、笑う望海と陸を見て嬉しく。

× × ×

布団の中で眠っている望海と陸。

食卓に将棋盤を置き、将棋を指している小春と健太郎。

健太郎「ご飯、ごちそうさまね」
小春「あんなものしかできなくて」
健太郎「ちくわのチャーハン。あれね、さっちゃんもよく作ります。土曜日のお昼は大体あれですよ」
小春「……（と、駒を指す）」
健太郎「え」
小春「え（と、戻そうとする）」
健太郎「いや。小春ちゃんって……」
小春「あ、わたし、強いです」
健太郎「あ、そう。それは失礼しました」
小春「あ、でもこの段階で負けがわかるっていうのは、（健太郎を示し）なかなかです」
健太郎「ありがとうございます。どこでおぼえたんですか」
小春「父の相手をしてたんで」
健太郎「あー、髙村さん。髙村さん、将棋好きだったんだ」
小春「はい」
健太郎「あ、そう……あ、そう、指したかったな」
小春「（薄く微笑み）」
健太郎「いや、ごめんなさい……お父さんはいつ頃」
小春「もう十年前です、十八の時で」
健太郎「あーそうですか。八歳からお父さんと二人で暮らして、十年。それからまた十年」
小春「はい」
健太郎「……（姿勢を正し、何か言おうとする）」
小春「（気付き、遮るように）あ、抹茶プリン残ってます」

立ち上がり、冷蔵庫に行こうとする。

健太郎「僕はもうおいとましますんで」
小春「はい」
健太郎「小春ちゃんね（と、何か言おうとする）」
小春「（遮って）でも抹茶プリン……」
健太郎「抹茶プリンいらない」
小春「……」
健太郎「小春ちゃんね、お仕事忙しい時はウチでこの子たち、預からせてもらえませんか？」
小春「（え、と）」
健太郎「今、子供たちどうしてるの？」
小春「託児所です」
健太郎「ああいうのお金高いでしょ」
小春「（頷く）……」
健太郎「ウチね、昼間だったらさっちゃん仕事でいないし、店、暇だから時間ありますんで」
小春「（俯き、首を振って）……」
健太郎「正直言います。腹が立ったら怒ってください。

殴ってください。なんか投げてもいい。あのね小春ちゃん、僕はもうそろそろみんな仲良く暮らしたいです」

小春「……」

健太郎「許しがたい気持ちはわかります。だけどね、このままま た十年、また二十年経《た》つのは、悲しいわ。どうしたって親子なんだから、無理矢理でも嫌々でも見た目だけでも仲良くした方がいいと思うんです。この子たちのためにも……お願いします！（と、頭を下げる）」

小春「……」

小春、立ち上がって冷蔵庫からプリンを二つ出してきて、健太郎の前と自分の前に置き、座る。

二人、プリンの蓋を取り、食べはじめる。

小春「……やっぱり、家に大人の男の人がいると雰囲気変わりますね。（子供たちを見て）嬉しそうでした」

健太郎「そうかな」

小春、健太郎の向こう側の何かを見ながら。

小春「……今月だけでも預かっていただけると助かります」

健太郎「（嬉しく、頷き）はい」

小春「（礼をし）はい」

小春、向こうに置いてあるバッグからはみ出した病院の封筒をまた見つめる。

○　**テーラーウエスギ・奥の部屋**

旅行代理店でもらってきた国内旅行パンフレットを見ながら、わらび餅を食べながら、顔を寄せ合って話している紗千と栞。

紗千「素敵なお風呂ね、でもお掃除大変そう」

栞「お母さんが掃除するんじゃないんだから。これは？　エステスパ付き女子プラン」

紗千「お母さん、女子じゃないから」

栞「いいの、女子なの」

紗千、ティッシュを取り、栞の口元のきなこを拭く。

栞「（苦笑）」

紗千「（微笑み）」

紗千、ティッシュをごみ箱に投げて、見事に入る。

○　**都電荒川線・停留場前の通り（日替わり）**

走る都電が見えて、停留場の方から歩いてくる小春、望海、陸。

望海「お母さん、お仕事？」
小春「（内心戸惑いながらも）うん」
望海「がんばってね」
小春「ありがとう（と、嘘をついたことが心苦しい）」
　通りの向こうに健太郎が立っていて、手を振る。
小春「（会釈する）」

○テーラーウエスギ・店内

　健太郎、望海、陸、話していて。
望海「じゃあ、お店屋さんごっこね。ナマケモノさんはお店屋さんの人ね」
健太郎「任せてください。じゃあお客さんを……」
望海「望海と陸は警察ね」
健太郎「警察？」
望海「お店屋さんの人が悪いことしたから捕まえにきたの」
健太郎「……それはお店屋さんごっこかな」
　戸が開き、紗千が入ってきた。
紗千「ただいま」
健太郎「あれ……仕事は？（と、動揺）」
紗千「今日は昼過ぎに終わるって……（望海と陸に気付く）」
　怖がって健太郎の背後に回る望海と陸。
紗千「（顔をしかめ）」

○総合病院・廊下〜検査室

　検査着に着替えた小春、看護師と共に検査室に入る。
　準備していた澤村、藍子、看護師たちがいて。
澤村「よろしくお願いします」
藍子「こちらに横になってください」
　医療機器やモニタに囲まれた中に、手術台がある。
小春「はい……（と、不安）」

○テーラーウエスギ・奥の部屋

　むすっとした紗千、洗濯物を畳みながら横目に見る。
　望海と陸を背中に乗せてお馬さんをしている健太郎。
健太郎「ひひーん！」
望海「あっち（と、左を示し）」
陸「あっち（と、右を示し）」
　健太郎、紗千が畳んだ洗濯物の山を崩して

しまう。
紗千、……。
健太郎「ひひーん！」
走って逃げて、止まる健太郎。
健太郎「ストップストップストップ！」
望海と陸を下ろし、横たわる。
健太郎「さっちゃん、お水ちょうだい」
無視する紗千。
望海「次何する？」
陸「次何する？」
健太郎「ちょっと休憩ね」
陸「はい」
望海「陸、お絵描きしよ」
食卓でお絵描きをはじめる望海と陸。
健太郎「素直だね。（紗千に）素直ないい子たちだね」
紗千「（むすっとしたまま、無視していて）」
店で電話が鳴っている。
健太郎「（紗千に）電話鳴ってるね」
紗千「（畳みながら）村田《むらた》さんじゃないの」
健太郎「村田さん、今日仕上がり品持っていくって」
紗千「おっしゃってましたね」
健太郎、立ち上がって、紗千を見て。
健太郎「後、頼みます（と、頭を下げ）」
紗千「え」
健太郎「（望海と陸に）いってきます！」
望海・陸「いってらっしゃい！」
店の方に行く健太郎。
残された紗千、望海たちを見る。
望海と陸、怖々と横目に紗千を見る。
紗千、むすっとして、掃除機をかけはじめる。

×　×　×

床の拭き掃除をしている紗千。
食卓で絵を描いている望海と陸。

×　×　×

流し台周辺を丁寧に磨いたりしている紗千。
食卓で絵を描いている望海と陸、紗千のことをちらちらと見ている。
紗千「（振り返って）何？」
慌てて目を伏せる望海と陸。
紗千、……と、再び作業を続ける。

×　×　×

紗千、窓を拭いたりしていると、ふっと暗

くなる。
食卓の上の電球が切れたようだ。
絵を描いていたのが暗くなった、望海と陸。
紗千、横目に見、……。
紗千、タンスの引き出しを開け、新しい電球を出す。
照明の下に行き、電球を取り替えようとする。
まだ熱かった。

紗千「熱っ！（となるが、望海たちを意識し、むっと）」
望海、自分のリュックからタオルを出して、台所に行って濡らして戻ってきて、紗千に差し出す。

紗千「……最近の子は媚《こ》びるのが上手ね」
紗千、タオルを借りて電球を包んで取り替えた。
絵を描く場所が明るくなって。

望海「ありがとう」
紗千「（しかめっ面《つら》を維持しようとし）……」
紗千、望海たちの描いた絵をなにげなく見ると、黒い斑点がたくさん描かれた様々な動物。
紗千、何だ？と思う。

望海「テントウムシ人間でしょ、テントウムシ蛇でしょ、テントウムシウサギでしょ、テントウムシザリガニ！」
しかめっ面を維持し、向こうに行く紗千。

○同・洗面所
掃除をしようとしながら、ふと苦笑する紗千。

○総合病院・廊下
歩いてくる小春と藍子。

藍子「もし夜になって痛むようだったら……（何かに気付き、黙る）」
険しい表情の良祐が歩み寄ってきた。
小春、ん？と。

藍子「（良祐に構わず、小春に）我慢せずに連絡ください ね」
小春「はい。ありがとうございました」
良祐、気まずそうに小春に会釈する。
小春も会釈し、立ち去った。
藍子、良祐を無視し、行こうとする。

良祐「藍子」

藍子「ここ、病院」
良祐「じゃ、電話出ろよ」
藍子「用ないし」
良祐「はい？　息子放ったらかして出てって、用ないって」
藍子「放ったらかしてないよ、あなたに頼んだじゃない」
良祐「俺、仕事あって、今日だって預かってくれるところ、さんざん探して……」
　入院患者が通り、通り過ぎるまで黙って待って。
良祐「……それでも母親？」
藍子「わかったの」
良祐「何が？」
藍子「子供の犠牲になるのが母親なんじゃない、男の犠牲にされる人を母親って呼ぶんだってこと」
良祐「（え、と）」
藍子「（良祐を見、微笑んで）あなたが舜祐を育てて」
　と言い捨てていく。
　呆然と見送る良祐。
　歩いていくものの、内心は葛藤している藍子。

○　けやき並木道（夕方）
　小春、急ぎ足で来ると。
健太郎の声「小春ちゃん」
　声がし、振り返ると、健太郎が駆け寄ってきた。
　小春、健太郎がひとりなのを見て、あれ？と。
健太郎「子供たち今あの、さっちゃんが見てて」
小春「（え、と困惑）」

○　テーラーウエスギ・店内〜奥の部屋
　入ってくる健太郎、店の方から覗いている小春。
健太郎「望海ちゃん？　陸くん？　お母さん、帰ってきたよ」
　しかし部屋には誰もおらず、応答がない。
健太郎「あれ？　どこ行ったかな？」
小春「（え、と）」
　二階から畳んだ浴衣《ゆかた》を持って降りてきた紗千。
　小春と紗千、互いに気付き、気まずく目を逸らす。

健太郎「さっちゃん、あの子たちは？」
紗千「（素っ気なく）お風呂」
健太郎「お風呂⁉」
紗千「木でできてるって言ったら入りたいって言うから（と、嫌々なのだと主張して）」
小春「（困惑）……」
健太郎「小春ちゃん、着替えある？」
小春「あ、リュックに……お邪魔します」

小春、部屋にあがり、置いてある望海たちのリュックを開けようとすると。

健太郎「あれ、それは？（と、紗千が持っている浴衣を示して）」
紗千「何でもないわよ」
健太郎「浴衣でしょ」
小春「（え？と振り返る）」
紗千「着替えがあるならそれでいいじゃないの」

×　×　×

風呂から出て、浴衣を着ている望海と陸。
小春と健太郎、二人の髪を拭いてあげている。

健太郎「（二人の浴衣を見て）陸くんの浴衣、おととし甥っ子が着てたやつだね」
望海「お風呂がね、木なの。木でできてるんだよ」
小春「すごいね」
望海「お母さんも木のお風呂入ったら？　浴衣着れるしね」
小春「お母さんはいいよ」

紗千、距離を置いて、はすに座っていて。

紗千「人に貸す浴衣なんてないわよ」
健太郎「そういうこといちいち言わないの。望海ちゃんたち、お腹空いたよね」
望海「空いた」
健太郎「ご飯食べてって」
望海「いいよ」
小春「食べないよ。お家帰って食べよ」
健太郎「いやいや、食べて帰ってよ」
紗千「嫌だっておっしゃってるじゃない」
健太郎「遠慮してるんだよ」
小春「遠慮してません。ほんとに大丈夫です」
健太郎「望海ちゃん、お腹空いたよね？」
望海「空いてない」
健太郎「空いたって言ったじゃん。（小春と紗千を見て）ほら、ほらほら空いてるのに空いてないってことになってますよ。こういうところから子供たちは素直さを失っていくんじゃないのかな」

紗千「大げさな」
健太郎「望海ちゃん、何食べたい？　しゃぶしゃぶ？　鰻？」
望海と陸、お互いの耳元でコソコソと話し合って。
望海「ちくわのチャーハン」
小春、え、紗千、え、と。
健太郎「ちくわのチャーハン？　おばあちゃんバージョンね！」
小春、……、紗千、……、と。

×　×　×

台所に立った紗千、まな板でちくわを切っている。

紗千、漬け物などを食卓に運ぼうとすると、小春が来て、伏し目がちに受け取ろうとする。

紗千、……と、手渡しはせず、皿を置く。

小春、皿を取り、食卓に運ぶ。

小春、ちくわを切る紗千の後ろ姿を横目に見て、またすぐに目を逸らす。

×　×　×

できあがったチャーハンを食べはじめた小春、望海、陸、紗千、健太郎。

小春もスプーンですくって、見つめていると。

望海「お母さんのと同じ味するよ」

小春、……、紗千、……、と微妙な空気。

健太郎「やっぱりそうですか、そういうことか、（小春に）そういうもんだよね、（紗千に）そうでしょ」

小春、首を傾げ、紗千も首を傾げる。

小春、口にチャーハンを運び、複雑な思いで紗千の作った料理を食べる。

×　×　×

食べ終えた紗千、皿を台所に下げ、冷蔵庫を開ける。
健太郎「しーちゃんもこれでいいんじゃないの？」
紗千「あの子、ちくわ食べません」
健太郎「しーちゃん、好き嫌い多いし、食べられるようになった方がいいんじゃないのかな」
紗千「無理してちくわ食べる理由がないでしょ」
望海と陸、交互に健太郎と紗千の顔を追って見ている。

健太郎「この間柴田《しばた》さんの結婚式出た時、隣の人が野菜全部残しててさ、ああいうのみっともないんですよ」
紗千「結婚式にちくわは出ません」
健太郎「新郎がちくわメーカーの社員だったら出るよ」
紗千「あの子がいつかちくわメーカーの社員の方のお式に出た時のために今日ちくわを食べさせなきゃいけないの？」
健太郎「人生、何に出くわすかわからないでしょ」
紗千「ちくわに出くわすために生きてるわけじゃありません」
望海「（小春に）何で喧嘩《けんか》してるの」
小春「（笑顔で）食べなさい」
健太郎「（小春に）好き嫌いない方がいいでしょ？」
小春「はい」
紗千「何？」
小春「え」
紗千「何、はいって」
小春「はい？」
紗千「何であなたが口出すの、ウチの娘のことに」
小春「……口出してません」
紗千「はいって言いました」
小春「返事しただけです。（陸に笑顔で）食べようね」
紗千「何でちくわでそんなこと言われなきゃいけないの」
小春「わたし、何も言ってません」
健太郎「僕が聞いたからだよ。はいって答えただけだもんね」
紗千「はいって答えたってことは口出したってことです。ちくわメーカーの社員の方のお式に出る時のためにちくわ食べなきゃいけないって言ったってことです」
健太郎「ごめんなさい。結婚式をたとえに出した僕が間違ってました。ごめんなさい」
紗千「どうでもいいわ」
小春「……（わだかまりありながら、望海に）食べなさい」
健太郎「ごめんごめん、栞の好きなもの作ってあげて」
紗千「言われなくても……」
小春「はいって言っただけです（と、思わず言った）」
紗千「え？」
小春「別に、あなたのことに口出しとかしてません」
紗千「……」
健太郎「そうだよね、小春ちゃん何も言ってないよ」

小春「すいません」
望海「どうしたの？」
小春「何でもないよ」
紗千「そういうところに出るのよ」
小春「(え、と)」
紗千「この人、そういう人なのよ」
健太郎「さっちゃん」
紗千「何かあると、必ずわたし以外の人の味方になるの」
小春「……」
健太郎「何かって、何も起こってないよ」
紗千「昔からそうだったの」
小春「何をおっしゃってるのかちょっとよくわかりません」
健太郎「小春ちゃん、子供たちの前だし」
小春「わかってます……！」
全員、……。
小春「……(望海と陸に)ごちそうさま言おうか」
望海「(紗千に)ごちそうさま」
陸「(紗千に礼をする)」
紗千「はい」
健太郎「(望海と陸に)上でアンパン観ようか」
小春「もう帰りますから」

健太郎「もうちょっといようよ、ね、このまま帰ると、またわだかまりが、増加するし、ね。(望海と陸に)アンパン観よう、アンパン」
健太郎、望海と陸を連れて二階に行く。
望海「バタコさんは？」
健太郎「バタコさん出る。大活躍する」
小春、……、紗千、……。

○　けやき並木道(夜)
自転車に乗って帰ってくる栞。

○　テーラーウエスギ・奥の部屋〜店内
互いにそっぽを向いて黙り込んでいる小春と紗千。
二階からアンパンマンの歌が聞こえてきた。
階段を降りてくる健太郎。
健太郎「音、大きいね(と、気付き)」
また二階に上がっていく健太郎。
小春、……、紗千、……。
音が小さくなってドアが閉められる音がし、降りてきた健太郎。
健太郎「(二人を見て)子供の前で喧嘩しないの」
小春「喧嘩なんかしてません」

紗千「事実を話しただけです」
健太郎「あ、そう、でもまあ、この際事実は置いとこう、ね」
紗千「昔からわたしの言うことすることが気に入らないの」
健太郎「まだそういう話するの？」
紗千「ずっとそうなの」
健太郎「わかった、わかったから……」
小春「ピアノのことですか？」
紗千「ピアノ？」
小春「違うならいいです」
紗千「ピアノだってそうよ」
小春「何回も言われました」
健太郎「何？　何の話？」
紗千「週二回ピアノ教室行かせてたの。行ったのは最初の一回。あとはずっと公園で年寄りと将棋指してたの。小学一年生でわたしに嘘ついてたの」
健太郎「あら。何で？」
小春「ピアノより将棋の方が勝負する緊張感があってどきどきするなあって」
健太郎「ははは（と笑って、紗千を見て笑うのをやめる）」
紗千「せっかく習わせてあげたのに」
小春「わたしは習いたいなんて一度も言ってません」
紗千「デパート行って洋服買ってあげてもまるで喜ばないの。洋服より本が欲しいって言うの」
健太郎「そうなの？」
小春「着られれば何でもいいかなって」
紗千「ディズニーランド連れていってあげてもつまんなそうにしてるの」
健太郎「行列が苦手だったのかな？」
小春「恐竜展に行きたかったんです。恐竜展の行列だったら並びたかったんです」
健太郎「あ、そう」
紗千「わたしが入院した時……」
健太郎「もういいんじゃない？」
紗千「……（と、息をつき、止める）」
小春「入院が何ですか？」
健太郎「もういいんじゃない？」
紗千「入院したの。肺炎で。この子、見舞いに来なかったの。母親が入院してるのによ。そんな子供がいる？」
健太郎「何でお見舞い行かなかったの？」
小春「……病院が怖かったんです」
健太郎「え？」
小春「その頃読んでた本に、ウーギークックっていうお化けが出てきてて、ウーギークックは病院の地下室に住んでて、子供の魂を食べるんです。魂を食べられた子供は……」
紗千「この子は本のそんなくだらない話を信じて、母親のお見舞いに来なかったの」
小春「何回も病院の前まで行ったんですけど、どうしても怖くて足がすくんで……。行ったんですけど……」
紗千「淋しかった。あー、あの子はわたしのことなんてどうでもいいんだって思った」
小春「(うなだれて)……」
紗千「産まれた時から、産まれる前から話しかけて、早く会いたいねって思ってた子よ。ピアノ行こうね。可愛いお洋服着ようね。ずっと話しかけてた子よ。わたしが産んで、わたしが育てたの。二人でご飯を食べて、二人でお風呂入って、子守歌歌ってたの。だけどこの子がなついたのはたまにしか帰ってこないくせに、気まぐれに甘やかすだけの男の方だった」
小春「……」
健太郎「(紗千の思いを察するように見て)……」
紗千「参観日にこの子、作文読んだの。大人になったらお父さんみたいな小説家になりたいですって。(苦笑し)わたしみたいにはなりたくなかったの。いいけどね。あの男は小説家なんかじゃなかったから。誰も読まない落書きを書いてただけの、だけのセールスマンだったんだから」
小春「……(憤りがある)」
黙り込む小春、紗千。
健太郎「いやまさかちくわのことで、そこまでさかのぼるとは思わなかったな」
紗千「そういうことだけじゃないの。口に出すとそういうことだけになるけど、そういうことだけじゃないの」
小春「何ですか」
紗千「(何か言おうとするが、首を振る)……」
小春「(不満があって)……」

× × ×

店の戸を開いて、帰ってきた栞。
奥の部屋に入ろうとして小春の姿に気付く。
健太郎「ま、でも親子なんだし」
紗千「親子だから我慢できるんじゃないの。親子だから我慢できないの」
栞、作業台の椅子に腰掛け、息を潜め、聞き入る。

×　×　×

奥の部屋の小春、紗千、健太郎。

紗千「（小さく息をつき）ご飯の支度しないと……」

立ち上がろうとすると。

小春「（俯いたまま）そんな理由で」

紗千「（え、と）」

小春「わたしはピアノ教室に行かなかったことが、わたしが病院のお見舞いに行かなかったことが、家を出ていった理由ですか」

紗千「（黙っていて）……」

小春「そんな理由で、わたしと父を置いて……」

健太郎「まあ、それは色々あっての……」

小春「あなたが出ていって父は、押し入れにしまってあった、ダンボール何箱もあった原稿用紙を捨てました。何で捨てるの？って聞いたら、こんなのただの落書きだからと言いました。ごめんな小春、お父さんがこんなものにすがってたからお母さん出ていったと言いました」

紗千「……（別の思いがある）」

健太郎「……（同じく別の思いがある）」

小春「父は会社も辞めました。わたしと一緒にいられる時間を自由に取れるようにって、パン工場で働いたり、港で積み卸しの仕事をしたり、トラックの運転をしてたこともあります。不器用な人だったんだと思います。奥さんに逃げられて、社会から見たら、駄目な人だと言われたのかもしれません。だけどわたしには、ずっといいお父さんでいてくれました。淋しいって言うと、トラックの助手席にわたしを乗せてくれました。夜じゅう高速道路走って、目が覚めたら、雪が降ってる青森県にいたり、長崎の夜景見せてくれたりしました。わたし、箸の持ち方がちょっと変なんです。中学の時に間違ってるって気付きました。でも別に直さなくていいかなって思いました。お父さんが教えてくれた持ち方だから。お父さんと同じ箸の持ち方だから。苦労して育ててくれたから。ひとりで育ててくれたから。大切なお父さ、父です」

黙っている紗千、健太郎。

×　×　×

店内、話を聞いている栞、反発するような眼差し。

×　×　×

小春、顔をあげて、薄く微笑み。
小春「そんな父がひとりで苦労した理由が、わたしがピアノ習わなかったこととか、病院のお見舞いに行かなかったとか、そんなことで、そんな理由で……」
紗千「(薄く苦笑し)」
小春「(紗千を見て)何がおかしいんですか」
紗千「(小春を見て)おかしいわよ」
小春「父は家を出ていったあなたを責めたことも、悪く言ったことも一度もありませんでした」
紗千「あ、そう」
小春「なのに家族を壊したあなたが……」
健太郎「小春ちゃん、違うって。違うんだ違うの」
小春「(え、と)?」
紗千「あなたは黙ってて」
健太郎「だって違うもん。さっちゃんと小春ちゃんがいがみ合うことないんだもん。二人はね、ボタンの掛け違いなんだよ。ちょっとしたボタンの掛け違いだよ。お母さんじゃない。僕だよ、僕が高村さんの家族を壊したんだ」
紗千「(健太郎の思いを察し)……」
小春「(厳しい表情で聞いていて)……」
健太郎「僕が小春ちゃんからお母さん奪った。小春ちゃんのお父さんから奥さん奪った」
小春「……どうしてですか?」
健太郎「……」
小春「どうしてですか?」
健太郎「……さっちゃんが、あまり幸せそうじゃなかったからです。さっちゃんが……」
紗千「(遮るようにふうと大きな息をついて)」
音をたてて席を立つ紗千。
健太郎「(紗千を見、黙って)……」
小春「(その様子に)……?」
紗千「(健太郎に)お皿下げて」
健太郎「はい」
小春と健太郎、皿を下げる。
紗千、ティッシュを丸めてごみ箱に投げる。
見事に入るのを見る小春、……。
健太郎も見て、苦笑し。
健太郎「色々言うけど、あなたたちはそう変わらないよ」
紗千「何が(と、振り返って気付き)あ……おかえり」
小春、振り返り見ると、入ってきた栞。
小春、あ、と。
健太郎「(笑顔で)おかえり」

栞は小春を強く見据えている。
小春、立ち上がり、会釈する。
あたふたした様子の紗千と健太郎。
健太郎「えっと、しーちゃんは小春ちゃんと初対面なんだっけ」
紗千「(栞の様子をうかがって見て)……」
健太郎「しーちゃん、青柳小春さん。お母さんの……」
栞「知ってる。お母さんに暴力ふるってた男の娘でしょ」
紗千「……!」
健太郎「……!」
小春「(きょとんと)……」

○同・二階の寝室
望海、背伸びし、棚の上に飾ってあるスノードームを取ろうとしているが、届かない。

○同・奥の部屋
何を言われているのかわからない小春。

小春を睨んでいる栞。

動揺している紗千と健太郎。

健太郎「(慌てて)しーちゃんさ、ちくわメーカーに友達いる? その人の結婚式出る場合はね……」

栞、ちょっと半笑いな感じで、小春に。
栞「いやだってなんかちょっと違うんじゃないかなっていうか。ウチのお父さん、あなたからお母さん取ってないですし。お父さんはお母さん助けただけで、あなたの父親の暴力から」
小春「(意味が掴めず)……」
健太郎「しーちゃん、何でそんなこと」
栞「(健太郎に)知ってるの。叔父さんに聞いたの。叔父さん、褒めてたの、お父さんのこと。この人の父親、お母さんのこと、毎日殴ったり蹴ったりしてさ。(紗千に)ね、お母さん、傷残ってるのそうでしょ」
紗千「……(首を振る)」
栞「え、何で隠すの? (小春に)お母さん、前歯、何本も折られて差し歯なんですけど? (紗千に)お腹とか蹴られて入院したことあるんだよね?」
小春「……!」
紗千「(首を振る)」
栞「(健太郎に、小春を示し)この人、お母さんに何であんなこと言うの? (小春に)お母さんが家族捨てたとか言ってますけど、全然違うし。あなたがそんな可哀想なお母さんを捨てたんだし。あなたがそんな人間のクズみたいな男を選んだんじゃないですか、ね、でしょ」

小春「（紗千を見る）……」

紗千「（小春を見て）……」

二人の思いが交錯する。

二人の視線の交差を見た栞、小春に詰め寄る。

栞「ねえ、どういうつもりでお母さんにああいうこと言ってるの？　ねえ」

健太郎、栞の腕を取って。

健太郎「しーちゃん、こっちおいで」

栞、それを振り払って。

栞「お父さん、違うよ。ボタンの掛け違いって、違うでしょ。どこからやり直したら上手く行くとか、そんなのないもん。どこかでおかしくなったんじゃないもん。はじめからおかしいんだよ。（小春に）あなたがいいお父さんだと思ってた人は、人間のクズだったんだもん。そんな死んだ人のこと、綺麗な思い出にして、生きてる人間傷つけて、そういうの、星が綺麗だねえって言いながら、足下の花踏みまくってる人のパターンでしょ。ね（と、挑発し微笑う）」

小春「（呆然と）……」

○　同・二階の寝室

望海の肩にまたがった陸、棚の上のスノードームを取ろうとしていて、もう少しで手が届く。

○　同・奥の部屋

対峙している小春、紗千、健太郎、栞。

栞「あなたの結婚相手だって……」

小春「（え、と）」

栞「痴漢して……それで死んだんだし……」

小春「（はっとし、栞を睨む）」

栞「（おびえるように）だってそうやって新聞に……」

小春、思わず前に出、栞に詰め寄る。

紗千、割って入り、栞の腕を引き寄せ、抱きしめる。

紗千「栞（と、諭すように）」

栞「お母さん」

紗千「もういいの。いいの」

ひとり呆然と立っている小春。

するとその時、二階から、どん！と物音。

小春「（はっとし）望海!?　陸!?」

小春、二階へと駆け上がっていく。

○　同・階段～二階の寝室

駆け上がってくる小春、ドアを開け、飛び込む。

床に落ちている何かを見ている望海と陸。

小春「……どうしたの？」

望海、落ちていたスノードームを掲げて。

望海「雪、降った！」

陸「雪、降った！」

小春「……（頷き、静かに）お家《うち》、帰るよ」

○　同・店内～奥の部屋

帰る小春、望海、陸を見送る健太郎。

小春「お世話になりました」

健太郎「（首を振り）また……」

小春「（もう来るつもりはない）」

健太郎「（察し）……（望海と陸に）気を付けて帰るんだよ」

望海「ナマケモノさんも気を付けてね」

健太郎「はい」

小春「浴衣は洗濯して返しますので」

望海「返さなくていいんだよ」

小春「え？」

望海「だってお母さんのお母さん、言ってたもん。この浴衣、小春の浴衣なのって」

小春「……！」

望海「お風呂入る時、あなたは小春と背の高さが同じだから入ると思うわよって」

小春「……」

奥の部屋でテーブルを拭いていた紗千、聞こえて、手が止まり、……。

小春「（困惑し）……」

小春、複雑な思いに戸惑いながらも、意を決し、前に出て、奥の部屋に向かって。

小春「ありがとうございました！」

奥の部屋の紗千、……。

小春「チャーハン、美味《おい》しかったです！」

奥の部屋の紗千、……。

小春「（込み上げてきそうな思いを押しとどめながら）植杉さん、ありがとうございました！」

奥の部屋の紗千、……。

小春「（深々と頭を下げる）」

○　都電荒川線

小春、望海、陸を乗せた都電が夜の中を走

っていく。
望海の声「お母さん？」
小春の声「うん？」
望海の声「浴衣、もらってもいい？」
間。
小春の声「いいよ」

第3話終わり

Woman

第4話

○　総合病院・血液内科診察室

患者の女性の手元がレンタルビデオ店の袋を握りしめている。

向かい合っている澤村が穏やかに話しはじめる。

澤村「精密検査の結果が出ました」

女性の手がびくっと動く。

傍《かたわ》らで藍子が聞いており、女性を見守っている。

澤村「病名は急性骨髄性白血病です」

藍子、女性の顔を見ている。

二十代半ばの女性（前田《まえだ》）、その呆然としている顔。

澤村「（薄く微笑み、首を振り）前田さん。白血病と言っても今は治らない病気ではありませんよ。最善を尽くしますから安心してください」

ほんの少し和《やわ》らぐ前田の顔。

澤村「すぐに入院の手続きをします」

前田「はい。あ、どうしよう、（レンタル店の袋を示し）帰りに返そうと思って持ってきちゃった」

澤村「僕が返しておきます（と、袋を受け取る）」

×　×　×

藍子、携帯の舜祐の写真を見て、淋しく、……。

澤村がコーヒーを二つ持ってき、藍子の前にも置く。

藍子「あ、すいません（と、慌てて携帯を閉じる）」

写真に気付いているが、何も言わずに座る澤村。

藍子「（飲んで、誤魔化すように微笑《わら》って）先生、さっき手汗すごかったですね」

澤村「空調効いてないんじゃないの」

藍子「告知は患者さんから未来を奪うようなもんですもんね。今までで一番緊張したのってどんな時ですか？」

澤村、……と、ＰＣを操作しながら。

澤村「妻にした時かな」

藍子「（え、と）」

澤村「マルクの結果、早くこっちに送って」

○　道路（日替わり、朝）

仕事に行く小春、登校する望海、そして陸。

小春「夏休みの宿題いっぱい出そう？」

望海「あのね、研究するの」
小春「自由研究だ」
望海「お母さん、自由研究したことある？」
小春「あるよ、かたつむりの観察とか」
望海「かたつむりの歯が一万本あることとか？」
小春「そうなの？」
望海「お母さん、そんなことも知らないのは研究したことにならないよ」
小春「(笑って) 望海、何研究するの？」
望海「地底人」
小春「地底人⁉」
望海「発見するの」
小春「発見するんだ⁉」
望海「ウチに来てもらうの」
小春「え、ご飯どうしようかな」
陸、ふと何かに目をとめ、立ち止まる。
何かを見上げ、見つめる。
望海「お母さん、穴を見つけたら調べておいて」
小春「わかった。気を付けてね、(足下のマンホールを示し) こういうとこ危ないから」
望海「お母さん、これはマンホールだよ、地底人はいないよ」
小春「そうだよね (と、照れ笑い)」

小春、陸が付いてきていないことに気付く。

小春「陸？」

陸は何やら掲示板を見ている。

小春「何かあった？ (と、掲示板を見ると)」

何枚かの貼り紙が貼ってあって、『父と子のラジオ体操』という、父と子が体操しているイラスト入りの催しの案内があった。

小春「……ラジオ体操したいの？」

陸、……。

小春「お母さんと行こうよ。ね」

陸、釈然としない感じで頷く。

望海「お母さん、遅れる！」

小春「おいで陸」

小春、先に行く。

陸、行きかけて、もう一度掲示板を見上げる。

見ているのは、迷い犬探していますの貼り紙。

ジャック・ラッセル・テリアの子犬の写真があり、名前のところに、『ブン』とある。

陸、犬の顔をじっと見つめて、気になりつつも小春の元に走る。

○　クリーニング工場・工場内

ひどい暑さの中、作業している小春。
息が苦しく、目眩がするが、続ける。

○　託児所・室内（夕方）

隣室で陸や他の子供たちが遊んでいるのを見ながら、迎えにきた小春が職員の西岡《にしおか》と話している。

西岡「ご自宅ではよく喋るんですか？」
小春「元々口数は少ない子なんです」
西岡、言葉遅れに関する本を差し出して。
西岡「言葉遅れってことはないでしょうか」
小春「（困惑し）……」
西岡「何らかの、ってこともありますし」
小春「以前、療育センターで相談したことはあります。でもわたしや上の子の言葉も理解してるし、感情表現もします。わたしもおとなしい方だったから、性格的なもので」
西岡「一度知能テストを受けてみられたらどうですか？」
小春「……（ひとりで楽しげに遊ぶ陸を見る）」

○　小春のアパート・部屋（夜）

望海の動物図鑑の、犬のページをじっと見ている陸。
そんな陸を気にしつつ食後の洗い物をしている小春、横で皿を拭く望海。

望海「いつも何を食べてるかだよね」
小春「土の中に住んでるから根菜とかじゃないのかな」
望海「根菜って？」
小春「根っこの野菜。大根とかニンジンとかレンコンとか」
望海「煮物が好きなのかな」
小春「大根畑で待ってると来るかもよ。下から大根引っ張ってきたら、こっちはこう上から引っ張って……」
ひとりで動物図鑑を見ている陸を見て。
小春「陸は？　陸は夏の間に何がしたい？」
陸「（微笑みながらも首を傾げる）」
小春「プールとか、アスレチックとか」
陸「……犬」
小春「犬？」
望海「飼いたいの？」

陸「(うーんと首を傾げる)」
望海「犬はお金かかるよ。ご飯もすごく食べるもん」
小春「どんな犬が好きなの?」
　陸、……、と自分の片耳を半分に折る。
小春「耳が折れてる子だ? 可愛いよね」
陸「(うんと頷く)」
小春「じゃあさ、早起きして犬の公園に行ってみようか?」
陸「(嬉しそうに頷き)行く!」

○公園(日替わり、早朝)
　早起きして来た小春、望海、陸。
　犬を散歩させている人たちがたくさんいる。
　駆けだし、犬を触らせてもらう望海。
　小春、陸を見ると、何か探すようにウロウロしている。
　小春、ん?と。
　探すように見回している陸。

○タイトル

○ファーストフード店・二階席
　窓際のカウンターでカフェオレを飲まずに置いたまま、模試の結果を見ている。
　多摩美も武蔵美もすべてD判定である。
　背後から笑い声が聞こえる。
　栞、……。
女の声「植杉さん?」
　びくっとする栞、慌てて模試を隠す。
　他の何人かの友人と共にいる今野美希《こんのみき》(20)、友人にトレイを渡し、栞の横に来て。
美希「え、わかる? わからない?」
栞「美希、ちゃん」
美希「嬉しい、会いたかったんだよ」
栞「あ(と、笑顔を作って)」
美希「今何してるの?」
栞「え、(カフェオレを示し)これ飲んでて……」
美希「(笑って)違うよ。わたし、今青学《あおがく》。植杉さんは?」
栞「あ……(と、微笑って)」
美希「うん?」
栞「あ……(と、微笑って)」
美希「(笑って、栞を見て)相変わらず気持ち悪いね」
栞「……(微笑って)う、うん」

○　テーラーウエスギ・奥の部屋

塩を振りながらスイカを食べている紗千と健太郎。

紗千「（健太郎の食べた跡を見て）種は？」
健太郎「あ、気付かなかった？　俺ここ数年、種は気にしないことにして、結構食べてます」
紗千「何そんないい年しておかしな食べ方をはじめてみるの」
健太郎「年は関係ないでしょ、新しいことはじめるのに」
紗千「（健太郎をちょっと見て、ま、いいかとまた食べる）」
健太郎「いや無視しないでよ」
紗千「色んな人がいるわね、八十なってエベレスト登る人もいれば、六十でスイカの種食べはじめる人もいて」
健太郎「そう言われるとなんか悲しくなってくるけど」
紗千「暑いわね」
健太郎「（なにげなくを装って）小春ちゃんちも暑いだろうね。あそこんちエアコンないんだよ、子供いるのに」

紗千「（内心、心が動きながらも隠し）……」
食べ終えた皿を片付けはじめる。
健太郎「無視しないでよ」
紗千「反省してください」
健太郎「してるよ、してるんだよ……」

×　×　×

回想フラッシュバック。
栞「お母さんに暴力ふるってた男の娘でしょ」

×　×　×

健太郎「してるけどさ、小春ちゃん、ひとりで困ってるようだし、何とかならないの？かなと思ってね」
紗千、皿を持って台所に運びながら。
紗千「（心配する思いはあるものの）上手く行かないのよ」
健太郎「（息をつき）何で栞はあんなこと言ったんだろうね。お母さんにもうひとり娘がいるってのは複雑なもんだとは思うけど、でも（と、不満げに）」
紗千「（健太郎を睨み）栞は悪くないわよ」
健太郎「いや……」

紗千「どうしてあの子のせいにするの」
健太郎「せいにはしてないっていうか……」
紗千、思い詰めたように俯く。
健太郎「ごめん……」
紗千「……何であんなこと言ったのかしら」

○クリーニング工場・従業員控え室

仕事を終え、汗だくで戻ってくる女性従業員たち。
小春もいて、汗を拭きながらロッカーを開ける。
服を出し、携帯を出して確認し、あ、と思う。

○託児所のマンション・外の通り〜中

走ってくる小春。
すると向こうから良祐が走ってきた。
二人、マンションに入ろうとして、お互いに気付き、え？と。
良祐「あ、託児所（と、上を指さして）」
小春「はい」
良祐「ウチも今とりあえずな感じで、ここに預けて」
中に入っていって。
良祐「今連絡あって、友達を叩いちゃったらしくて消防車で」
小春「あ……それ多分ウチの子です」
良祐「え」

○託児所・室内

眉のあたりに絆創膏を貼った陸を抱き上げる小春。
小春「（笑って）よしよし（と、頭を撫でる）」
舜祐を連れた良祐が頭を下げて。
良祐「申し訳ありません……！」
小春「あ、全然（と、笑顔で）」
良祐「（舜祐に）何でお友達叩いた⁉　謝りなさい！」
小春「いいんです、怒らないでください」
舜祐の頭を下げさせながら自分も下げる良祐。
小春も恐縮して頭を下げる。
舜祐「（良祐に、陸を示し）陸くん、無視するんだよ！」
小春「（え、と）」
職員の西岡が来て。
西岡「陸くんが返事しないので、手が出てしまったようです」

黙って俯いている陸。

小春、困惑して。

○　道路（夕方）

街路樹に落ちたどんぐりを拾い集めている陸と舜祐。

小春と良祐、その様子を見ながら話していて。

良祐「羨ましいなあ、子供の喧嘩って後引かないから」

小春「そうですね……（と、まだ陸を心配していて）」

良祐「青柳さんって、もう三年ひとりで子育てしながら仕事もしてるんですよね」

小春「はい」

良祐「本当に親とか誰も手伝ってもらってないんですか？」

小春「はい」

良祐「へえ……（と、口が開いて）」

小春「（そんな良祐を見て）大変ですか？」

良祐「大変なんてもんじゃないです。限界です（と、興奮）」

小春「（はは、と笑って）」

良祐「いやいや笑うところじゃないんですよ。どう、どう言えば伝わるかな、この大変さ、困難さ」

小春「大体わかります」

良祐「いや、わかるかなあ。朝とか大変です。あの、空港で飛行機が欠航したらカウンターに人がわーって集まるじゃないですか、その時の受付の人の、あの感じです僕」

小春「（はは、と笑って）」

良祐「早く妻に帰ってきてもらわないと僕、墜落します」

小春「仲直りできるといいですね」

良祐「まあ、向こうが謝ってくれれば僕はいつでも許すつもりではいるんですけど」

小春「……朝は前もっておにぎりとか冷凍しとくといいですよ」

良祐「冷凍……あ、はい」

手帳にメモをする良祐。

小春「陸、そろそろ帰るよ」

陸は電信柱に貼られた、迷い犬探していますの貼り紙の犬のブンの顔を見ている。

小春「陸！」

向き直り、小春の元に行く陸。

○ テーラーウエスギ・奥の部屋

紗千、エプロンで手を拭きながら、笑顔で出迎えて。

紗千「おかえり」

帰ってきた栞も笑顔で。

栞「ただいま」

紗千、栞の荷物を受け取ってあげたりしながら。

紗千「お腹空いたでしょ。コロッケだけど」

栞「うん」

紗千「お父さんね、小玉《こだま》さんと飲みいった」

× × ×

食卓に並んで座り、笑いながら食事している紗千と栞。

栞「小玉さんってさ、耳に百円玉入れてる人でしょ」

紗千「そう。お父さんもね、一時期入れてた」

栞「え、最悪」

紗千「やめなさいって言って。何でって聞いたらもしもの時のためだって。もしもの時に百円が何の役に立つの」

栞「意味わからない。お父さんっておかしいよね」

紗千「何であんな派手なパンツ履くんだろう」

紗千・栞「ね！」

笑って、食べる二人。

紗千「お給料出たら、またお洋服買いに行こうか」

栞「……（薄く微笑み、俯く）」

紗千「ね、新宿行って買いなさい。お母さん、また八階であんみつ食べて待ってるから」

栞「お母さん、買いなよ。わたしにばっかり買って、自分は安いのばっかり」

紗千「お母さんいいの着てどうするの。どこも行かないのに」

栞「わたしだってどこも行かないよ」

紗千「学校」

栞「予備校だし（と、卑屈に）」

紗千「関係ないでしょ」

栞「あるよ、予備校だもん」

紗千「（栞の思いを察し）……」

栞「……（自嘲的に微笑って）」

紗千「来年は大学生になってるわよ」

栞「（微笑みながら首を傾げて）」

紗千「本当よ。次は絶対に受かる」

栞「どうしてお母さんわかるの？」

紗千「だって栞、絵上手だもん」
栞「……」
紗千「小さい時からいつも絵描いてて、すごく上手だった。栞より上手な子なんて見たことないもん」
栞「……そうかな」
栞、紗千の二の腕に触れる。
紗千「受かるわよ。模試あったんでしょ？　どうだったの？」
栞「……悪くはなかったけど」
栞、二の腕を摑んだり、摘んだりする。
紗千、したいようにさせている。
紗千「大丈夫なんでしょ？」
栞「うん、多分」
紗千「（安堵し）心配性ね」
栞「うん（と微笑む）」
紗千「スイカ食べる？　昼間お父さんと食べた残りだけど」
栞「またお母さん、端っこばっかりで食べたんでしょ」
紗千「放っとくとお父さん全部食べちゃうからね。昔から食い意地張ってるのよ。お腹すいたって言って、栞の離乳食食べてた人なんだから（と、笑って）」
栞「（紗千を見つめ、微笑んでいて）」

○　小春のアパート・部屋
布団の中、寝ている望海と陸。

しかし陸は起きており、どこか悲しげにしている。

小春はそんな陸に気付かず、食卓で言葉遅れの本を読んでいて、……。

違う違うと首を振って閉じ、積んであった洗濯物を抱えて運ぼうとして、鼻をすする音に気付く。

見ると、陸が肩を震わせ、泣いている。

小春「陸？」

小春、陸の額に手を当てて。

小春「どうしたの？　どっか痛い？」

泣きながら首を振る陸。

小春、陸を抱き上げる。

小春「どうした、陸」

小春、陸の首筋に手を当てたり、手を見たり。

嗚咽して声をあげ、泣く陸。

小春「どうしたの⁉」

目を覚ます望海、不思議そうに見上げる。

小春「陸？」
陸、嗚咽しながら言う。
陸「どこに行ったの……」
小春「え……？」
陸「どこに行ったの……」
小春「何？　何が？」
陸「ブン、どこに行ったの……？」
小春「ブン……？（と、わからず）」

○　道路
先を急ぐ陸に手を引かれて付いていく小春と望海。
望海「（小春に）どこ行くのかな？」
小春「（わからない）……」
小春の手を離し、走りだす陸。
小春「陸！」
小春と望海、追いかける。
走る陸、何かの前で立ち止まり、見上げる。
追い付いた小春と望海、見ると、掲示板の前だ。
小春、掲示板の『父と子のラジオ体操』の貼り紙を見て、そういうことかと思う。
小春、陸の肩を抱いて。

小春「ねえ、お母さんとじゃ駄目？　お母さん、一生懸命体操するから、こうやって、一二一二……」
望海と共に体操の真似をする。
陸「（首を振る）」
小春「うん？」
陸「ブン」
小春「うん？」
陸「ブン（と、指さす）」
ラジオ体操の貼り紙の隣に貼ってある別の貼り紙。迷い犬さがしていますの貼り紙。ジャック・ラッセル・テリアの子犬の写真に、『ブン』と書かれた名前。食べている時遊んでいる時などの写真、特徴、飼い主の名前（内村真美《うちむらまみ》）、住所に電話番号が書かれてある。
小春「（え、と）……」
望海「（読んで）この犬、さがしています」
陸「迷子なの」
小春「うん……」
陸「お家《うち》の人いないの。ひとりなの。迷子なの」
涙をこぼす陸。
小春「……ずっと心配してたんだ」
陸「かわいそうだよ……（と、泣く）」

小春、そうだったのと頷き、陸の頭を撫でる。

小春「心配だね。でも陸、泣いてたってブンは見つからないよ。探してあげよ」

陸「どこにいるの？」

小春「うん……（と、貼り紙を見、懸念はあるが）首輪もしてるみたいだし、どこかに隠れてるのかもしれない」

陸「探す！」

小春「（微笑んで）うん」

三人、戻りかけて、陸、もう一度振り返って。

陸「お腹空いてないかな」

小春「賢そうだから、きっと何か探してるよ」

○テーラーウエスギ・栞の部屋

暗い部屋の中、膝を抱えて自分の髪を摑むようにしながら虚空を見ている栞。

○託児所・廊下〜玄関前（日替わり）

仕事を終え、迎えにきた小春。

託児所のドアの前に立ち、インターフォンを押そうとすると、先にドアが開いた。

既に帰り支度をした陸が立っていて。

陸「お母さん、行こう」

と言って手を引いて行こうとする。

小春「う、うん。（室内に）ありがとうございました」

陸「早く行こう。早く」

○公園

草むら周辺などを見回し、名前を呼びかけながら探している小春、望海、陸。

○住宅街

家と家の間などを探している小春、望海、陸。

○古びた家

玄関から覗き込んだりしている小春、望海、陸。

○自転車置き場

探して歩いている小春、望海、陸。

○道路

落胆し、掲示板の前に来る小春、望海、陸。

泣きそうな顔をしている陸。

望海「あのさ。もうお家《うち》に帰ってるんじゃない？」

小春「そうかもしれないね。行って聞いてみようか。（住所を見て）近所だし」

○　内村家・前

大きく、洒落たデザインの家である。

来て、門から中を覗き込む陸。

小春と望海、来て。

小春「覗いたりしないの。聞いてみよう」

小春、インターフォンを押そうとすると、車が来た。

小春、望海と陸の手を引き、避ける。

車は内村家の駐車場に入った。

運転席から降りてくる四十代の女性、内村真美。

内村、小春たちに気付き、ん？と。

小春「（礼をし）こんばんは」

内村「はい（と、怪訝にし）」

陸「ブンはお家にいますか？」

内村「え？」

陸「帰ってきましたか？」

小春、一生懸命な陸を見つめている。

内村「（怪訝にし、小春に）何ですか？」

小春「迷い犬の貼り紙を見てきたんですが」

内村「あー、あー、あ」

望海「ブン探してるんです」

陸「探してるんです」

内村「はあ……」

小春「その後いかがですか？　見つかりました？」

するとその時、車の後部座席が開き、降りてくる中学生と小学校高学年の姉妹。

妹がゴールデンレトリーバーなどの子犬を抱いている。

小春、望海、陸、あれ？と見る。

内村「（笑顔で）そうですか。あれ見てわざわざ来てくれたの。ありがとうございます」

小春「いえ……」

小春たち、答えながらも妹が抱いている犬が気になる。

内村「じゃあ、お礼しないとね」

小春「いえ。あの……」

陸「ブン、帰ってきた？　ブン、お家にいる？」

内村「ううん、帰ってこなかったの（と、あっさりと）」

小春、望海、陸、……。

内村「（娘たちを示し）この子たちもさんざん泣いてね、昨日まで大変だったのよ」
陸「公園、いなかったの」
内村「そう」
陸「自転車置き場、いなかったの」
内村「（姉に）だから早く剝《は》がしてきなさいって言ったのに。（望海と陸に）ありがとうね。でももう大丈夫なの。新しい子買ってきたから」
小春、！と、望海と陸、理解できず、ぽかんと。
内村「今ね、ちょうどペットショップ行ってきた帰りなの。可愛い子がいて良かったわ。（姉妹に）ね」
小春、望海、陸、……。
内村「でも探してくださったからお礼しなきゃね。そうだ」
内田、持っていた買い物袋から小さなクッキーの詰め合わせを出して、望海と陸に差しだす。
内村「自由が丘で買ったクッキー。どうぞ」
受け取らず、ぽかんとしている望海と陸。
小春「あ、結構です……」
内村「美味しいよ？」
陸「ブンは？」
内村「何？」
陸「ブン、どこいますか？」
内村「（困惑し、少し面倒そうに）大丈夫でしょ」
小春「失礼しました。陸、行くよ」
陸「ブンは？　ブン、どこにいますか？」
内村、嫌そうな顔をし、すると姉が淡々と言う。
姉「多分保健所で殺処分されたんだよ」
小春、！と、望海、陸、理解できず、？と。
内村「（顔をしかめ）何言ってるのよ」
望海と陸、何か嫌な気配を感じ、……。
小春「（望海と陸を見て）……」

○小春のアパート・お風呂場〜部屋
蛇口をひねり、浴槽にお湯を入れる小春。
ふと思って、……。
部屋に戻って、笑顔にして。
小春「汗かいたね。すぐご飯するから、お風呂入ってね」
炊飯器の内釜に米を入れ、流し台で研《と》ぎはじめる。
望海と陸はまだリュックを背負ったまま、落胆した様子で俯いている。

小春「……望海、宿題は？」
首を振る望海。
小春「じゃあ、陸と一緒にテーブル片付けて」
しかし動かない望海と陸。
小春「……望海、ブンは多分」
望海「保健所って何？」
小春「……」
望海「殺処分って何？」
小春「……」
望海と陸、小春を問いかけて見ている。
小春、内釜を一旦置き、手を拭き、二人の元に行く。
悲しげに訴える眼差しの望海と陸。
小春「（困惑しながら）保健所っていうのは、その町の人たちの健康とか、町を綺麗に……掃除したりとか、そういうお仕事をするところ」
望海「殺処分は？」
小春「……（答えられない）」
望海「殺処分は何？」
小春「……」
何か考えているような陸、……。
小春「（答えられず）……お母さんにもわからないな」
望海「じゃあ、ブンはどこに行ったの？」

小春「……わからない。ごめん」
陸、……。
小春「（どうしても引きつってしまう笑顔で）ご飯炊くね」
小春、台所に戻り、米を研ぎはじめる。
望海、そんな小春を見て、困惑し、陸を見て。
望海「お絵描きしよ」
色鉛筆と紙を渡す。
望海、絵を描きはじめる。
しばらくじっと何か思うようにしていたが、陸も色鉛筆を手にして描きはじめた。
小春「（見て、安堵し）ごめん望海、お風呂のお湯見てきて」
望海「うん」
立ち上がり、風呂場に行く望海。
描き続ける陸。
望海、戻ってきて。
望海「まだ」
小春「ありがとう」
望海、俯いて絵を描いている陸の元に戻って。
望海「陸、何描いてるの？（と言って、気付く）」

絵の上にぽたぽたと涙が落ちている。
望海、あ、と陸を見る。
小春、そんな望海の反応を見て、陸を見る。
聞こえてくる、陸の泣き声。
陸、絵を描きながら、半分泣き声で話す。

陸「ブンを探してください。ブンは犬です。犬の三歳のです。内村さんのおうちの犬です。色は白のところがあります。茶色のところがあります。白のところが多いです。鼻のは黒いです。髭があります。耳が折れています。かわいいのところです。遊ぶのはボールです。走ります。走るとベロが出ます。かわいいのところです。手を舐《な》めます。噛まないです。優しいです。かわいいです。とても探しています。とても探しています。探してください。お願いです」

陸なりの幾つかのブンの絵を描いた。
陸、描いた紙を折り畳む。
立ち上がり、信の写真の前に行き、紙を置いた。
見ていた小春、はっとする。

陸「(信の写真を見つめ)探してください」

小春、!と。

陸「お願いします。探してください」

信の写真を見つめ続ける陸。
小春の目に涙が浮かぶ。
小春、陸の元に行き、後ろから抱きしめる。

陸「お母さん」

小春「うん」

陸「お父さん、探してくれるかな」

小春「うん」

陸「陸、お父さん会ったことないよ？　お願い聞いてくれるかな？」

小春「……(頷き)聞いてくれる。聞いてくれるよ。お父さん、陸のお願いなら聞いてくれるよ」

陸「(信の写真を見つめる)」

小春「お父さん、いっつも陸にお話してたもん。陸にいっつも話しかけてたもん」

×　×　×

回想、小春と信のマンションの部屋。
小春の大きなお腹に向かって話しかけている信。

信「おーい。おーい聞こえるか」

微笑う小春。

信「お父さんだよ。待ってるぞ。早く会いたいな。おーい」

×××

小春「会ったことがなくても、大好きな人はいるの。会ったことなくても、愛されてることはあるの。お父さんは陸のことが大好きなの」

陸「(信の写真を見つめ)……」

小春「お母さんね、お父さんと会えないけど、でも毎日会ってる気がするの。手を繋ぐことはできないけど、お父さんを思うことはできるの。一緒に遊んだり、ぎゅってしたりはできないけど、お願いすることもできるし、お父さんを愛することもできる。だからブンもきっと……」

陸「嫌だ」

小春「(え、と)」

陸「思うのだけじゃ嫌だ。お父さんと手繋ぎたい」

小春「……」

陸「お願いするのだけじゃ嫌だ。お父さんと遊びたい」

小春「……(繰り返し頷き)そうだね」

陸「嫌だ。嫌だ」

小春「そうだね……うん……うん……そうだね」

小春の目から涙がこぼれる。

小春、すぐに涙を拭く。

傍らにいる望海も泣きながら。

望海「お母さん!」

小春「うん……」

望海「お風呂、お湯どうする?」

小春「止めて(と、泣きながら拭きながら)」

望海「うん(と、泣きながら)」

風呂場に走っていく望海。

小春、必死に涙を拭きながら陸を抱きしめて。

小春「会いたいよね。会いたいよね。会いたいね」

望海の声「お母さん、止めた!」

小春「ありがとう!」

○総合病院・仮眠室

目を覚ます澤村。

悪い夢を見ていたらしく、ひどい汗をかいていて、呆然とし、息をつく。

○同・血液内科診察室

澤村、戻ってくると、藍子が書類を見ている。

澤村「お疲れ様」

藍子、何か真剣な表情で、書類を差しだす。

検査結果の報告書であり、小春の名前が見える。
澤村「(見て、顔をしかめ)……青柳さん、次は」
藍子「あさってです」
澤村「……(息をつく)」

○ デパート・レディース売り場(日替わり、朝)

紗千と栞、店の並ぶフロアを歩いて回っている。

何かを見て、ふと足を止める紗千。

紗千「……お母さん、やっぱり八階であんみつ食べてるわ」

栞「また?」

紗千「ね。ゆっくり見てて」

栞「わかった」

紗千、微笑み、エスカレーターの方に行く。

栞、どこかの店に行きかけて、気付く。

先ほど紗千が歩いていた方向に、浴衣を着た母親と女の子と男の子の三人のマネキンがある。

栞、……、と。

○ 同・エスカレーター～家電量販店フロア

上の階に向かう紗千。

さらに上に行こうとして、見ると、ここは家電量販店のフロアだとわかった。

見回すと、エアコン売り場がある。

紗千、見て、……。

○ 道路

出かける小春、望海、陸。
小春「夏休みの間に地底人さん見つかるといいね」
望海「絵日記もあるんだよ」
小春「じゃあお母さん、今日お仕事休みだし、病院の先生のお話ちょっとだけ聞いたら、じゃぶじゃぶ池行こうか」
望海・陸「行く!」
小春たちが歩いていった後を、ひとりの老人がブンらしき耳の折れた犬を連れて歩いていく。
気付かぬまま歩いていく小春たち。

○ カラオケボックス・廊下～個室

店員に案内されてくる紗千と栞、部屋に通されて。

店員「ご注文お決まりになりましたら、(受話器を示し）こちらからお願いします」
と言って、出ていく。
紗千「（見回し）広いのね」
栞「こんなもんだよ」
紗千「そうなの。（入力のリモコンを見て）大きいリモコン」
栞「（メニューを開き）何食べる？」
紗千「栞の食べたいものでいいよ。お母さん、ウーロン茶」
栞「（紗千がリモコンを見ているのを見て）わかる？」
紗千「見てるだけよ、歌わないもん」
栞「歌うでしょ」
紗千「歌わないわよ」
栞「お母さんに気晴らししてもらおうと思って来たのに」
紗千「栞が歌ってるの聞いてれば楽しいもん」
栞「またわたしばっかり」
紗千「いいの」
栞「（思うところあり）……さっきお母さんに似合うバッグあったよ」
紗千「バッグ？（と、苦笑）」
栞「買いなよ」
紗千「早く注文して」
栞「そんなすごい高いやつじゃないよ、四万ぐらい」
紗千「高いじゃない」
栞「（メニューを見ながら）エアコンと一緒ぐらいだよ」
紗千「……」
栞「それぐらいしたでしょ。工事費入れたらもっとかな」
紗千「……（わざと苦笑し）お父さんに頼まれたのよ」
栞「お父さん、そんなお金持ってないでしょ。頼まれたってお母さん、買わないでしょ」
紗千「何でもないの、エアコンぐらい」
栞「わたしあの人、苦手、苦手っていうか嫌い」
紗千「……（苦笑し）何頼むの？」
栞「暮らしていけないんなら、ウチに頼らないで再婚すればいいと思う」
紗千「別に頼られてないわよ」
栞「そう思わない？」
紗千、リモコンを触ったりしながら。
紗千「亡くなった旦那さんのことが好きなんでしょ」
栞「それが気持ち悪いんだよ」

紗千「どうしたの？」
栞「死んだんだよ。死んだ人だよ」
紗千「……そうね。いつまでも思ってても仕方ないのにね」
栞「でしょ？　結構馬鹿だと思う」
紗千「……」
栞「一生ひとりでいるの？　おかしいよね。後ろ向き過ぎでしょ、新しい人好きになればいいのに」
紗千「（微笑う）」
栞「でしょ？」
紗千「そうは言っても、そうは行かないのよ」
栞「え？」
紗千、小春を思うように遠い目で。
紗千「そうやって生きてる人もいるし、そこにすがってしか生きられない人もいる」
栞「……」
紗千「たった一日や一度の幸せを大事に抱えて、一生を生きる人もいるの。それはそんなに悪い生き方じゃないわ」
栞「（そんな紗千を驚いて見て）……その男、痴漢だったんだよ」
紗千「（悲しげに）……何かの間違いなんじゃないかな」
栞「……！」
紗千「そういう子じゃなかったし」
栞「……何でわかるの？」
紗千「あの子が最後に食べたのはわたしが作ったご飯なのよ。そういう子じゃなかったもん」
栞「……」
紗千「お母さんが梨なんか持たせて、持たせたから……」
遮って立ち上がる栞、受話器を取る。
紗千「好きなもの頼んでね」
栞「（受話器に）あ、注文お願いしたいんですけど。チキンナゲット、軟骨の唐揚げ、フライドポテト皮付き、たこ焼き、焼きそば」
紗千「（え、と）」
栞「ソーセージアンドチーズピザ、豆腐のバンバンジーサラダ、あ、チキンナゲット二つで」
紗千「栞、そんなに……」
栞「ハニートースト、チョコバナナ、ベリーベリー。あと、コーラと、（振り返り）お母さん、何だっけ」
紗千「ウーロン茶……」
栞「（受話器に）ウーロン茶。はい」
と言って、切る。

紗千「……栞？」

栞「（紗千に背を向けたまま）あの人、痴漢だよ？　そうなんだよ？　被害者わたしだから」

紗千「……」

栞「わたしの前であの人、電車に轢かれたんだから」

紗千「……」

床にしゃがんでしまう栞。

顔が見え、ぼろぼろと泣いていた。

紗千「（驚き）……」

○総合病院・廊下

小春、望海と陸と歩いてくると、藍子と出くわし。

小春「あ、こんにちは」

藍子「こんにちは。（望海と陸を見て、一瞬困惑の表情が出て、すぐに微笑みかけ）こんにちは」

望海「あのね、先生のお話終わったらじゃぶじゃぶ池行くの」

藍子「いいねー（と困惑を隠し、横目に小春を見る）」

陸のシャツを直したりし、微笑んでいる小春。

○カラオケボックス・個室

呆然としている紗千、床にしゃがんだまま話す栞。

栞「わたし、上手くないんだよ」

紗千「……？」

栞「上手くないの、絵。わたしより上手い人いるの、いっぱいいるの」

紗千「……上手よ」

栞「お母さん、わかってないの。そうやってお母さんに褒められて、（自嘲的に笑み）おだてられて調子乗って、わたし、自分のこと勘違いして育ったけど、違ったの。全然上手くないの」

紗千「……予備校で嫌なことあったの？」

栞「違うの。違うの。わたし、ずっと駄目なの」

紗千「何が」

栞「小学校の時からずっと駄目なの」

紗千「何が」

栞「（笑みを浮かべながら）何もできないくせに自己評価ばっかり高いから、自意識ばっかり強いから、いじめられるの」

紗千「（きょとんと）……」

栞「小学校の時も中学の時も、ずっといじめられてたんだよ」

紗千「……（顔を歪《ゆが》め）」

栞「無視されたり、靴捨てられたり、落書きとか、そういう、普通のだけど、普通にずっとあったの」

紗千「（動揺し）どうして言わなかったの……」

栞「言えるわけないよね、お母さんはわたしの駄目なところなんて見たくないんだから」

紗千「……！（と、呆然と）」

栞「（息をつき）えっと……一年の時に、高校、グループがあったの。五人とか六人の。気が付いたらわたしもそのひとりで。何をするかっていうと、電車でサラリーマンの手摑んで痴漢だって言うの。嘘で。お金もらうために」

紗千「（呆然と聞いていて）……」

栞「元々は本当にあったらしいの。本当に痴漢されて。気が弱い子が。いつも泣いてて。そしたら友達の強い子が一緒に行ってあげて、痴漢捕まえて。そしたらその痴漢の人が二人に二万円ずつくれて。っていうのがはじまりで。で、何人かで計画的にするようなって。ひとりがおじさんの手捕まえて、痴漢ですって言って、みんなで駅員さん呼びますって言って。まあ、大体すぐおとなしくお金くれて、っていう。わたしの役割は最初に痴漢ですって言う係で。ちゃんとできたら、みんなから褒められて、あー、居場所できたみたいなところあったの。嬉しかったんだよね。でもそれもすぐ無理なって。ひとりの子が殴られて、鼻の骨折れて。みんな、怖くなって。わたしは、また元の定位置っていうか、またあれがはじまるのかあって感じなって。で、その前に死のうかなとか」

紗千「（深い息をつき）」

栞「そういう時だったんだよ、あの人来たの。青柳小春さんの結婚相手の人。楽しそうにしてたよね、お母さんもお父さんも。三人でご飯食べてたでしょ。栞のいないとこで。ずっと聞いてたよ。（膝を抱えて）こうやって店の隅の、電気点《つ》いてない、ミシン台の横座って。本当はお姉ちゃんがいたことか、結婚して、子供、お母さんの孫いて、それ聞いた時、お母さんの声ちょっと変わってさ。二十年ぶりに会ってくださいとか、会うべきとか、そういう話なってさ。へえ、栞、ここでも居場所なくなるんだ、っていう」

紗千「（反論しようとすると）」

栞「お母さん、あの人が帰る時に梨あげたでしょ。小春は梨が好きだからって。あの人、青柳信さん。

梨持って帰ってったでしょ。栞、その後を付いていったの。同じ電車乗ったの」

×　×　×

回想。

発車のベルが鳴り、扉が閉まる直前に乗り込む十六歳の頃の栞。

電車が走りだす中、栞、満員の車内を見回す。

酔った会社員たち、若者たち。

向こう側の扉付近に信の姿が見えた。

栞、満員の中を近付き、顔を伏せて信を見る。

窓に映って見える、信の横顔。

周囲の乗客から庇うようにしてスーパーの袋を抱えており、中に詰まった梨。

目の前の梨を、小さな笑みを浮かべて見つめる信。

栞の声「こんなふうに笑うんだ。こんなふうに笑う人が世の中にはいるんだ」

×　×　×

栞「幸せな人なんだな。栞みたいな思いしたことないんだろうな。こんな人たちがウチに来たら、栞、どこ行けばいいんだろ。もう行くとこないのに。腹立つなあ、っていう。で、あの人の手、握ったの。摑んだの」

×　×　×

回想。

信の背後に立った栞、信の手首を摑み、持ち上げる。

指輪をしている信の手を見つめる栞。

突然のことに、え？と振り返り見る信。

栞の声「あー、この人の手震えてるって思った。違った。震えてるのは栞の手だった」

震えている栞。

信、どうしたのだろう？と栞を見る。

目が合う。

優しく穏やかに、問いかけるような信。

信、少し微笑み、何か言おうとする。

栞の顔が強《こわ》ばって、信の手をさらに持ち上げた。

栞、叫ぶ。

栞の声「やめてください！　痴漢です！　やめてください！　痴漢です！　誰か助けて！」

想像もしていなかった言葉に驚く信。

× × ×

栞「あの人、びっくりしてた」
紗千「（顔を歪め）」
栞「でもその後はいつもとは違ってた。今まで、お金くれてた人たちとは違ってた」

× × ×

回想。

信の手首を摑んで叫んでいる栞。

周囲の乗客が一斉にこちらを見て、ざわめいている。

栞、息を切らしながら信を見る。

信、悲しげに心配そうに栞を見ている。

栞の声「自分の心配じゃなくて、栞のこと心配するみたいに見てた。どうしたの？って」

栞、驚く。

優しく栞を見ている信の顔に。

栞の声「次の駅であの人引きずり降ろされて。酔った人とかが何人も集まってきて、あの人を地面に押さえつけて、殴ったり、蹴ったり、お腹を蹴ったり、して。踏みつけて、して」

× × ×

栞「そういう、そういうふうなって、なりながら栞と目合って。あの人、栞の顔見て、わかんないけど、わかんないんだけど多分、言おうとしてた。大丈夫？ 違う。大丈夫だよ。って」

涙を流す栞。

栞「止めなきゃって思って、前出ようとした時。あの人の手から、梨が落ちて転がって。あの人、梨拾いに行こうとして。お母さんがあげた梨、お姉ちゃんにあげようとしてた梨、拾いに行こうとして。そしたら誰かが、逃げるな、って。誰かが背中、どんって押し……」

嗚咽し、泣いている栞。

栞「線路に、電車に……」

泣き崩れる栞。

泣いている栞を見ている紗千。

険しく、睨むように見ていた。

栞、涙を流しながら、紗千に。

栞「死にたい。消えたい。死にたい……」

紗千、遮るように栞の頬をひっぱたいた。

同時に、栞を抱きしめた。

栞を胸に抱きしめる。

その時、ドアが開いて、二人の店員が入ってくる。

店員「お料理お持ちしました」

店員たち、紗千と栞の様子に、え⁉となりながらも料理と飲み物をテーブルに並べていく。

抱き合ったままの紗千と栞。

○総合病院・廊下

長椅子に座って順番を待っている小春、望海、陸。

望海、ブックスタンドから絵本を持ってきて。

望海「お母さん、読んで」

小春「うん」

望海と陸が両側に座り、小春、絵本を膝に置く。

化け物と小さな女の子が病院の屋上に立って、雷が落ちている絵で、題名は『ウーギークックのこどもたち』とある。

小春「あ……お母さん、この本読んだことある。でもこれちょっと怖いよ?」

望海「いいの、読むの」

小春「(薄く苦笑し、開いて読みはじめる) そのこどもたちはみんなびょういんにすんでいました。びょういんであさごはんをたべ、びょういんでひるごはんをたべ、びょういんでよるごはんをたべます……(と、二人を見る)」

真剣な顔で聞いている望海と陸。

小春「(読み続け) おんなのこのなまえは、るる。うまれたときからずっとこのびょういんにいます……」

○カラオケボックス・個室

店員たちが出ていき、テーブルにたくさんの料理が並んでいる。

紗千、栞を抱きしめながら、険しい表情で言う。

紗千「その話、誰かにしたの?」

栞「……(首を振る)」

紗千「誰にもしちゃ駄目」

栞「(え、と)」

紗千「忘れなさい。栞は何もしてない。そんなことなかった」

栞「でも、お姉ちゃんの……」

紗千「あの子はもうウチには近づけないから」

栞「……」
紗千「（強い決意の眼差しで）」

○　総合病院・廊下

小春、望海と陸に絵本を読んで聞かせている。
小春「ボイラーしつのとびらをあけると、くらやみのむこうからくちゃくちゃくちゃとなにやらたべるおとがきこえてきました。るるはいいました。あなたがウーギークック？」
診察室から看護師が出てきて。
看護師「青柳小春さん、どうぞ」
小春「はい。（望海と陸に笑顔で）すぐ戻ってくるから」
望海、小春から絵本を受け取って。
望海「望海が読んであげる」
小春、二人に笑顔を向け、診察室へと入っていく。
望海、絵本を読みはじめる。
望海「あなたがウーギークック？　わたしはるる。いったいなにをたべているの？」

○　同・血液内科診察室

小春、入ってくると、澤村がいて、その脇に藍子。
澤村、穏やかな笑顔を小春に向ける。
小春「よろしくお願いします」
澤村「こんにちは。どうぞ（と、椅子を示す）」
小春、座る。
藍子、握りしめられた澤村の拳を見て、……。
澤村「（穏やかな表情で）精密検査の結果が出ました」
小春「はい」

○　同・廊下

陸に絵本を読んであげている望海。
望海「あなたはどうしてこどもたちのたましいをたべるの？　おねがいたべないで。ウーギークックはひとつのめをぱちくりさせていいました……」

○　同・血液内科診察室

澤村の話を聞いている小春。

だんだんと表情が重いものに変わっていく。

望海の声「つぎにるるはあかいおはなときいろいおはなをもっていきました。ウーギークックはあかいおはなをひとくちかじって、ぺっとはきだし、きいろいおはなをひとくちかじって、おえっともどしました。こんなまずいものはたべられないなと……」

○同・廊下

望海「いいか、わたしにはいのちがみえる。にんげんのいのちがどこからきて、どこにいくのかもしっている。いつうまれて、いつきえるかもしってい る……」

陸に絵本を読んであげている望海。

○同・血液内科診察室

澤村の話を聞いている小春。
小春の顔が、厳しく、そして呆然と変わっていく。

望海の声「るるはききました。わたしのいのちがいつきえるかもしっているの？　ああしっているともさ。るるはききました。おしえて。いつしぬの。どこにいくの。そこはどこなの。ウーギークックはまたまたひとつのめをぱちくりさせていいました……」

○同・廊下

陸に絵本を読んであげている望海。

望海「そのよる、ひゃくねんにいちどのかみなりがびょういんのおくじょうにおちました……」

○同・血液内科診察室

澤村の話を聞いた小春。

澤村「今日はお帰りになっていただいて。次回、検査と今後の治療方針も含めてご相談しましょう」
小春「……（頷く）」
藍子「（心配し）大丈夫ですか？」

立ち上がる小春。
おぼつかない足取りで出ていこうとする。

澤村「手貸して差し上げて」

藍子、小春の元に行き、手を貸そうとすると。

小春「いいです、結構です（と、強く言う）」
藍子「え」

小春、目の前のドアを見据える。
震える自分の手をもう一方の手で押さえる。
激しく動揺が続いている状態から。

小春「（深く呼吸をし、ゆっくり顔が変わっていって）」

○ 同・廊下

陸に絵本を読んであげている望海。

望海「わたしはもうじきはいになる。そのまえにおまえにこれをあげよう。そういってウーギークックは、ながいながいつめがのびたてを、するるにさしだしました……」

診察室のドアが開く音がした。

望海と陸、顔をあげて。

望海「終わった?」

笑顔の小春が立っている。

小春「終わったよ。じゃぶじゃぶ池行こうか」

望海・陸「うん!」

小春「(晴れやかな笑顔で)」

第4話終わり

Woman

第5話

○　真夜中のプール

　水が抜けていて、ひどく汚れたプール。
　作業服の裾をまくり、頭にタオルを巻き、デッキブラシでプールの床面を掃除している信。
　到着したばかりの小春がプールサイドから声をかけ。

小春「これ、青柳さんひとりで全部を掃除するんですか？」
信「ひと晩で二万円なんです」
小春「朝までにですか。絶対間に合わないですよ」
信「がんばります。二万持って焼肉行きましょう」
小春「（変な人だなと、首を傾げながら微笑んで）」
　小春、荷物を置き、ズボンの裾をまくりはじめる。
信「あ、いや……」
小春「なんか楽しそうなんで」
信「……（倉庫を指さし）ブラシ、あそこです！」
小春「はい！」

×　　×　　×

　裸足でプールの床面を掃除している小春と信。

信「あれできます」
小春「え、何ですか、自信満々ぽいですね」
信「そういう言い方されたら言えないじゃないですか」
小春「（言ってくださいと手で）」
信「あのあれ、わかるかな、テーブルクロス引くやつ、グラス載せたまま」
小春「え、隠し芸のやつですか。すごいじゃないですか！」
信「え、本当ですか」
小春「すごいですよ。今度見せてください」
信「それ言われるんですけど、見せたらお店の人に叱られるじゃないですか」
小春「あー追い出されますよね」
信「追い出されますよ、着の身着のままですよ」
小春「着の身着のままですか（と、笑って）」

×　　×　　×

　小春と信、プールの端に腹ばいになって寝て、足で壁を思い切り蹴る。
　体で泡まみれの床を滑っていく二人。
　止まって、爆笑して。

信「滑りますね！」
小春「めっちゃ滑りました！」
信「もう一回行きますか？」
小春「仕事ですよね！」
信「もう一回だけ！」
　二人、戻ろうとし、滑って転ぶ信。
　爆笑し、助けに行こうとした小春も転ぶ。

×　×　×

　二人、仕上げの掃除をしながら話している。
信「家族って、さよならを言わない人たちなのかなって」
小春「さよならを言わない人たち？」
信「家族の言葉にはさよならがないじゃないですか。さよならって言いたくない人に出会った時、人って結婚するのかなって思うんですよ。いってきます、いってらっしゃいって言える家族を作るのかなって（と、微笑む）」
小春「（なんとなく微笑み返しながら）」
　どこかに予感を抱えている二人の笑顔で。

○現在、総合病院・輸血室
　寝台に横たわり、輸血されている小春。
　小春、輸血パックの血を見つめていて、
　……。

○同・廊下
　カレールーやお菓子などの入ったスーパーの袋を提げている小春、棚の本をなにげなく手にする。

　血液に関する病気の家庭用ムック本だ。

　ぱらぱらっとめくってみると、難病の章に『再生不良性貧血』の項目があった。

　文中に『白血球、赤血球、血小板のすべてが減少する疾患』とあり、『治療には骨髄移植』とある。

　さらに『5人に1人が死亡する』という記述。

　小春、その記述を見つめ、……。

○同・血液内科診察室
　澤村と藍子の診察を受けている小春。

藍子「青柳さんご自身の異常なリンパ球の活成を落とすために、今日から免疫抑制剤というものを使用していただきます」

　小春、膝の上にスーパーの袋を載せていて、袋の端をいじったりしながら。
小春「（心ここにあらずな様子で）はい……」
藍子「輸血は今後、白血球、赤血球、血小板の数値を見ながら判断しますけど、最低でも週に一度」
小春「（聞いているのか聞いていないのか）……」
藍子「お仕事されてますよね。出血すると止まらなくなることがあるので、怪我に気を付けて。もしそうなった場合はすぐに来てください」
小春「はい（と、依然として心ここにあらずで）」
横で見ていた澤村、怪訝に思って。
澤村「青柳さん（と、少し声を大きくして）」
小春「（え、と顔をあげ）はい」
澤村「青柳さんはステージ3なんです。骨髄移植のドナーが見つかれば、すぐにでも移植を行いたいほど重症なステージなんです。ご家族ともしっかり相談して、……」
小春「あの」
澤村「はい」
小春「あ、いえ。あの、最近ずっと体調いいんです。もう一回検査していただけませんか？　簡単な、お金かからない検査がいいんですけど……（と、軽い半笑いで）」
理解していないという顔の澤村と藍子。

○　同・会計係
窓口にてお金を支払っている小春。
領収書をじっと見つめる。

○　東京郊外のオートキャンプ場・場内
四駆などが駐まっており、多くの人が集まってバーベキューをしている。
望海、陸、由季、直人、将人たちの姿もある。
日傘を差している由季、望海と陸に串をあげて。
望海「落とさないようにね」
望海、食べようとした時、森林の方から足下を気にしながら来る小春に気付く。
望海「（陸に）お母さん来た」
二人、手を振って呼びかける。
望海・陸「お母さん！」
笑顔になって駆け寄ってくる小春。
望海「遅い！」
小春「ごめんごめん」
小春、スーパーの買い物袋を置きつつ、何よこれと苦笑して由季の日傘を突きながら、小春「（バーベキューを見て）わあー！　すごい！　すごいすごい！」
由季「はい、駆けつけ一本どうぞ」
小春、由季からトウモロコシを受け取る。
望海「望海が焼いたの！」
陸「僕、お醤油付けたよ！」
小春、自分の腕に紫斑が見えているのに気付き、なにげなく袖で隠しながら。
小春「（囓って）あつあつあつあつ……美味しい！」
望海、見上げ、見つめる。
笑っている小春。

○　タイトル

○　東京郊外のオートキャンプ場・場内
炊事場にて洗い物をしている小春と由季。
由季「仕事、大丈夫でした？」
小春「うん？　うん……」
由季「なんかあったんですか？」
小春「うん……今日ね、本当は仕事じゃなくて。まあ、なんかの間違いなんじゃないかなって思うし、子供たちには絶対内緒なんだけど……（と、告白しようとすると）」
由季「（よそ見していて）今見ました？」
小春「うん？」
由季、向こうを立ち去る男の後ろ姿を示し。
由季「あの人の顔。顔がものすごい空豆に似てたんですよ！」
小春「え」
由季「え、何で見なかったんですか⁉　あんなに空豆に似てる人、二度と見れませんよ⁉」
小春「ごめんごめん……（と、そんな由季に微笑《わら》って）」
由季「あ、何の話でしたっけ。あ、そうだ、わたし、青柳さんに相談したいことあるんです」
小春「うん？」
由季「わたし、離婚したんですよ」
小春「え」
由季「浮気されちゃって、わーもう、完全に不幸のスパイラル入ってるわーって（と、ははっと笑って）」
小春「（驚いていて）由季ちゃん……」
由季「いや、言っても、まあ別に……」
皿を置き、半泣きになる由季。
由季「あ、泣いてないですよ、元から汗ダバダーだから……」

小春、由季の肩を抱いて。

小春「大丈夫」

由季「いやいや、車と慰謝料もらったんで（と、泣きながら）青柳さんに話したらほっとしちゃって、やっぱ聴いてもらうと楽になるなあ……青柳さんはどうしたんですか？」

小春「（由季を抱きながら）大丈夫」

○　同・森林付近

小春、来ると、望海と陸がしゃがんでいて、落ち込んだ様子でいて。

小春「どうしたの？」

望海、数輪の花を手にしている。

小春「ダリアだね」

望海「ごめんなさい、転んだら折れちゃったの」

小春「そっかあ」

小春、持っていたハンカチを取り出し、水筒の水をかけて、花の茎を揃えて包む。

○　駅前の通り（夕方）

帰ってきた小春、望海、陸。

望海、花を大事に持っていて。

望海「お花、治る？」

小春「うん、大丈夫、元気元気」

などと話していると、通りの先に良祐の姿があった。地面に横たわって泣いている舜祐がいて、なすすべなく立ち尽くしている様子の良祐。

陸「舜祐くん、泣いてる」

小春「うん……」

小春、少し迷うものの歩み寄って。

小春「こんにちは。どうしました？」

良祐「（あ、と恥ずかしそうに会釈し、首を傾げる）」

小春、泣きわめいている舜祐の前にしゃがんで。

小春「どうしたの？」

舜祐の顔を見、額に手をあてる。

良祐「いや、熱ないですよ、それぐらい確認しました」

小春、舜祐のお腹に手をあて。

小春「……（良祐に）うんち、いつしました？」

良祐「（首を傾げ）そういうのは……」

小春「お腹すごく張ってます」

良祐「（え、となって）」

小春「（舜祐に）お腹痛い？」

泣きながら、頷く舜祐。

良祐「……何で言わないんだよ！　（見回して）そこのコンビニでトイレ借りて……」
小春「コンビニとかだと出ないと思います」
良祐「何で？　（舜祐に）出るよな？」
小春「お家《うち》で……」
良祐「いや、僕、今から訪問あって。託児所連れていくところなんで。（舜祐に）ほら、早くして」
　良祐、強引に舜祐を立たせようとする。
　小春、望海、陸、その様子を見て、……。
良祐「頼むよ！　わがまま言わないでくれよ！（と、必死）」
小春「あの、ウチで預かります！　ウチで預かって、うんちもさせてあげるんで」
良祐「いや、でも……いいんですか？」
小春「はい」
　答えると同時に舜祐を抱き上げる。
　望海、舜祐のリュックを持ち、陸、玩具を持つ。
　またたく間に走り出し。
小春「お仕事終わったら連絡ください！　三丁目の踏切の横のアパートです！」
良祐「（呆気に取られて）……」

○　小春のアパート・部屋
　待っている望海と陸、トイレの方を気にしている。
陸「まだかな？」
望海「（口に指をあて）しっ。出なくなるでしょ」
　扉が開き、出てきた小春と舜祐。
　小春、望海たちに向かって、出たよと頷く。
　安堵し、拍手する望海と陸。
　しかし舜祐はまだ俯いていて。
小春「まだお腹痛い？」
　黙っている舜祐。
小春「ごろごろしてようか。（望海に）お布団敷いてあげて」
　望海と陸、布団を敷きはじめる。
　舜祐、また泣きはじめた。
小春「（お腹をさすってあげて）痛い？　よしよし……」
舜祐「（泣きながら）会いたい……」
小春「え？」
舜祐「ママに会いたい……」
小春「……」
舜祐「会いたい……！」

小春「（手を取って、そうだねと頷くしかなく）」

○　近くの道路（夜）

歩いていく良祐と舜祐。

良祐「ちゃんと望海ちゃんのママの言うこと聞いてた？」

舜祐「うん」

良祐「ラーメン食べて帰ろうか」

舜祐「うん」

反対側の通りより、その様子を見ていた藍子の姿。

舜祐を見つめ、淋しげに、……。

○　小春のアパート・部屋

風呂上がりでパジャマ姿の望海、コップの水に挿した花にじっと見入っている。

陸の髪を乾かしていた小春、ドライヤーを切り、望海の元に行って。

小春「（花を見て）うん、元気出てきたね」

望海「うん、治った」

望海、小春の腕に紫斑があるのに気付く。

望海「お母さん、怪我してる」

小春「え？　あ……（微笑って）ぶつけちゃったかな」

携帯が鳴った。

小春「じゃ、歯磨いてくださいね。（携帯に出て）はい。はい、そうです。はい。あ。ウチですか。はい、そうです。植杉さん。はい。あ、わかります。ええ。明日。午前中。おります。はい。はい。よろしくお願いします」

携帯を切り、困惑する小春。

望海と陸、歯を磨きながら来た。

小春「明日大変」

望海「隕石《いんせき》⁉」

小春「隕石じゃない。エアコン」

望海「落ちてくるの⁉」

小春「届くの」

陸「エアコンって何？」

望海「涼しくなるの」

陸「何で」

望海「お母さん、何でエアコンは涼しくなるの？」

小春「え。うーん……」

×　　×　　×

洗面台でうがいをしている望海と陸。

望海「ナマケモノさんが送ってくれたの？」

小春も歯を磨きながら。

小春「うん。明日電話して聞いてみるね」

小春、歯ブラシを口から出して、気付く。

歯ブラシが血で赤く染まっている。

小春、動揺し、……。

望海「拾ったのかな（と、小春を見る）」

陸「作ったのかな（と、小春を見る）」

小春「（動揺を隠し）おしっこ行った？」

望海、陸を連れてトイレに行く。

小春、慌ててうがいし、蛇口をひねり、赤く染まった歯磨き粉を洗い流し。

小春「（部屋の方に）バーベキュー楽しかったね」

と言いながら排水溝をスポンジで拭く。

×　×　×

既に眠っている望海と陸。

洗面所にて望海と陸の靴を洗っている小春。

洗濯物を畳んでいる小春。

請求書を整理し、家計簿を付けている小春。

家計簿付けながらバッグから財布を出して、気付く。

病院からもらってきた薬がある。

望海と陸を見る。

部屋を見回し、棚の引き出しにしまおうとする。

ここじゃ駄目だと思って、台所に行き、流し台の下を見たり、引き出しを開けたりする。

部屋のタンスを見て、椅子を運ぶ。

鯛焼きの絵柄の紙袋を持ってきて、薬をその中に入れ、口を折って、タンスの上の奥の方に置く。

椅子を元の位置に戻し、息をつく。

信の写真を見つめ、……。

×　×　×

小春の夢想、総合病院の診察室。

澤村からの診察を受けている小春。

小春、呆然と聞いていると、ふいに手が握られる。

小春、見ると、すぐ隣の椅子に信が座っており、励ますように優しく頷きかけてくれる。

小春、安堵し、澤村の診察を聞く。

×　×　×

現実に戻って、写真の中の信。
小春、淋しい思いを打ち消し、眠る望海と陸を見て微笑み、再び黙々と家計簿を書きはじめる。

○　同・部屋（日替わり、朝）

花の水を取り替えている望海。
二つのお弁当におかずを詰めている小春。
玄関のドアをコンコンとノックする音。
望海と陸がはっとして見る。

小春「はーい！」

×　×　×

エアコンを設置している業者の二人組。
興奮し、見上げている小春と望海と陸。

小春「電気代すごくかかるから、すごく暑い時だけだよ」
陸「わかった」
小春「大事に使おうね」
望海「うん、百年使おうね」
業者「お客さん」
小春・望海・陸「はい！」
業者「無理ですね。壁の強度が足りないから設置できません」
小春・望海・陸「（え、と）」

○　同・外

エアコン業者の軽トラックが帰っていく。
外階段の上から淋しげに見送る望海と陸。

小春の声「あ、もしもし、青柳です」

○　同・部屋

小春、恐縮した様子で携帯で話していて。

小春「いえ、せっかく贈っていただいたのにごめんなさい。でも、お気持ちだけでも本当に嬉しかったです……もしもし？　もしもし？」

○　テーラーウエスギ・二階の廊下〜部屋〜栞の部屋

電話の子機を持って、階段を上がってくる健太郎。

健太郎「さっちゃん？　さっちゃん、いる？」
部屋を見て。
健太郎「さっちゃん、エアコン」
廊下に戻って、階下を見下ろし。
健太郎「さっちゃん、エアコン」
栞の部屋を見て。

健太郎「エアコン……」
　誰もおらず、手の絵が並んでいる。
健太郎「(電話に)小春ちゃん。エアコンね、僕じゃないです」

○　小春のアパート・部屋
　健太郎と電話で話している小春。
小春「え……」
健太郎の声「さっちゃんだと思う。さっちゃんが送ったんです」
小春「(驚き)……」
健太郎の声「ああ見えてね、きっと小春ちゃんのこと心配してるんですよ。そうに違いない。懲りずにまたウチに遊びに来てください」
　小春、疑心暗鬼ありながらも嬉しさがあって。
小春「……はい」

○　クリーニング工場・従業員出入り口
　出勤する小春、他の従業員(野宮《のみや》)に声をかけて。
小春「おはようございます」
野宮「青柳さん(と微笑って、小春の肩を示す)」
　小春、ん?と見ると、洗濯ばさみを挟んだままだ。
小春「あ(と、苦笑して)」

○　同・ロッカールーム
　作業服に着替えをしている小春と同僚たち。
　隣で野宮と同僚(水島《みずしま》)が話しているのが耳に入る。
水島「五人にひとりがそうだってよ」
　聞こえた小春、え……、と。
野宮「水虫の人?」
水島「そう、今時期は特に多いって。嫌ねー」
　小春、ひとり薄く苦笑し、……。

○　同・工場内
　黙々と作業をしている小春、ふいに手を付く。
　息をし、また作業を続ける。

○　小春のアパート・部屋(夜)
　晩ご飯を食べている小春、望海、陸。
　どこか虚《うつ》ろな様子の小春。
望海「ちょっと元気ないかも」

小春「（慌てて笑顔にして）全然元気……」
望海はコップの花を見て話していた。
小春「（あ、と）……そうかな」
少し色がくすんでいて、小春、……。
望海「お母さん（と、小春を見て笑って）」
小春「え？」
望海「お箸」
小春、自分の箸を見ると、一本ずつ種類の違う箸を使っている。
小春「あ……（と、苦笑）」

× × ×

洗い物をしている小春。

陸の声「届くー⁉」

小春、部屋を見ると、望海が椅子の上に立っている。

箒《ほうき》を手にし、タンスの上に載ってしまった紙飛行機を取ろうとしている。

小春、タンスの上に置いたものを思い、あ、と。

箒で紙飛行機が落ちた。

陸「落ちた！」

陸、紙飛行機を拾う。

望海、椅子から降りて、紙飛行機とは別に鯛焼きの絵柄の紙袋が落ちているのに気付く。

望海「鯛焼き」

と開けてみようとすると。

小春「駄目！」

小春、望海の手から紙袋をひったくった。

望海「（え、と驚いて）……」

小春「あ……ごめん。（首を振って笑顔にし）ごめんごめん、椅子、危ないよ。気を付けて」

望海「うん……」

小春、鯛焼きの紙袋を手にして。

小春「（不安があって）……（しかし何とか笑みを作り）お母さん、ごみ捨ててくるね」

小春、紙袋と生ごみの袋を持って部屋を出ていく。

○同・前のごみ捨て場〜外階段

ごみ捨て場の前でごみ袋の口を開けている小春。

鯛焼きの袋を手にする。

小春、……。

踏切を電車が走りすぎていく。

小春、鯛焼きの袋を生ごみの袋に投げ込んだ。
急いで袋の口を閉め、ごみ捨て場に置く。
逃げるようにその場を去り、アパートに戻る。

○ テーラーウエスギ・奥の部屋

帰ってきた紗千と栞を出迎えている健太郎。

健太郎「遅かったね」
紗千「ごめんなさい」
健太郎「（嬉しそうにし）さっちゃん、エアコン送ったでしょ、小春ちゃんからお礼の電話あったよ」
びくっとする紗千、栞。
健太郎「でもなんか設置できなかったんだって。また今度遊びに来るって言ってたから代わりのものを……」
二階へとさっさと上がっていく栞。
健太郎「（栞の態度に気付き、紗千に）どうしたの？」
紗千「予備校辞めてきたのよ」
健太郎「え、何で」
答えず、二階に行く紗千。
健太郎「どうしたの？　僕なんかした？」

○ 同・栞の部屋

紗千、入ってくると、ベッドにうずくまっている栞。
紗千、部屋中に貼られた信の手の絵を見て。
紗千「……これ、もう外さない？　外すわね」
紗千、一枚一枚外していっていると。
栞「死にたい」
紗千「（手が止まり）……そんなこと言うのやめて」
栞「わたし、人殺したんだよ」
紗千「あなたが背中押したわけじゃないの」
栞「死んだ方がいいよ、死ねばいいんだよ」
紗千「（首を振り）すぐに忘れられるから……」
栞「お母さんがこんな人間に育てたんだよ」
紗千、外した絵を重ねて置き、栞の傍らに座る。
紗千「……お母さん、どうすれば良かったの」
栞、紗千の腕に摑まり、甘えるようにしながら。
栞「産まなきゃ良かったんだよ。一度目は失敗したから今度は上手く行くと思った？　残念だったね」
紗千「……！」

栞「ごめんね、お母さん。先立つ不孝をお許しください」
紗千「（激しく動揺し）」

○小春のアパート・部屋
望海と陸は眠っており、歯を磨いている小春。
うがいをし、吐き出すと、赤く染まっている。
小春、見ないようにし、淡々と水で流す。
部屋に戻り、少し萎《しお》れ、俯いてきた花を見る。
小春、……。

○総合病院・血液内科診察室（日替わり）
外来患者の診察をしている澤村と藍子。
看護師が来て。
看護師「十時に予約の青柳小春さんは診察券が出てませんので、キャンセルです」
澤村と藍子、え、と。
藍子「病気だってこと認めたくないんでしょうか」
澤村「信じてもらえないんじゃしょうがない……（醒《さ》めた表情になり、看護師に）次の方を呼んで」

○小春のアパート・部屋
目を覚ます小春。
隣を見ると、布団の中に望海も陸もいない。
え!?となって振り返ると、食卓で絵を描いている望海と、工作をしている陸。
望海・陸「おはよう」
小春「おはよう……お母さん、寝坊しちゃった。何時？」
望海「十時」
小春「え……」
望海「いっぱい寝たね」
小春、慌てて起き上がって。
小春「ごめんね、すぐ朝ご飯するから……」
望海「食べたよ」
陸「お姉ちゃん作ってくれたの」
小春「そう……」
小春、布団を畳みながら。
小春「お母さん、大変、お仕事遅れちゃう……」
畳んだ布団を抱え、運ぼうとして、ふと立ち止まる。
振り返り、望海と陸を見つめる。
小春「……お母さん、今日お仕事、お休みにしようかな」
望海「何で？」
小春「望海と陸と一緒にいたいから」
望海「いいよ」
陸　「いいよ」
小春、望海と陸の前に行って、はしゃぐように。
小春「ねえねえねえねえ、何しようか？」
望海「えっとね、塀の上歩きたい」
陸　「えっとね、ぐるぐる回りたい」
小春「(笑って) じゃ、とりあえず回ろうか」
三人してぐるぐると回っていると、ドアをノックする音が聞こえて。
小春「はーい」
玄関に行き、ドアを開けると、汗だくになった良祐が舜祐を連れて立っている。
良祐「(頭を下げ) すいません！　うんちお願いします！」
小春「(あ、と舜祐を見て)」

○　総合病院・廊下

財布を持って買い物に行こうとしている藍子。

すると、良祐が来た。

藍子、……。

○　同・閑散とした一角

向こうを向いている藍子に話しかけている良祐。

良祐「うんちが出ないんだよ。ママ、帰ってこないのって言って、うんち出なくなっちゃったんだよ」

俯いている藍子。

良祐「お腹痛くなっちゃってさ。夜中に何回も目覚ますんだよ。薬やってるけど、そんな毎回毎回そういうわけにもいかないし、お腹こんなぱんぱんなるんだよ。ママ、ママ、って言って泣いてるんだよ」

俯いている藍子。

良祐「いつまでこんな状態続けるわけ。意地張ってないで早く帰って……」

藍子の横顔に涙が伝うのが見えた。

良祐、え、と。

顔をあげる藍子、目を真っ赤にして泣いていて。

藍子「(良祐を睨み) ずるいね」

良祐「え……」

藍子「そんなこと言われたら、もういいやって思うよ。あと一年研修残ってるけど、もういいやって思う。今までしてきたこと全部捨てて、舜祐のお母さんになればいいのかなって思うよ。そのために生きて当然だよね。その方がいいよ。医者なるよりずっといいよ。そう思うよ。もういいやって思うよ……だけど、だけどさ、そんなのが家族なの？」
良祐「……俺、何かした？」
藍子「してないよ。優しかったよ。わたしが仕事と育児で寝込んだ時も、あなた言ってくれたもんね。大丈夫だよ、食べて帰るから、って。（苦笑し）そういう優しさ。俺のご飯作るの一回許してやったよって優しさ。わたし、熱出しながら自分と舜祐のご飯作って食べたけど」
良祐「あのさ、俺たちの話じゃなくて、舜祐の話を……」
藍子「（苦笑し）別にね、我慢できないほどじゃなかったの。ただ、あなたと暮らすのは毎日毎日ちょっと汚れたコップで水飲んでるようなものだった」
良祐「（顔をしかめて）」
藍子「舜祐、今どこにいるの？」
舜祐「ママ！」
舜祐、藍子の胸に行く。
藍子、舜祐を抱きしめる。
小春、見ていて、安堵して。

×　×　×

待っている小春と望海と陸、トイレを気にしている。
小春「まだかな」
望海・陸「（口に指をあて）しっ」
小春「（はい、と頷く）」
扉が開いて、出てきた藍子と舜祐。
藍子「出ました」
ぱちぱちぱちと拍手する小春、望海、陸。
甘えて藍子によりかかっている舜祐。
抱きしめている藍子、舜祐の手を取って、確かめるようにして触れている。

○　小春のアパート・部屋
小春、舜祐の手を引いて、玄関に連れてくる。
藍子が立っている。
藍子、舜祐を見て、思いが込み上げる。

小春「(嬉しそうに見て)……今、お茶入れますね」
藍子「結構です。(舜祐に)もうお腹痛くないね」
舜祐「うん、痛くないよ」
藍子、舜祐の手に触れながら、意を決し、ぎゅっと握って、そして離して。
藍子「じゃあ、ママ、お仕事戻るから」
小春、え、と手が止まる。
藍子「パパが戻ってくるまで、言うことよく聞いて」
悲しげな舜祐。
藍子「(小春に)ありがとうございました。すいませんが、あの人が迎えに来るまでよろしくお願いします」
小春「……(と、舜祐を見る)」
我慢している舜祐。
藍子「(舜祐に)いってきます」
舜祐「(頷き)いってらっしゃい」
藍子「(小春に礼をし)失礼します」
出ていく藍子。
唇を噛みしめるようにして堪えている舜祐。
小春「……」

○同・廊下

藍子、苦悶の表情で立ち去ろうとすると、
追いかけて出てきた小春。
小春「あの……!」
小春、藍子に追い付いて。
小春「お仕事終わるまでウチで預かってますから、何時でもいいので迎えにきてあげてください」
藍子、振り返って。
藍子「預かっていただいたのは感謝しています。でも舜祐のことはわたしとあの人の問題です」
小春「あ、はい……あ、でも、わたしで良ければ、あの、何かお手伝いできたらって」
藍子、え?と小春を見据え。
藍子「青柳さん、どうして診察に来なかったんですか?」
小春「あ……すいません」
小春、背後の部屋のドアが閉まっているのを確認する。
藍子「ご自分の病気が何なのかわかってますか? 命に関わる病気なんですよ?」
小春「……(半笑いになり)もう一度検査していただけたらって」
藍子「検査結果は出ました」
小春「あ、はい。あ、でも間違いってこともありますよね。なんか、ちょっと疲れてるだけだと思うんで……」

藍子「(首を振る)」
小春「わたし、子供の頃から体は丈夫なんです。もう何年も風邪引いてなくて、強いんです。今、二十八で……」
藍子「二十代でなる方もいらっしゃいます」
小春「あ、でもそういう、そういう難病って、そう簡単になるもんじゃないじゃないですか」
藍子「二十万人にひとりほどの割合です」
小春「ですよね」
藍子「青柳さんはそのひとりだったんです」
小春「……(と、半笑いのまま首を傾げる)」
藍子「薬、飲まれてますか?」
小春「……ごめんなさい、捨てました」
藍子「(呆れて)……ご家族に相談はされました?」
小春「いえ……」
藍子「お子さんのこともあるでしょうし……」
小春「(ふいに顔が強《こわ》ばって)知られたら困るんです。子供に知られたら……」
藍子「いずれ入院となったら……」
小春「入院しません。あの子たちといます、いるんです」

おびえている小春。

藍子「(息をついて)わかりました。どうぞ他の病院でも検査なさってください。失礼します」

藍子、頭を下げ、行こうとすると。

小春「あの……!」
藍子「……?」
小春「舜祐くん、食べ物何好きですか?」
藍子「……」
小春「あんまりたいしたものできないんですけど……」
藍子「(込み上げ、声を詰まらせて)すいません」

藍子、逃げるように出ていった。

小春「(あ、と見送って)……」

小春、部屋に戻ろうとする。
しかしドアの前で止まる。
不安が込み上げてきて、立ち尽くす。
するとふいにドアが開いて、望海が出てきた。

望海「お母さん!」
小春「(笑顔にして)どうしたの?」
望海「大変! 舜祐くんのママ、忘れ物!」

手提げ袋を持って示している。

小春「あ、それお土産、バームクーヘン戴いたの」

○　同・部屋

　玄関にて、良祐が舜祐を引き取っていて。
良祐「ご迷惑おかけしました。あ、これ、みなさんでどうぞ」
　持参した手提げ袋を小春に差しだす。
　藍子が持ってきたものと同じ袋だ。

×　×　×

　小春、食卓にてもらったバームクーヘンを切っている。
　横から身を乗りだして見ている望海と陸。
　小春、分厚いのを二つ切って、皿に盛る。
小春「望海の。陸の」
　薄いのをひとつ切って、皿に盛る。
小春「お母さんの」
　小春の薄いバームクーヘンが倒れた。
望海「倒れた」
　小春、倒れたバームクーヘンを見て微笑《わら》って。
小春「（ふと思い返すことがある）……」
望海「どうしたの？」
小春「（微笑み）お母さんのお母さんのもそうだった。お母さんのお母さんの分のケーキはいっつも倒れてた」
陸「薄く切るからだよ」
小春「薄く切るからだね」
　三人でバームクーヘンを食べる。
　頰張って食べる望海と陸。
　小春、そんな二人を見て微笑みながら食べていて。
小春「もう一個あるの、ナマケモノさんのお家《うち》に持っていこうか。エアコンのお礼に」
望海「うん！」
　小春、倒れたバームクーヘンを見つめながら。
小春「（思い返すように）今でも薄く切るのかなあ」

○　都電荒川線・駅前の通り

　手提げ袋を持って歩いてくる小春と望海と陸。
　手を繋ぎ、三人して歌いながら歩く。

○　神社・境内

　歌いながら歩いてくる小春と望海と陸。
　テーラーウエスギが見えて、向かう。

望海「(何かに気付き) あ」

小春「うん?」

神社の拝殿の前に立っている紗千の姿。

小春「(あ、と)」

紗千、手を合わせて祈っている。

見つめる小春、……。

望海「何お祈りしてるのかな」

小春「(思い入れを持って紗千を見つめ)……」

顔をあげた紗千、店に戻ろうとして、気付く。

向こうに立っている小春、望海、陸の三人。

紗千、無表情で。

小春、期待感があって。

望海「(笑顔で) こんにちは!」

望海、頭を下げて、陸も合わせて下げる。

小春も少し微笑む。

しかし紗千は無表情のままだ。

小春、そんな紗千に、あれ?と思うものの、望海に手を引かれるままに歩み寄ろうとした時。

栞の声「お母さん」

栞が駆け寄ってきた。

紗千、険しくなる。

栞、紗千の元に来て、紗千の表情に気付き、振り返り、小春たちに気付く。

栞、はっとし、萎縮し、紗千の腕に摑まる。

小春、小さく会釈する。

紗千、栞を連れて店に戻ろうとする。

砂利の音。

紗千、見ると、小春が来ようとしている。

小春、紗千を見つめ、求めながら近付いてくる。

紗千、それを察し、表情が変わる。

拒絶する。

え、と足が止まる小春。

紗千、小春を拒絶しながら背を向け、紗千の腕にしがみつくような栞を連れて店へと歩いていく。

立ち尽くし、見送る小春。

望海、そんな小春を見て、行く紗千を見て、……。

望海、小春から手提げ袋を取り、走りだした。

小春、あっと思って、見守る。

望海、紗千と栞の前に立って、手提げ袋を差しだす。

紗千、困惑している。
差しだし続ける望海。
紗千、複雑な思いを抱えながら、受け取らずに背を向け、行く。
帰っていった紗千と栞。
小春、陸と共に残された望海の元に行く。
望海、悲しげに小春を見上げる。
小春、望海から手提げ袋を受け取って、優しく頷き、手を繋ぐ。
三人、元来た道を引き返していく。

陸「お母さんのお母さん、バームクーヘン嫌いなのかな」

小春「（答えられず）……」

望海「（小春のことを見ていて）……」

○　小春のアパート・廊下（夜）

帰ってきた小春、望海、陸、ドアを開けていると、大家が近付いてきた。

大家「青柳さん。そろそろまた更新なんだけど」

小春「（え、と）……」

○　同・部屋

かなり萎れている花。
食卓にて晩ご飯を食べている小春、望海、陸。

望海「枯れちゃうのかなあ」

小春「大丈夫。ねえ、由季ちゃんがプール連れてってくれるってさ」

望海「本当⁉　由季ちゃん、日傘さして泳ぐかなあ」

笑う小春、笑っていて、ふいに止まる。
目眩がし、箸を置き、後ろ手を付き、体を支える。
気付かれないように必死に平静を装う。

望海「（気付かず）陸、泳ぐプールあるかなあ」

陸「泳げるよ」

望海「浮き輪があったらでしょ」

耐えきれず床に倒れてしまう小春。

望海「お母さん？」

動かない小春。

望海「お母さん、どうしたの？（と、心配）」

小春、動けない。

望海「お母さん⁉」

小春、力を振り絞って、泳ぐ真似をする。

陸「お母さん、泳いだ！」

望海「（笑って）もうびっくりした！」

小春「ジャブジャブジャブ、バタバタバタ！」

泳ぐ真似を続ける小春。
笑って、一緒になって泳ぐ真似をする望海と陸。

× × ×

望海、布団を敷いている。
小春、眠る陸をだっこして寝かせ、小さく息をつく。
望海、薄いバスタオルを持ってきて、陸にかける。
小春、台所に戻りながら。
小春「望海もパジャマに着替えなさい」
望海「もうちょっと起きてるのがいいなあ」
小春「眠くないの？」
望海「なんか起きてるのがいいんだよねえ」
小春「（微笑って）いいよ」
洗い物をはじめる小春。
望海、椅子を持ってきて横に座り、小春が洗ったものを布巾で拭きはじめる。
望海「お母さんはさ、好きなもの最後に食べるでしょ」
小春「うん、とっといちゃうんだよね」
望海「望海もね、そうしたいんだけど、我慢できないの」
小春「（微笑って）」

× × ×

小春と望海、洗濯ハンガーから洗濯物を外し、順番に畳んでいきながら。
望海「あのね、重なってるお布団の上に乗るのが好きなの」
小春「気持ちいいよね」
望海「あとね、掃除機のボタンのね、電気のがひゅうって引っ込むのが好きなの」
小春「うんうん」
望海「お母さんは？」
小春「お母さんはね、かくれんぼしてじーっとしてる時とか」
望海「あとは？」
小春「帰り道とかの電車とかバスで一個か二個前の駅で降りて、歩いて帰るのが好き」
望海「わかる」
小春「わかる？」
望海「望海ね、好きなものが多すぎて困るの」
小春「好きなものたくさんある方がいいよ」
望海「でもさあ、お友達にこういうお話しても、つまんないって言われるの。よくわかんないって」
小春「そうなんだ」
望海「お母さん、望海の話つまんなくない？　子供だから無理矢理聞いてない？」
小春「（首を振り）すごく楽しい」

×　×　×

食卓で小春が家計簿を付けていて、望海は絵日記を描いている。
望海「あのさ」
小春「うん？」
望海「お母さんのお母さん、何で怒ってたのかな」
絵に色を塗りながら言う。
小春「（え、と）……忙しかったのかな」
望海「お母さん、悲しかった？」
小春「（笑顔にして）悲しくないよ」
望海「我慢しないでいいよ」
小春「（え、と）」
望海「我慢しないでね」
小春、思いが込み上げる。
小春「……（頷く）」
望海「悲しい時は相談してね」
小春、込み上げる思いを堪えながら。
小春「（頷く）」
望海「助け合おうね」
小春「（頷く）」
小春、手のひらで顔を扇《あお》いだりして誤魔化しながら。
小春「そうだね、うん。相談するね。ありがとう」

×　×　×

布団の中、眠っている望海と陸。
扉を閉めた風呂場の中に小春がいて、床にしゃがみ、息を押し殺し、震えている。
不安と戦っている。

○　同・外の通り（日替わり、朝）

由季の車が停まっており、直人と将人が浮き輪などと共に乗っている。
プール用の支度を持って乗り込む望海と陸。
走り去る車。
手を振って、見えなくなるまで見送っている小春。

○　クリーニング工場・工場内

汗を流し、働いている小春。

○　同・休憩所
　お弁当を食べている小春と同僚たち。
　同僚たちは談笑してるが、小春は黙々と食べている。

○　同・工場内
　また働いている小春。

○　駅前の通り
　両手に買い物した袋を提げ、歩いてくる小春。
　両手に袋を持ったまま、ティッシュを受け取る。
　横断歩道の前に立ち、信号待ちする。
　信号が変わって、また歩きだす。

○　小春のアパート・外階段
　帰ってきた小春、階段を上がっていく。

○　同・部屋
　玄関のドアが開き、帰ってきた小春。
　台所に買い物袋を置く。
　食材をより分け、冷蔵庫に入れる。
　鍋に水を張り、コンロに載せる。
　まな板に野菜を載せ、包丁を手にする。
　切ろうとして、ふと手が止まる。
　コップの花が枯れ、花びらが落ちている。
　見つめる小春。
　閉じ込めていた思いがあふれはじめる。

○　同・廊下
　扉が開いて出てくる小春、鍵を閉め、走っていく。

○　同・部屋
　食卓に小春の書き置きが残されており、『由季ちゃんへ　少し出かけます。すぐ帰ってくるので待っていてください。小春』とある。

○　総合病院・ロビー〜外（夕方）
　仕事を終え、私服に着替えた澤村が出てくる。
　通りを歩きだそうとした時、気付く。
　立っていて、澤村に気付いてこちらを見て

いる小春。

澤村、え、となって、歩み寄って。

澤村「（呆れて苦笑し）もう予約の時間はとっくに……」

小春「（悲壮な顔）」

澤村「……」

○同・血液内科診察室

奥で話している私服のままの澤村と数人の看護師。

看護師「先生、時間外です（と、迷惑そうにしていて）」

澤村「そうだね、参ったね」

看護師「また後日改めて来ていただきましょう」

澤村「ま、すぐ終わるでしょう。あ、帰ってもいいよ」

澤村、診察室の方に行く。

座って俯いている小春。

澤村、前に座る。

奥の方から、しかめっ面《つら》で見ている看護師たち。

澤村「どうしました？」

小春「（俯いたまま）すいません」

澤村「うん？」

小春「いただいたお薬、捨ててしまいました」

澤村「（苦笑し）そうですか」

小春「すいません」

澤村「いいんですよ、またお出しします」

小春「（頭を下げて）……」

澤村「うん（と、言葉を待って）」

奥の方から、しかめっ面で見ている看護師たち。

人数も少し増えて、コソコソ話している。

小春「……あの」

澤村「うん。はい」

小春「歯を……歯を磨くと、血が出ます」

澤村「そうですか」

小春「時々、（言い直し）一日に何度か、目眩がします」

澤村「はい」

小春「立っていられないぐらいです。先生にお伝えしていたより、ずっとしています」

澤村「はい」

小春「痣が、内出血の痣があって、治るのに、消えるのに、三週間ぐらいかかります、ずっとです」

澤村「はい」

小春「すいません、ごめんなさい」

澤村「はい。検査結果に出てますから、そうだろうと思ってました」

小春「すいません……あの」

澤村「はい」

小春「あの……」

澤村「はい」

小春「……」

黙り込む小春。

たまりかねた様子の看護師が前に出て。

看護師「先生、また後日……」

立ち上がる澤村。

澤村、看護師を鋭く睨んで。

澤村「患者さんが今、病状をお話してるところだ」

臆《おく》す看護師。

澤村、カーテンを閉める。

澤村、また小春の前に戻る。

俯いている小春。

澤村、待つ。

小春、顔をあげて。

小春「わたし、死ねないんです」

澤村「……」

小春「駄目なんです。死ぬの駄目なんです。今死んだら、（首を振り）今死ねないんです。絶対に死ねないんです。絶対駄目なんです」

澤村「（小春を見据えていて）」

小春「何でかって言うと、お話したかどうかわからないんですけど、子供がいるんです。二人います。上の子は女の子です。小学校入ったばかりで、一年生です。下の子は、来年から幼稚園で、男の子です。七歳と四歳です。子供たちの父親は四年前に事故で死にました」

真《ま》っ直《す》ぐ小春を見据え、聞いている澤村。

小春「なので、ですので、わたし、わたしが、いなくなってしま……（言葉に詰まって）」

目にいっぱいの涙が溜《た》まっている。

なかなか声にならない。

小春「……わたしが、いなくなって、しまったら、（また声を詰まらせながら）あの子たち二人だけになります」

小春、涙は溜まるが、泣かないように我慢して流さない。

小春「七歳と、四歳の、子供二人だけになってしまいます。駄目なんです。死ぬの駄目なんです。ごめんなさい、死んだら駄目なんです」

何度も首を振る。

小春「あの子たちが大人になるまで、まだ、まだまだずっとかかるんです。二人だけなっちゃうんで、死ねないんです。生きなきゃいけないんです。まだかかるんです。小さくて、まだ小さい命なんです。わたしが守らなきゃいけない命なんです」

　必死に涙を堪《こら》えながら。

小春「ごめんなさい。薬捨てました。時間外ですよね。ごめんなさい。お帰りになろうとしてたのに。すいません」

　頭を下げる小春。

小春「すいません。わたし、生きなきゃいけないんです」

　頭を下げたまま動かない小春。

　澤村、見ると、床にぽたぽたと涙が落ちている。

　澤村、小春を強く見つめて。

澤村「青柳さん。今から医者にあるまじきことを言いますね」

小春「……（少しずつ顔をあげていって）」

澤村「約束してください。今あなたが話してくださったお子さんへの思い。それはどんな薬より、どんな治療より、あなたの命を救う糧になります。その思いを忘れないでください。あなたがお子さんを思うその気持ちがあれば、病気は治ります。僕は全力で治療に当たります。覚悟なさってください。死ぬ覚悟じゃありませんよ。生きる覚悟です。よろしいですか？　青柳さん。お母さん」

　小春、顔をあげていき、望海と陸を思いながら。

小春「（強い決意で頷く）」

第5話終わり

Woman

第6話

○　テーラーウエスギ・店内（夜）
夏祭りの告知チラシが置いてある。

健太郎、店内を何やら探して回りながら。

健太郎「さっちゃん、僕のはっぴ、どこ行ったかな⁉

ねえ⁉」

納戸《なんど》に入り、探す。

積んであった荷物が埃《ほこり》をまきあげながら崩れた。

健太郎、咳き込み、手で扇《あお》ぎながら、見覚えのない紙袋を手にする。

ん？と見て、開けてみると、かなり古び、色褪せ、毛玉のできているオレンジ色のマフラー。

何だろうこれは？と思って。

健太郎「……あ（と、思い当たる）」

健太郎、感慨深くマフラーを見つめる。
○　小春のアパート・部屋（日替わり、朝）
眠っていた陸、目を覚ます。

周囲を見回し、あれ？と思って、隣の望海を揺する。

陸「お姉ちゃん。お姉ちゃん。お母さん、いないよ」

○　同・外
望海と陸、外階段を降りてくると、小春が立っており、穏やかな表情で空を仰ぎ見ている。
望海「お母さん」
小春「見て、綺麗な空だよ」
望海と陸、見上げて、……。
望海「いつもと一緒だよ」
陸「いつも通りだよ」
小春「そう？　そっか、そうだね（と、微笑《わら》って）」
小春、望海と陸の背中を押して。
小春「朝ご飯食べて、お出かけの用意しようか」
望海「どこ行くの？」
○　駅に向かう道路
リュックを背負って歩いていく小春、望海、陸。

強い意志のこもった眼差しをしている小春。

小春の声「保険って、今からじゃ入れませんよね」
○　回想
総合病院、休憩室あたり。

澤村、小春にお茶を渡し、自分はサンドイッチの包みを開きながら。

澤村「保険って？」

小春「生命保険です」

澤村「……（苦笑し、首を振り）告知義務違反になりますね」

小春「（そうですよねと頷き）……」

澤村、サンドイッチを食べ、具がはみ出しそう。

小春「あ（と、示して）」

澤村「あ（と、下から食べ）僕の妻は青柳さんと同じ病気で死にました」

小春「（お茶を飲みかけて、あ、と）」

澤村「僕の骨髄じゃ適応しませんでした。青柳さん、お母さんのお年はお幾つですか」

小春「五十、七です……」

澤村「ご兄弟は？」

小春「妹、というか、父が違う、母の、お子さんが」

澤村「輸血と投薬が効《き》かなかった時のために、今から骨髄移植の適応検査だけでも受けておいてもらった方がいいかもしれません」

小春「それは……（と、首を振る）」

澤村「（事情があると察しながらも）どんなに嫌いで憎んでる相手でも適応する時はします。どんなに愛情があってもしない時はしないのと同じように」

小春「（澤村を見て）……」

澤村「青柳さん、言いましたよね。お子さんのために生きるんだって。生きる覚悟って、そういう意味ですよね」

小春「……（葛藤し）」

○　都電荒川線・鬼子母神前停留場の前

歩いてくる小春、望海、陸。

○　回想

総合病院、廊下。

特定疾患の治療費免除の書類に書き込んでいる小春。

通りがかった藍子、傍《かたわ》らに座っていて。

藍子「お子さんには？」

小春「話しません」

藍子「今は日常生活に問題なくても、今後は難しくなってきますよ。仕事ができなくなるかもしれないし、入院や手術になった時のことも考えておかないと」

小春、印鑑を落とす。
藍子、拾って渡して。

藍子「もしあなたが倒れた時、そこにお子さんしかいなかったら取り返しのつかないことになるかもしれませんよ」

小春「……（葛藤し）」

○　けやき並木通り

歩いていく小春、望海、陸。

○　テーラーウエスギ・栞の部屋

紗千、静かに扉を開け、入ってくると、ベッドの中に栞が丸くなって寝ている。
紗千、寝ているのかと思って、出ていこうとすると。

栞「起きてるよ」
微笑む紗千、栞の傍らに腰を下ろして。

紗千「朝ご飯食べる？　持ってこようか？」

栞「もうちょっと寝る」

紗千「昨日遅かったの？」

栞「いろいろ考えちゃったから」

紗千「いろいろって？」

栞「（首を傾げ）すごく眠いの」

紗千「（不穏なものを感じながら、笑みを作って）お父さん、もうはっぴ着てるの。何で毎年同じもの着てるのに、毎年似合ってるかどうかを聞くのかしらね」

栞「（微笑って）お祭り楽しみ」
目を閉じる栞。

紗千「お母さん、今日仕事休みだからお腹空いたら呼んでね」
紗千、不安を感じながら部屋を出る。

○　同・奥の部屋

紗千、不安を感じながら階段を降りてくると、店の方から健太郎の声が聞こえる。

健太郎の声「小春ちゃん！」
紗千、え、と。

○　同・店内

商店街の名前入りはっぴを着た健太郎、礼をする小春、望海、陸を出迎えて。

健太郎「よく来たね。今日も暑かったでしょ」

陸「何着てるの？」

健太郎「はっぴ。似合う？」

陸「普通」

紗千が来た。

小春「（あ、となって礼をする）」

望海・陸「こんにちは」

紗千「（淡々と）こんにちは。（小春に）何か用ですか？」

健太郎「さっちゃん、そういう言い方……」

小春、紗千を見て、覚悟の表情になって、望海と陸を自分の身に引き寄せて。

小春「お願いがあって来ました。わたしとこの子たちをここに住まわせてください」

健太郎、！と。

紗千もまた内心驚き、……。

小春「（頭を下げて）お願いします！」

望海と陸も小春に合わせて頭を下げる。

睨むように見据える紗千。

○ タイトル

○ テーラーウエスギ・奥の部屋

健太郎、小春と望海と陸を食卓に促して。

健太郎「はい、座って、急いでとにかく座って。よし、座った。はい、座りました。何飲みましょう？」

健太郎、不満げな紗千を横目に見つつ冷蔵庫を開け。

健太郎「ビールの人。はーい。ジュースの人」

望海・陸「はい」

健太郎「小春ちゃんもビールの人？」

小春「わたしは結構です」

健太郎「麦茶の人にしよう。ね。（紗千に）麦茶の人？」

健太郎、食卓に運び、置く。

小春「ありがとうございます」

紗千、二階を気にしている。

閉まっている栞の部屋のドア。

健太郎、コップを出しながら、紗千に。

健太郎「さっちゃんも座ったら？　立っとくの？　疲れない？」

紗千、小春を見る。

小春、紗千の問うような視線を受けて。

小春「今住んでるアパートの更新料が払えなくなりました」

健太郎「あらら、それは……」

紗千「それで？」

小春「今までもそうだったんですが、仕事を続けながらこの子たちと暮らすのが難しくなってきました」

健太郎「そうだろうね。ずっと大変だったろうね……」
紗千「で？」
小春「家賃は入れます。光熱費も入れます。家事もします。炊事掃除洗濯、全部します」
健太郎「それ助かる、それは助かるね」
紗千「で？」
小春「わたしが仕事に出ている間はこの子たちが残ってますが、この子たち、自分のことは自分でできます」
頷く望海と陸。
小春「ご迷惑はかけません。部屋をひとつ貸してください。台所は空いてる時間に使わせてください」
望海「お母さん、トイレも」
小春「お手洗いと」
陸「お風呂」
小春「はい、お風呂も」
健太郎「玄関ないと入れないよ」
小春「玄関を通ります」
紗千「で？」
小春「以上です」
健太郎「僕はまあ、どちらかというと、わりと賛成方向に矢印がこう、どちらかというとね……」

紗千「（望海と陸に庭を示し）そこで遊んでなさい」
望海と陸、小春を見る。
頷く小春。
庭に出ていく望海と陸。
紗千「（健太郎を見て）」
健太郎「え、僕も⁉　いや、僕はここにいます。ちょっと離れてますから、どうぞどうぞ」
健太郎、離れて座り、ビールを飲みはじめる。
紗千、息をついて座って。
紗千「家事？」
小春「はい」
紗千「必要ないわ」
小春「何か他にお手伝いできることがあれば……」
紗千「結構です」
小春「じゃあ、何も、何もしません。何もしないで、じっと目立たないように、（二階を示し）してます」
紗千「部屋は空いてません」
健太郎「空いてるような……」
紗千「荷物があるの」
小春「そのままで結構です、わたしたち、小さいの二人と、わたしも薄い方なので、隙間とかで十分です」

紗千「わたしがいいと言うと思ってるの？」

小春「（微笑み）エアコン、送ってくださって」

紗千「……（ため息をつき）更新料、幾ら？」

立ち上がり、タンスの方に行く紗千。

小春「更新料だけの問題じゃないんです。これから先の……」

紗千「わたしにできるのはお金を差し上げるぐらいのことです。話すつもりはありません。帰ってちょうだい」

小春「ごめんなさい、嫌です」

紗千「嫌って」

小春「嫌です」

紗千「嫌って何なの」

小春「ここに住みたいんです」

紗千「（驚いて）図々しいのね」

小春「はい。図々しいです」

座布団を摑んで。

小春「動きません」

紗千「あなた、そういう人だった？」

健太郎「あ、もしもし、植杉です」

小春と紗千、振り返ると、電話している健太郎。

健太郎「はい。あのね、親子丼、一二三四五、六。六つ。六つお願いします。植杉です、そう、テーラー。はいはい、よろしくどうぞ（と、受話器を置く）」

紗千「どうして出前取ってるの？」

健太郎「（小春に）お腹空いたでしょ。食べてって」

小春「ありがとうございます」

紗千「（小春に）食べるの？」

小春「いただきます」

紗千「（苦笑し）あなた、この間と言ってること違うじゃないの。わたしを恨んでるようなことを……」

小春「恨んでません。感謝しています」

紗千「……」

小春「……」

紗千「どうしてそんな嘘を言うの？」

小春「嘘じゃありません」

嘘である。

紗千「（それがわかり）嘘よ」

小春「嘘じゃありません」

健太郎もまた横目に冷静に小春を見ている。

紗千「そんな嘘を言ってまで、ここに住む理由があるの？」

小春「(内心動揺があるが) 嘘じゃありませんので」
健太郎「家族なんだもん、一緒に住みたいんだよ」
紗千「家族？　(小春に) 家族なの？」
小春「はい」
紗千「わたしとあなたは……」
健太郎「親子でしょ？　親子だよ」
紗千「(小春を見る)」
小春「親子です」
紗千「わたしを母親だと思ってるの？」
小春「……」
紗千「……」
健太郎「思ってるから……」
紗千「黙ってて。(小春に) 母親だと思ってるの？」
小春「はい」
紗千「……」
健太郎もそんな小春を冷静に見ていて、
……。
小春「わたしの母だと思っています」
紗千「……(と、動揺がある)」
紗千、逃げるように立って、二階に行こうとする。
健太郎「どこ行くの？」
紗千「この子、嘘を言ってるの」

健太郎「いや……」
紗千「わかります。理由はわからないけど、嘘言ってることぐらいはわかります」
小春「……」
紗千「おかしいの。何か別の考えがあって嘘を……」
健太郎「おかしいのはさっちゃんだよ。何で駄目なの。嘘でも何でもいいじゃないの。小春ちゃんの方から来てくれたんですよ。何で追い返せるんですか。二十年間、連絡さえしなかった娘が一緒に住みたいって言ってくれてる。そんなことありますか？　僕、さっき努めて普通にしてましたけど、本当は心の中で泣いてました。だって、だってそれ、この二十年間望んできたことですもん。さっちゃんだってずっと苦しい思いしてきたはずです。引きずってきたはずです。違いますか？」
紗千「(言い返せず) ……」
健太郎「小春ちゃん、立って」
小春「え」
健太郎「立って。立って立って」
立ち上がる小春。
健太郎、小春を紗千の前に立たせて。
健太郎「はい、交代。話し合って」
と言って、座る健太郎。

紗千「……」
小春「……」
小春と紗千、見合ったまま言葉が出ずにいると、栞が二階から降りてきた。
紗千、あ、と動揺。
小春、栞に会釈する。
紗千、心配し、小春と栞の間に入ろうとすると。
栞「わたし、お姉ちゃんと一緒に住みたいな」
紗千、え、と、小春、え、と。
栞「(紗千に) いいでしょ?」
紗千「(動揺し、何を言ってるのと目配せして言う)」
栞「駄目なの?」
紗千「(だってあなたはと目配せして言う)」
健太郎、そんな紗千を見て、怪訝に、……。
栞「(庭で遊んでいる望海たちを見て) だってあの子たち、お父さん、死んじゃったんだよ」
紗千「……」
栞「お父さんいなくてかわいそうじゃない。いいでしょ、一緒に住んで」
紗千、そんな栞に不安を感じながらも。
紗千「…… (逆らえず、小さく頷く)」
栞「(微笑って小春に) お姉ちゃん、お母さんがいいって」
小春「(半信半疑で)」
健太郎、紗千と栞の雰囲気に何か感じながらも。
健太郎「しーちゃん、親子丼食べる?」
栞「(首を振り) お父さん、あんまり大きな声出さないで。寝てるから」
また二階に上がっていった栞。
健太郎、苦笑しながら庭のガラス戸を開けて、望海と陸の元に行き。
健太郎「親子丼食べますか?」
小春、まだ困惑している紗千を見て。
小春「あの……」
紗千「(目を逸らしていて) ずっとじゃないのよね」
小春「え? あ、はい」
紗千「それから。亡くなった旦那さんの持ち物とか、そういうもの、ウチに持ち込まないで」
小春「(え、と困惑し) ……写真もですか」
紗千「はい」
小春、困惑しながらも、決心し。
小春「わかりました。彼の持ち物は全部置いてきます」
紗千、小さく頷き、台所の方に行く。

よろしくお願いしますと頭を下げる小春。

×　×　×

紗千は庭で洗濯物を干している。
食卓で親子丼を食べている小春、望海、陸、健太郎。

健太郎「なんかここのたくあん、薄くなったな」
健太郎、あ、と思い出して。
健太郎「小春ちゃん、ちょっと（と、手招き）」
小春「はい……？」

○　同・店内

健太郎、小春を連れてきて、納戸に入る。
健太郎、置いてあった紙袋を小春に差しだす。

健太郎「これね、信くんの忘れ物」
小春「え……」
健太郎「あの日彼がウチに来た時に忘れていったもの」
小春「（驚き見て）……」
小春、開けると、オレンジのマフラーが入っている。
小春「（首を振り）はじめて見ました。こういうの持ってませんでした」
健太郎「え、いや、でも確かにこれ、彼が袋ごと忘れていったものだから……」
小春「（ふと気付き）おかしいです」
健太郎「うん？」
小春「彼がここに来たのは、夏ですよね」
健太郎「あ……」
小春、怪訝にマフラーを見つめる。
紙袋を見ると、土産物屋のロゴが印刷されている。
住所も書かれてあり、とある山沿いの町である。
疑問に感じて。

○　小春のアパート・外（日替わり）

首にタオルを巻いた小春と由季、タンスを抱えて運んでき、由季のワゴンに載せようとする。

小春「よいしょ」
由季「よっとこしょ」
小春「よいしょ」
由季「よっこらせ。どっこらせ」
小春「（笑って）由季ちゃん、やめて、力抜ける」

二人、笑いながら何とかタンスを載せた。
ふうと息をついてワゴンによりかかる。
小春、置いてあった山岳靴と信の写真が入っているダンボール箱を淋しげに見つめ、ワゴンに載せる。

由季「本当にわたしが預かっちゃっていいんですか?」
小春「うん」
由季「なんか悪いな、友達の彼とデートするみたいな感じですね（と、写真を見て言う）」
小春「え、やめてよ（と、真顔）」
由季「え、冗談すよ。え、何で怖い顔なってるんですか」
小春「やっぱり別の人に預ける（と、箱を持とうとする）」
由季「いやいや、預かりますって（と、箱を持とうとする）」
小春「いい、本当にいい」
由季「大事にしますから」
小春「何、大事にするって。大事にするって、何」

などと話していると、向こうから舜祐と手を繋いだ私服姿の良祐が歩いてくる。

小春「こんにちは（と、会釈）」
良祐「どうも。（様子を見て）あれ、どうしたんですか?」
小春「引っ越します」

由季、良祐を意識して盗み見ている。

良祐「え、遠くにですか?」
小春「いえ、あの、雑司が谷の方に」
良祐「あ、ご実家ですか。なんか淋しくなっちゃいますね」

由季、え、と良祐を見て、勘ぐっている。

小春「あ、うんち出ました?」
良祐「はい、毎日ちゃんと出てます。青柳さんが出してくれたから」

由季、この二人何を話してるんだ?と見ている。

良祐「（舜祐と繋いだ手を挙げて示し）スタンプラリー行ってきます（と、頭を下げて）」
小春「いってらっしゃい」

歩いていった良祐と舜祐。

小春「（笑顔で見送って、由季の視線に気付き）ん?」

○　テーラーウエスギ・奥の部屋

仕事を終えた紗千、買い物袋を抱えて帰ってくると、何個かのダンボールが置いてある。

食卓を抱えて階段を上がる小春の後ろ姿が見えた。
顔をしかめる紗千、ふと見ると、バテて床に寝そべり、団扇で扇ぎつつ、デオドラントスプレーをしている由季。

由季「(見上げ) ちっす」
紗千、……。

○ 同・小春の部屋〜廊下

運び終え、数少ない家具が部屋に並んでいる。
小春、望海、陸、食卓を真ん中に置いた。
囲んで座って嬉しそうな三人。

小春「晩ご飯、カレーでいい?」

○ 同・奥の部屋 (夜)

食卓にてカレーライスを食べている紗千、健太郎。

健太郎「一緒に食べればいいのに、何で別々にカレー作るの?」
答えず、食べている紗千。

健太郎「小春ちゃんちのカレー、具が少なそうだったな、福神漬もらっきょも付いてなかったし」

紗千、健太郎の前から福神漬とらっきょを下げる。

健太郎「え」

○ 同・小春の部屋

食卓にてカレーライスを食べている小春、望海、陸。

望海「一緒に食べればいいのに」
陸「お母さん、お母さんのお母さんと仲悪いの?」
小春「え……うーん」

○ 同・奥の部屋

食べ終わって、お茶を飲んでいる紗千と健太郎。

健太郎「(二階を見て) しかしよく寝るね…… (お茶を飲み、それとなく) 小春ちゃんを家に入れたがらなかったのって、しーちゃんが何か関係あるのかな」
答えない紗千、湯呑みを持って立ち上がる。

○ 同・栞の部屋

入ってくる紗千。
机の上に食べずに置いたままのカレーライ

ス。

寝ている栞。

紗千「……お腹空いてないの？」
寝たまま小さく、うーんと生返事するだけの栞。

紗千「ねえ栞。どうしてあの子たちをウチに……」
向こう側を向く栞。

紗千「……お腹空いたら言いなさいね」

心配そうにしながらカレーを持って出ていく紗千。

目を開ける栞、小春たちの部屋があるであろう方の壁を虚ろな目でじっと見て、……。

○同・小春の部屋
布団を敷き、寝ている小春、望海、陸。

望海「このお家《うち》、お庭あるね」
小春「気に入った？」
望海「うーん」
小春「うん？」
望海「あのね、あんまりお庭好きになっちゃうと、また引っ越しする時、淋しいでしょ？　だから今迷ってるの。好きになるかどうか」
小春「（あ、となって、考えて）……お庭、好きになっていいと思うよ」
望海「そう？」
小春「うん、すぐに引っ越したりなんかしないから」
望海「じゃあ、好きになる」
小春「うん」

○同・奥の部屋
音をたてないように降りてきた小春、周囲を見回しながら台所に行き、電気をひとつ点ける。

持ってきた薬の袋から錠剤を出し、流し台に置く。

コップに水を注いでいると、背後で物音がした。

小春、薬を背後に隠すようにして立って、振り返る。

栞が立っていた。

小春「（あ、と）……」
栞「（小春周辺じっと見て）……」
小春、薬を見られたかと思って、……。

栞「（じっと見て、あ、と）お姉ちゃん」
小春「（微笑んで）」
栞「コンタクトしてないから見えなくて」

小春「あ……（と、安堵）」
　小春、さりげなく後ろ手で薬をポケットにしまう。
栞「何か探してます？」
小春「ううん、お水飲んでただけです」
栞「あ。すいません」
小春「ううん、あ、何か取りますか？」
栞「あ、じゃあ、あの、そこの籠に」
小春「籠、えっと、籠……」
栞「そこの、籠」
小春「籠……」
栞「これ。あ、ごめんなさい、自分で取った方が早かった」
小春「あ、ごめんなさい」
　栞、置いてあった籠を取って、中のアーモンドチョコレートを手にする。
栞「食べます？」
小春「あ……あ、じゃあいただきます」
　栞、チョコの箱を差しだす。
　小春、手のひらを出す。
　栞、チョコの箱を逆さにすると、中身がどっと出て、小春の手に収まらずに床にばらまかれる。
小春・栞「あ」
　二人、しゃがんで。
小春・栞「ごめんなさい」
　二人、拾って。
小春「大丈夫です、わたし拾い……」
栞「今揃いましたね」
小春「え」
栞「え、揃わなかったですか、今、声」
小春「声？　あ、今、声揃いました」
　二人、顔を見合わせて。
小春・栞「あ。ごめんなさい」
栞「（笑う）」
小春「（軽く微笑んで）」
栞「あ、そんなに笑うほどのことじゃないですよね」
小春「あ、でもまあ面白かったです」
　二人、床に落ちているチョコを拾って食べてして。
小春「落ちたもの普通に食べちゃってますね」
栞「お母さんに見つかったら怒られます」
小春「へえ……」
栞「そういうの、お姉ちゃんの時はなかったですか」

小春「（首を傾げ、曖昧に微笑って）」
栞「ごめんなさい、わたし今、変な質問……」
小春「そんなことないです、こういう床からチョコレート拾って食べてるの見つかって怒られたシチュエーションがなかっただけで」
栞「もしかしてお姉ちゃんって呼ばれるの嫌ですか？」
小春「え、そんなことないです、慣れてないだけで」
栞「それは呼んでる方もそうですけど」
小春「そうですよね」
栞「どういうシチュエーションはあったんですか？」
小春「え……（首を傾げ、曖昧に微笑って）普通ですよ」
栞「普通って？」
小春「……」
栞「（待って）」
小春「……チョコレート好きなんですか？」
栞「……食べると落ち着くんです。怖い夢見た時」
小春「へえ。あ、ということは怖い夢見てたんですか？」
栞「どんな夢見たと思います？」
小春「……わかんないです」
栞「ふち……」
小春「ふち……？」
栞「川のふち。夜の川のふちのところを歩く夢です。落ちたら死んじゃうんです。すごく怖い夢です」
階段の音がし、振り返ると、紗千が降りてきた。
小春、栞、あ、と。
紗千「（顔をしかめ）何してるの？」
小春「ごめんなさい」
栞、落ちているチョコを拾って口に入れる。
紗千「何してるの、落ちたもの」
小春と栞、顔を見合わせ、あ、と微笑む。
紗千、そんな二人を見て、え、と。
栞、立ち上がって。
栞「寝ます」
小春「おやすみなさい」
栞、二階に上がっていった。
紗千「（見送り）何の話してたの」
小春「たいした話は……」
紗千「あんまりあの子と話さないで」
小春「（え、と思うが）はい、すいません」
小春、巾着袋とコップの水を手にし。
小春「おやすみなさい」

と言って、二階に上がっていった。
残った紗千、まだ一個落ちていたチョコを拾って。

紗千「……（不安があって）」

○　同・庭（日替わり、朝）

健太郎、望海と陸と共に植木や花に水をあげている。
仕事の支度をした小春、戸を開けて顔を出して。

小春「よろしくお願いします」
健太郎「はいはい、いってらっしゃい」
望海・陸「いってらっしゃい」

○　けやき並木の道

出勤する小春、歩いてくると、反対側を同じく出勤するため歩いている紗千。
お互いに気付くものの、目を合わさず進む。
夏祭りの告知が貼ってある。

○　総合病院・輸血室

藍子がいて、寝台に寝て輸血を行っている小春。

藍子「スタンプラリー？」
小春「はい、手繋いで」
藍子「へえ……（と、意外に感じて）」

澤村が入ってきた。

藍子「（話題を変えて）ご実家に引っ越しされたそうです」
澤村「（微笑み）病気のことお話しになりましたか？」
小春「（首を振り）……」
澤村「どうして？　お母さんに心配かけたくない？」
小春「……心配はしないと思います」

澤村、藍子、え、と。

小春「わたし、ずるしたんです。家族だなんて思ってないのに、家族だって利用して、同居を迫りました」
澤村「お子さんのためにでしょ？」
小春「子供にも嘘ついてます。ここがわたしたちの家だって。でも、本当はそう思ってません。本当は、無料の託児所として利用してるんです（と、自責の念あって）」

○　クリーニング工場・工場内

働いている小春。
商品の置き場所を探っていると、由季が受

け取る。

○　同・休憩室

お茶を飲んでいる小春と、お弁当を食べている由季。

由季「青柳さん、差し出がましいことを言いますけど、あ、差し出がましいで使い方合ってます？」

小春「え。あ、内容によるかな」

由季「信さん、亡くなった時のこと、痴漢の疑いかけられたこと、ちゃんと調べる気ないですか？」

小春「（え、と）……わたし、信じてるから」

由季「この間、青柳信さんの名前、ネットで検索したんです」

小春「え」

由季、小春に携帯の画面を見せる。

ブラウザにニュースサイトが表示され、過去の記事、痴漢容疑で逃走中⁉に電車ではねられたとして、信の名前まで出ている。

小春「（あ、と動揺し）……」

由季「こういうの残るんです。いつか望海ちゃんが検索できるようになったら、ショック受けるんじゃないかって」

小春「……」

○　同・裏口の外あたり

小春、リュックから、オレンジのマフラーが入っている紙袋を取りだす。

表示された電話番号を見ながら、携帯でかける。

小春「……もしもし。ロッヂ長兵衛さんですか。あ、はい。青柳と申しますが、いえ、東京です。はい。お聞きしたいことがありまして。はい。四年前に青柳信という者が……はい？　あ、はい。あ、そうですか。はい。何時でも結構です。はい、ではわたしの電話番号を言いますので……」

○　テーラーウエスギ・庭

健太郎が見守る中、庭の隅に買ってきた花の種を植えている望海と陸。

健太郎「はい、じゃあこれで待ちましょう」

陸「何分？」

健太郎「うーん、カップラーメンじゃないからね、三万ぷんぐらいかな」

望海「じゃナマケモノさん、三万ぷん数える係ね」

健太郎「え」

望海・陸「はい」

健太郎「……一、二、三」
栞が出てきた。
健太郎「おー、しーちゃん起きた?」
陸「数えて」
健太郎「四、五、じゃ、みんなでどっか遊びに行こうか。六、七」

○同・店内～奥の部屋～庭

買い物袋を提げて仕事から帰ってきた小春。

疲れた様子で一度立ち止まってひと息つき、奥の部屋へと進み、庭まで出る。

望海たちの姿はない。

小春、部屋に戻ろうとすると、食卓に書き置きのメモがあった。

望海の文字で『お母さんへ　なまけものさんをあそびにつれていってくるね。のぞみ　りく』とある。

小春、微笑み見て、部屋に戻って買い物袋を手にし、少し具合の悪さがあるが、台所に向かう。

○同・店内～奥の部屋（夕方）

帰ってきた紗千、奥の部屋へと上がる。

台所からまな板の音が聞こえる。

台所で調理をしている小春の後ろ姿。

紗千、その姿をちょっと見てしまう。

我に返って息をつき、二階に行こうとした時。音をたてて床に落ちるおたま。

紗千、ん?と見ると、小春が立っていて、虚ろな目で落ちたおたまを見ている。

拾おうとして、手を伸ばす。

紗千に気付き、目が合う。

小春、会釈しながら、しゃがみ、床に寝そべった。

紗千、思わず歩み寄ろうとすると。

小春「ごめんなさい、おたま……（と、気を失う）」

紗千、!と。

×　×　×

居間に布団が敷かれている。
紗千、小春を布団に寝かせる。
小春、ふと目を覚ます。
小春「あ……」
紗千「（よそ見しながら）……熱はないようだけど」
小春「すいません、疲れてるだけです……」
紗千「あ、そ……寝てなさい」

頷き、目を閉じる小春。

紗千、ふと思って何やら取りに行って戻ってきて、遠慮がちにタオルケットをかける。

○同・栞の部屋

紗千、入ってくると、栞の姿がない。

紗千、どこに行ったのだろう、と。

○荒川あたりの川縁

土手に寝転がっている健太郎。

健太郎「六千四百二、六千四百三、六千四百四……」

数えながら眠ってしまう健太郎。

川縁で走り回って遊んでいる望海と陸。

はしゃぐ二人を、立って無表情で見ている栞。

○テーラーウエスギ・奥の部屋

台所でオクラを刻んでいる紗千。

土鍋でお粥を煮ていて、刻んだオクラを入れる。

冷蔵庫から梅干しを出し、できたお粥に載せる。

紗千、お粥を載せたお盆を居間に運ぶ。

眠っている小春。

紗千、枕元に置き、行こうとして、ふと寝顔を見る。

紗千、手を伸ばす。

口元に髪がかかっている。

髪を直そうとすると、小春が動いた。

慌てて手を引っ込める。

目を覚ましそうだ。

紗千、慌てて立ち上がり、出ていこうとして、枕元に置いたお盆に足を引っかけてしまう。

土鍋がひっくり返ってしまった。

紗千、あ！と。

目を覚ました小春、紗千に気付いて、あ、と。

紗千、……、小春、……。

紗千、しゃがんで布巾を手にし、こぼれたお粥を拭き、土鍋に蓋をし、盆に載せて持っていこうとする。

小春「え」

紗千、止まって、
小春「それ」

紗千「（首を振る）」

小春「お粥、ですよね」
　紗千、行こうとする。
小春「食べます」
　紗千、止まって、
小春「作ってくださったんですよね。食べます」
　紗千、こんな状態だと見せる。
小春「（頷き）食べます」
紗千「……（緊張している）」
　小春、紗千の手からお盆を取り、自分の前に置く。
　土鍋の蓋を開ける。
　かなりぐちゃぐちゃっとした状態。
紗千「（無理と首を振る）」
小春「全然オッケー」
　小春、レンゲでお粥を整える。
　レンゲを持ったまま手を合わせようとして、
　紗千を見て、一旦レンゲを置き、手のひらを合わせる。
小春「いただきます」
　食べる小春。
小春「（紗千を見て、美味しいですと頷く）」
紗千「（布巾を触りながら）そんな気遣わなくても」
小春「普通遣います。別に、外のお店で食べてもこれぐらい」
紗千「……ま、そうでしょうね」
　食べる小春。
紗千「……（布巾を触りながら、小声で）体調は？」
小春「え？」
紗千「いいえ……」
小春「あ、もう大丈夫です。ただの貧血なので」
紗千「（小さく頷き）……」
　紗千、立つそぶりを見せるが、置いてある望海の書き置きを見て。
紗千「（内心少し面白くて）……」
小春「（そんな紗千を見て）すいません、お手数かけて」
紗千「（表情を硬くし）いえ……」
小春「……あ、庭」
紗千「え？」
小春「庭。庭があることすごく喜んでました」
紗千「あ、そう」
小春「生まれてからずっとアパートだったので」
紗千「あー」
小春「あ、でも、あんまり喜んじゃいけないかなって言ってます。あの子たちも今は、今だけ、一時的に住まわせていただいてるってわかってます」

紗千「（小さく頷き）……」
小春「上の子はそういうところすごくあって、楽しいことに無邪気にしてても、同じだけ、それがなくなった時のことを考えるっていうか、全然、わたしがしっかりできてないので、あの子、そういうところあって……」
紗千「（小春を見ている）」
小春「（視線に気付き、目を伏せ、苦笑）」
紗千「あなたにもそういうところあったわ」
小春「あ」
紗千「甘えない子だったけど」
小春「あ、はい」
紗千「手も繋ぎたがらない」
小春「はい」
紗千「そうね、でも亡くなった旦那さんは屈託のない人だったから、ちょうど半分ずつ子供に」
小春「はい。山男で」
紗千「エベレストにも登ったことがあるって」
小春「わたしその帰りに、彼のエベレストの帰り道に知り合ったんです（と、微笑って）」
紗千「（思わず微笑って）そういうこと……」
小春「あったんです」
紗千「（思い返すように、微笑み）そう、あ、そう、帰り道」
小春「（あ、微笑《わら》っていると紗千を見て）はい……」
答えながらも小春、胸に迫るものがある。
紗千「そう……（ゆっくりと笑顔が消えて）」
小春「はい……」
笑みが消え、切なげな表情になる小春と紗千。
紗千「……信くん、あの子、ご両親はいなかったの？」
小春「（首を傾げ）その話になると、わたしも彼も口が重くて。あ、でも一瞬だけお母さんの話をしてくれたことがありました。一瞬だけなんですけど……」

×　×　×

回想、信が亡くなる前日、部屋。
食卓でいなり寿司を作っている、妊婦の小春。
望海を背中に乗せて、髪を摑まれたりしながら洗濯物を畳んでいる信。
信「ご飯前だから一個だけな」
信、ポケットから森永ミルクキャラメルを出して。
望海「お父さん、キャラメル好きだね」

信「（どこか憂いのある笑みを浮かべ）お父さんのお母さんの味なんだよ」

小春、聞いて、え?と信を見る。

信、ほんの一瞬小春を見て、照れたようにし。

信「ほら（と、元の笑顔に戻って望海に食べさせる）」

×　×　×

小春「あ、前の日、前の日の話ですけど」

紗千「（あ、と）」

小春「（苦笑して）ま、そういうところ、他にも色々あるんですよね。あーもうちょっと聞いておけば良かったかなとか。ずっと一緒にいたから、当たり前なこと意外と聞いてなかったりして……」

紗千「（不穏な表情になってきて）……」

小春「最後も、最後のことも、なんかおかしな疑いかけられてたことも、わたしが信じてればいいって思ってたんですけど、でも本当はやっぱりちゃんと調べた方がいいのかなとか、彼の無実っていうかそういうことちゃんと、このままじゃいつか子供たちにも、とか……」

紗千「（遮って）申し訳ありません」

小春「え」

紗千、頭を下げる。

紗千「わたしがあの子に梨を持たせたから、そんな事故に遭いました」

小春「（違う、と）……」

紗千「わたしが梨を持たせたから、あの子が亡くなりました」

小春「（小さく首を振り）……」

紗千「わたしがあなたの大切な人を殺したんです」

小春「（首を振る）」

紗千、またさらに頭を下げて。

紗千「申し訳ありません」

小春「（否定し、呆然と）……」

顔をあげた紗千、しかし小春の方は見ず、置いてあるお盆を手にし、台所に戻ろうとする。

小春「……何でそんなこと言うんですか?」

紗千、逃げるように行く。

立ち上がる小春。

台所に行き、背を向ける紗千。

小春「何で?　何でそんなこと言うんですか?」

紗千「（頭を下げ）ごめんなさい」

小春「違う……違います……」

紗千「ごめんなさい」
小春「違います。そういう、そういうの、いりません。いらないんです。理由とかそういう、答えとか、はっきりするのとか、そんなのはいりません。あなたのせいとか、あなたのせいで死んだとか、あなたが梨をあげたからとか、そういうふうに思ってません。信さんはそういうことで死んだんじゃありません。謝るとか、そういうので、片付けるみたいな、終わらせるみたいな、やめてください。やめてください」
紗千「(見返していて)……」

○ 荒川あたりの川縁

望海と陸、川縁を歩きながら石を集めて、ポケットがふくれあがるまで詰め込んでいる。
傍らに立つ栞。
栞「そんなに入れて、川に落ちたら沈んじゃうよ」
望海・陸「えー！(と、川を見る)」
栞「これから夜になって、どんどん暗くなるし」
望海「溺れたら誰かが助けてくれるよ」
栞「(首を振って)溺れてる人って、他の人からは溺れてるようには見えないんだよ」
望海「待って！」
走っていく陸。
追いかけていく望海。
二人は川のきわきわを走っていて、少し危なげ。
栞「(じっと見ていて)……」

○ テーラーウエスギ・奥の部屋〜庭

対峙している小春と紗千。
紗千、俯く小春を見て、思いを感じながら。
紗千「……そうね。わたしとあなたは昔、母と娘だったけど」
小春「(え、と)」
紗千「そうね、ずっとこうなんでしょうね。あなたとは、こうなんでしょう」
小春「……」
紗千「安心してちょうだい。平気な顔して生きてるように見えるでしょうけど、あなたに許してもらえるとは思ってないから」
小春「(顔をあげ、紗千を見て)……」
紗千「あなたを置いて家を出たことは、それは一生ずっと持っていくから。安心してちょうだい」
小春「(迷いながらも)最初に……(首を振って)最

初の、最初に、わたしが付いていかなかったんです」
紗千「(首を振る)」
小春「あなたは家を出る時、わたしに付いてくるように言いました。言いましたよね。それはおぼえてます」
紗千「細かいことよ」
小春「商店街の、あの、屋根のある、アーケードのある商店街のところで、わたし、引き返したんですよね。連れていこうとするあなたの手、わたしが最初に離したんですよね。離して、ひとりで商店街引き返して。御神輿、お祭りしてて、走って引き返して、父のところに帰ったんです。あなたに背中向けて。その記憶合ってますよね」
紗千「(肯定しながら、薄く苦笑し)」
小春「わたしが捨てたの、あなたを」
紗千「仕方ないわ」
小春「あなたは来なさいって言ったの」
紗千「親子にだって相性があるもの」
小春「知らなかったの、父があなたに暴……」
紗千「(遮って) 細かいこと」
小春「それが本当にそうなんだったら、わたしがおかしいんです」……」
紗千「(遮って) 細かいことなの。母親が娘を捨てたことに比べたら、細かいことなの。許される理由にはなりません。あなた、あの子たちを捨てられる?」
小春「…… (考えられない)」
紗千「わたしにはそれが…… (一瞬言葉に詰まって、すぐに戻り) それができたの。できたのよ」
小春「(紗千を見て) ……」
紗千「(そうなのと薄く微笑む)」
小春「…… (頷き) そうですね」
紗千「うん」
外に目をやると、庭で洗濯物がはためいている。
紗千、洗濯籠を抱え、ガラス戸を開ける。
笛、太鼓のお囃子《はやし》が聞こえる。
庭に出て、洗濯物を取り込みはじめる紗千。
小春、見つめ、……。
小春、縁側に立ち、紗千の後ろ姿に声をかける。
小春「ずっとこうなんでしょうね」
洗濯物を取り込みながら聞いている紗千。
小春「わたしも母親になりました。だからもう母親はいらないんですね。あなたもそうなんだと思います。あなたには別の娘がいて、その子の母親なんですね」

洗濯物を取り込みながら頷く紗千。

小春「わたしたちは昔、娘と母だったけど、今は別々の、別々のところで生きてる、二人の母親だから。もうお互いを、一番に思うことはないんですもんね」

紗千「そうね」

白いシーツが風にばたばたとはためく。

はためくシーツを見つめる小春と紗千。

お囃子が高まる中、薄く微笑むようにして。

○　荒川あたりの川縁

かなり暗くなってきた中。

川面に落ちて岩に挟まっている陸のワニの人形。

半泣きになりそうになりながら陸が見ている中、望海が身を乗り出して取ろうとしている。

かなり危なげだ。

二人の向こうに栞が立っているのがぼんやり見える。

望海、さらに体を川に向けて取ろうとする。

じっと見ている栞。

栞「(だんだん不安が込み上げて)……駄目！」

走ってくる栞。

必死に来た栞、望海の手を引き、引っ張り上げる。

代わりに自分が手を伸ばし、ワニを取った。

栞、ワニを陸に渡す。

陸「ありがとう」

栞「……(目を逸らし)ありがとうとか言わないで」

土手で眠っていた健太郎、はっと目を覚まして。

健太郎「三十一、三十二……」

○　テーラーウエスギ・店内〜奥の部屋(夜)

帰ってきた健太郎と望海と陸を出迎えている小春。
小春「おかえり」
健太郎「四千九百二十三、ただいま、四千九百二十四」
数え続けながら部屋に上がっていく健太郎。
小春「ありがとうございました」
健太郎「うん、大体しーちゃんがね。四千九百二十五」

遅れて入ってくる栞。

望海「陸が落としたワニ拾ってくれたの」

小春「そう。（栞に）ありがとうございました」

栞「いえ（と、照れたように）」

望海と陸、健太郎と共に奥の部屋に入っていく。

紗千がいて台所に立っている。

望海・陸「ただいま」

紗千「おかえり」

小春、その様子を見ていて。

小春「（どこか嬉しいものがあって）……」

栞「（そんな小春を横目に見ていて）……」

小春の携帯が鳴った。

小春、画面を見て、あ、と思って、店の外に出る。

栞、……。

○同・外

出てきた小春、携帯に出ていて。

小春「はい、そうです、昼間お電話しました。青柳信の妻です」

男の声「あー、あなたですか。ずっと連絡を待ってましたよ」

小春「え……？」

男の声「今、そこに青柳信さんは？」

小春「主人は亡くなりました。そちらに伺った日に事故で……」

男の声「え（と、絶句して）」

小春「あの、夫は山梨県の出身だと言ってたのですが」

男の声「ああ、この町で生まれたと言ってましたな」

小春「そうですか。あの（と。聞こうとすると）」

男の声「四年前、青柳さんがお書きになった手紙がここに残ってます。奥さん、あなたに宛てた手紙です」

小春「（え、と）……」

×　×　×

回想、四年前。

仕事に行くと言って、出かけていく信。

見送った小春と望海。

信「いってきます！」

○同・店内

戸を少し開け、外の小春の声を聞いている

栞。

小春「その、その手紙ってもしかして……あ、いえ、あの、取りに伺ってもよろしいでしょうか」

栞、……、と。

○　走る中央線（日替わり）

車内、リュックを持って乗っている小春、望海、陸。

小春の膝の上にはオレンジのマフラーの入った、山沿いの町にある店の名前と住所、電話番号が書かれた紙袋がある。

望海「お父さんの生まれたところって、海？　山」

小春「山」

望海「へえ……なんか照れる（と、微笑う）」

小春「何で？」

望海「お父さんと旅行行くみたいだもん」

小春「そっか……そうだね。照れるね（と、微笑う）」

小さく歌っている陸。

陸「♪　遠き山に〜」

小春、はっとして微笑み。

小春「♪　日は落ちて〜」

三人で歌う。

小春・望海・陸「星は空を散りばめぬ〜」

×　　×　　×

回想。

同じ電車に乗っているあの日の作業着姿の信。

どこか悲壮な決意を秘めたような顔。

第6話終わり

Woman

第7話

○　山間を走るバス

車内、望海と陸は運転席の見える座席に座っていて、少し後ろの座席に小春が座っている。

望海「お母さん、小鳥さん！」
小春「小鳥さんいた？」
望海「運転手さんの名前（と、表示を指さして）」

運転手、マイクで。

運転手「小島です」
望海「小島だった！」
運転手「小菅村です。降りますか？」
小春・望海・陸「降ります」
望海「あのね、お父さんが生まれた町なの。お父さんのお手紙もらいに行くの」

小春、膝の上に置いた紙袋の中のマフラーを見る。

緊張感があって、……。

陸「どうしたら運転手さんになれますか」
運転手「（マイクで）ご飯をたくさん食べることです」
小春「（笑って）」

○　バス停

バスが走り去って、残っている小春、望海、陸。
周囲は山々の景色で、連なる稜線が美しい。

小春「わー、すごいすごいすごい！」
望海「お母さん、田舎好きだね。（見回し）お父さん、どこで生まれたの？　こんなところに人間住めないよ」
小春「望海知らなかった？　お父さん、猿だったんだよ」
望海「嘘だね」
小春「（ははと笑って）」
望海「（真顔で）嘘だよね」
小春「（見回して）あっちかな」

先に歩いていく小春。
追う望海。

望海「お母さん、嘘だよ！　嘘言ったでしょ⁉」

小春、山々を見回しながら、信を思って歩く。

○　ロッヂ長兵衛・外〜店内

歩いてきた小春、望海、陸、店内に入る。
土産物屋と併設している食堂に入る。
客はあまりおらず、店主らしき初老の男

（津川《つがわ》）がひとりで将棋盤を睨んでいる。

小春「すいません」

津川「（将棋盤を見たまま）はい」

望海「あのおじさん、お父さんのお友達？　猿人？」

津川、望海の言葉を聞き、小春たちが誰なのか察し、顔をあげて小春を見る。

会釈する小春。

×　×　×

テーブルに座っている小春、望海、陸。

津川、来て、四人分のお団子とジュースを置いて。

津川「はい」

陸「（津川に）お父さんこれ食べた？」

津川「あー食べた」

望海と陸、わーとお団子を見る。

陸「おじさん、お父さんと喋ったことあるの？」

津川「あるよ」

陸「すごいね。すごいんだね（と、津川に感心している）」

小春「（そんな陸を優しく見つめ）」

津川、小春を手招きする。

小春「（望海と陸に）食べてて」

小春、立って、津川のいるレジの方に行く。

津川、レジ下の乱雑に荷物を詰め込んだ引き出しの奥から何やら取りだした。

色褪せて、輪ゴムで挟んであり、ノート用紙を破って書いたような手紙。

輪ゴムを外し、裏返し確認し、小春に差しだす。

小春、受け取り、見て、……。

津川「あのあそこ、（望海たちが座っているテーブルを示して）あそこで書いとった」

小春「あ……」

津川「帰りのバス乗り遅れそうになってな、せっかく書いたのに忘れていきよった。捨てようかと思ったが、ちょっと読んでみたら、あ、すまんが、ちょっと読んでみた。そしたら……（と、望海たちを横目に見て、小春を見）ひとりで読んだ方がいい」

小春「……（と、手紙を見）」

お団子を食べている望海と陸。

津川が行き、二人の元に行き、話しかける。

○　大きな木の下

歩いてくる小春、大きな木が立っていて、

よりかかるようにして腰を下ろす。
山々の景色が見える。
手にした手紙を開いてみると、信の文字がある。
息を飲む。
感極まってしまって、手紙を胸に抱きしめる。
再び手にし、ゆっくりと開いて見る。
見据え、読みはじめる。

信の声「小春ちゃんへ。小春ちゃん、ごめん。僕はさっき小春ちゃんに嘘をつきました。仕事に行くと言って家を出て、今は、大菩薩峠《だいぼさつとうげ》にいます。帰って言い訳する自信がないので、小春ちゃんの家計簿にこの手紙をこっそり挟んでおきます。返事はいりません。許してもらえるなら昨日と同じように明日からもよろしくお願いします」

既に昂ぶるものがあるが、頑張って読む小春。

信の声「小春ちゃん。ここは僕が生まれた場所です。ここから見える山は子供の頃毎日見ていた山です。朝日の時間から夕日の時間まで飽きることなく見てた山。僕は今そこに帰ってきました」

○ 回想、小さな食料品兼酒屋・店内

四年前。
仕事着姿の信、棚から森永ミルクキャラメルを取り、見つめ、レジに持っていく。

信の声「あの人に会うために」

○ 古いアパート・廊下

ある部屋の前に立った信、キャラメルを握った手で扉をノックしている。
表札には『青柳』とある。
返事がない。
信、周囲を見回し、引き返そうとして気付く。
台所側の小窓が少し開いている。
信、覗き込むと、質素で生気のない部屋。
流し台横に、缶酎ハイの空き缶に生《い》けた花がある。
布団が敷きっぱなしだ。
布団の真上の蛍光灯に、寝ながら消せるように、オレンジ色の紐が垂れ下がっている。
オレンジの紐は例のマフラーであるが、信はそれが何なのかわからず、ただ怪訝に思う。

息をつき、行く。

○　山が見える道路

歩いてきた信、立ち止まり、見上げる。

連なる山々の稜線が見える。

懐かしく見つめる信。

信の声「僕がこの町にいたのは生まれてから十五歳まで。そのうち八歳から十歳までの三年間、ひとり暮らしをしていました」

○　商店街

さびれた商店街を見回しながら歩く信。

八百屋や肉屋を覗いたり、居眠りしているおばあさんを見たり。

信の声「毎月郵便屋さんが来ます。緑のふちどりがされた封筒が届きます。僕はそこに入ってるお金を幾つかに分けて、毎日の食事代にし、おやつ代にし、電気代を払ったり、給食代にしました。商店街で買い物をします。毎日お使い偉いねと言われましたが、お使いではなく、それは自分のご飯を作るための買い物でした」

洋菓子店でプリンを買って、笑顔で礼を言う。

○　現在、大きな木の下

信の手紙を読んでいる小春。

信の声「朝目が覚めると布団を畳みます。洋服の匂いを嗅いで、臭かったら洗います。週に三度はお風呂を沸かして入ります。髪が伸びたら切りました。汚くしてると、秘密がバレるからです。僕がひとりで暮らしていることは絶対の秘密で、僕とあの人との約束でした。僕はちょっとした冒険王のような気分でそれを実行していました」

○　回想、小学校前の通り

校庭で子供たちが遊ぶのを横目に見ながら歩く信。

信の声「時々あの人が帰ってきてご褒美をくれます。僕を抱きしめ、偉かったね頑張ったねと言って、キャラメルをくれます。もう少しね、もうちょっとで一緒に暮らせるからねと言って、また東京に帰ります。あの人はそこで僕よりちょっと大事な人と暮らしています。冒険王に戻った僕は夜になると布団を敷いて眠ります」

○　現在、大きな木の下

信の手紙を読んでいる小春。

信の声「冒険が三年目になる頃、緑のふちどりの封筒が届かなくなってきました。行く手が少し険しくなった。ご飯を炊けなくなったり、冷蔵庫が動かなくなり、靴に穴が開いても買い直せなくなりました。ちょっと本格的になり過ぎて、近所の人が僕を見るたび顔をしかめるようになってきた。僕は困りました」

○　回想、病院・受付〜廊下

信、受付で場所を聞き、廊下を進む。

信の声「誰かに見つかったらわたしは牢屋に入れられるの。牢屋に入ったらもう会えなくなるの。あの人がそう言ってたからです。そんな時助けてくれたのが、郵便屋さんの宮前《みやまえ》さんです。宮前さんは面白い人で、俺は瞼《まぶた》でビールの栓を抜けるとよく自慢してましたが、お酒は飲めなくてプリンが大好きです」

○　同・病室

信、ベッドの中の男、宮前幸司《こうじ》（46）と話している。

宮前「信坊、何だおまえ、指輪なんかしてよ」
信「結婚、しました」
宮前「ちょっと待って（と、手招きする）」

信、顔を寄せると、宮前、信の頭を叩いて。

宮前「何で結婚式呼ばねえんだよ！」
信「すいません。あ、上の子は三歳で、下も妻のお腹に」
宮前「（信の頭を叩き）は⁉　おまえ、親父か。（頭を叩き）え？　信坊が親父なったか⁉（と、頭を叩き）」
信「はい」
宮前「（ははっと笑って、そして顔が歪《ゆが》んで涙を堪えるようにしながらよそ見をして）……死なねえで良かったな」
信「（そんな宮前を見て感極まりながらも笑顔で）はい」

信、買ってきたプリンを箱から出していると。

宮前「最近も見かけたけどな、あの人は今でもお綺麗だ」
信「……そうですか」
宮前「若い頃は芸能界にスカウトされてたらしいもん

な。息子にあんな仕打ちをするような人には見えない」
信「……（薄く微笑み）」
宮前「シングルマザー？　にしても、息子を生命保険に入れるような……」
信「（遮るように）宮前さん、プリン。プリン食べて」
信、プリンを渡し、スプーンを袋から出して渡す。
食べる二人。
信「（食べながら）僕も逃げましたから。結局、あの人置いて、逃げましたから」
宮前「逃げなかったら死んでたよ」
信「（微笑みながら）それであの人が喜んでくれるなら、別にいいかなと思ってたんですけど」
宮前「馬鹿（と、頭を叩こうとするが、感情が昂ぶって手が届かず）良かったな、生きてて。生きて、親父になったんだから」
信「（頷き）家族できました」
泣きそうな顔で笑う二人。
信の声「正直な気持ちです」

○　現在、大きな木の下

信の手紙を読んでいる小春。
信の声「小春ちゃんは僕にとって、生まれてはじめての家族でした」
思いが込み上げ、手紙を膝に置く小春、信を思う。
信の声「今更あの人に会ったって何になるだろ。家に帰って、小春ちゃんにただいまって言う。望海を抱き上げて、三人で晩ご飯を食べる。それでもういいんじゃないか。そう思って、病院を出た僕は駅に向かう道を歩きだしました。家族が待つ家に向かって」

○　回想、商店街

信、駅に向かって歩いていく。
リサイクルショップがあった。
店頭に幾つか花瓶が並んでいる。
信、迷いながらも歩み寄り、花瓶を手にする。
迷った末に置き、行こうとしてふと気付く。
古着が吊ってあるところに、幾つかのマフラー。
信、マフラーを見て、あ、と思う。

○　小さなアパート・前〜廊下

レジ袋に入った花瓶を持って、来る信。
部屋の前に立って、小窓から覗き見る。
蛍光灯から釣り下げられたオレンジ色の紐を見る。
今度ははっきりとマフラーだとわかる。
信、気持ちがざわめく。
迷った末に隣の部屋に行き、ノックする。

信の声「あの人に何を求めてるわけじゃなかった。謝罪が欲しいわけでも後悔の言葉が欲しいわけでもなかった」

出てきた隣人に、隣の部屋を示して質問する。

信の声「今更手を取り合うことも求めてない」

信、礼を言って、行く。

信の声「ただ、あの人に見てほしかった。大人になった僕を見てほしかった」

アパートを出、走る信。

信の声「お母ちゃんにこっち向いてほしかったんです」

○　駅前のファーストフード店・店内

緊張しながら入ってくる信。
若い客層の店内で、短いスカートにハイソックス、明るい色調のユニフォームを着た若いバイトの女の子がトレイを片付けている。
信、見回しながら進むと、カウンターに軽く列があり、その向こうにユニフォーム姿の店員。
商品を手にして振り返る、青柳静恵《しずえ》。
信、……。
静恵、客に商品を渡し、また次の客に接客する。
信、困惑しながらも列に並ぶ。

客「違うよおばちゃん、Lサイズ」

静恵「申し訳ございません。ポテトのL」

客「違う、コーラがLで、ポテトがM（と、笑いながら）」

静恵「申し訳ございません」

注文を受け、用意しはじめる静恵。
信、盗み見るようにしていて、……。

静恵「ありがとうございました」

客が商品を持って席に行く。
信の順番が来て、カウンター越しに対峙し

た。

静恵「（ごく普通に）いらっしゃいませ。店内でお召し上がりですか、お持ち帰りですか」

信「……持ち帰りで」

静恵「お持ち帰りで」

信、静恵が気付かないのかと、……。

待っている様子の静恵。

信、あ、と思ってメニューを見て。

信「……コーヒーを」

静恵「サイズはいかがいたしますか」

信「小さいので」

静恵「ブレンドコーヒー、Sサイズ。かしこまりました」

静恵、コーヒーを用意しはじめる。

信、年に不似合いなユニフォーム姿の静恵の後ろ姿を見つめ、……。

静恵、コーヒーを持ってきて、信の前に置く。

静恵「ミルクとお砂糖はいかがいたしますか？」

信「（首を振る）」

静恵「（コーヒーを差し出し）どうぞ」

信、静恵の手元を見ながら受け取る。

静恵「ありがとうございました」

信「……」

信、逃げるように立ち去ろうとすると。

静恵「ねえ」

信、振り返ると、静恵、ポケットから出した鍵を差しだす。

静恵「家で待ってなさい」

信、……と、反応できないまま受け取る。

静恵「お次お並びの方、こちらどうぞ」

信、動揺して振り返りつつ、店を出ていく。

何もなかったように接客を続ける静恵。

○　小さなアパート・静恵の部屋

薄暗い部屋で、敷きっぱなしの布団の傍ら、花瓶の入った袋を横に置き、さっき買ったコーヒーを手にしたまま正座して座っている信。

目の前にはオレンジのマフラーがぶら下がっている。

信、コーヒーをすすって飲んでいると、玄関の開く音がし、むせる。

入ってきたユニフォーム姿の静恵、咳き込んでいる信を横目に見ながら来て、荷物を置く。

静恵「(苦笑しながら) 暗いところで」
オレンジのマフラーを引っ張って電気を点ける。
布団をどかせ、扇風機を点ける。
静恵「(息をついて) あーやだ疲れた」
と言って、座る。
信、静恵が店のハイソックスを履いているのを横目に見ていると。
静恵「そのコーヒーまずいでしょ? ね?」
信「(え、と) ……」
静恵「飲めたもんじゃないわよ、沸かしっぱなしなんだから」
信「(なんとなく頷き) ……」
静恵、信が花瓶の入った袋を持っているのを見て。
静恵「何?」
信、あっと袋から花瓶を出し、渡しかけて、自分の服で拭き、差しだす。
静恵、何だ?という感じで見て、台所の空き缶の花を見て。
静恵「(呆れたように苦笑し) 地デジ知ってる?」
信「(え?と)」
静恵「地デジ。(ブラウン管のテレビを示し) もうすぐテレビ映らなくなるのよ。鹿が、鹿が宣伝してるでしょ」
信「(なんとなく頷く)」
静恵「花瓶ってことはないでしょ。せめてテレビ買ってよ」
信「……」
静恵「え?」
信、慌てて財布を取りだし、開けて札を見て。
信「……幾らですか」
静恵「幾ら持ってんの」
信、財布の中身を全部出す。
札も小銭も全部出して、一万三千円ほどと、小銭。
信「一万三千、六百三円です」
静恵「(苦笑し) 馬鹿にしてんの」
信「すいま……」
静恵、手を伸ばし、一万円を取る。
信「……すいません。あの、テレビ、あ、ちょっとどんなのかわからないですけど、テレビ今度、そんな先じゃない時に、テレビ送ります」
静恵「貯金ないの?」
信「……」

静恵「ねえ、貯金」
信　「……家族がいます。結婚して、娘と、もうすぐもうひとりが（と、伝えたいという思いもあって）」
静恵「保険入ってる？」
信　「……！」
静恵「家族いるんだったら生命保険入ってるんでしょ。解約すればそこそこあるでしょ」
信　「……入ってないです」
静恵「何で入ってないの。女房が言うでしょ、入れって」
信　「（首を傾げる）」
静恵「……（苦笑し）そうでしょうけど。わたしだって別にあなたに、そういうつもりで入れたわけじゃ……」
信　「あ、でも、嫌じゃなかったので。嫌じゃなかったので、あなたに、そう、言われた時も……」
静恵「わたし、酔ってた時でしょ？」
信　「はい……」
静恵「酔ってたのよ。酔ってなかったらあんなこと言わないわよ。冗談よ。ひとりで子供育てたら誰だってああなるのよ。あなたの女房だって、あなたいなくてひとりになれば、わたしみたいになるのよ」
信　「……」
静恵、だるそうに畳んだ布団によりかかって。
静恵「川島なお美知ってる？」
信　「え」
静恵「ワインの人」
信　「あ……あ（と、なんとなく頷く）」
静恵「わたし、同い年なのよ。あの人がね、テレビ出てる時、お笑いマンガ道場とか、お笑いマンガ道場わかる？」
信　「（首を傾げる）」
静恵「出てた時ね、わたし、あなた産んだのよ。あなたの漏らしたうんこ片付けながらさ。何でわたしじゃなくてこの人がマンガ道場出てんの。何でわたしじゃないのって」
信　「はい」
静恵「わたしだって芸能界誘われてたの。それをしょうもない男に捕まって、あなた産んで。産まなかったらなれたのよ、ワインの女優に」
信　「はい」
静恵「何なの、はいしか言わないで」
静恵、眠そうに布団に顔を付けて。

静恵「こんなハイソックス履かずに済んだのよ」

静恵、ハイソックスを脱ぎ、信に投げる。

信の顔に当たって落ちる。

静恵「今頃、なんだっけ、青山？　青山に住んで、マンションよ、住んでさ、ね」

信、落ちたハイソックスを畳み、横に置く。

静恵「百貨店で服買って、皺なんかないのよ。あっても取るもん。美味しいもの食べて、美味しいお酒飲んでさ、ね」

静恵、目を閉じ、うとうとと眠る。

信「……おか（と言いかけて、言い直し）あの」

返事をしない静恵。

信「（ぶら下がったマフラーを見て）これ。あの、すいません、もらっていいですか。もらって、もらいます」

信、立ち上がって、蛍光灯の紐で結ばれたマフラーをほどきはじめる。

信「（確かめながら）手編み、ですよね。いつもこれ持って寝てました。懐かしいです。手編みですよね」

信、ほどいて、手にし、なんか笑って。

落ち尽きなく花瓶を手にし、迷いながらも置き。

信「置いていきます」

信、頭を下げて、出ていこうとする。

しかし立ち止まる。

思いが込み上げてきて引き返し、眠る静恵の傍らに正座し、俯き、しばらく黙っていた後に。

信「お母ちゃん、僕、楽しかったです。楽しかったんですよ。お母ちゃん、色々言われたかもしれないですけど、僕も施設とか行って、警察とか色々、色々なこと言われて、お母ちゃんのこと、悪く、の感じとか、ひとり親が、とか。あなたはかわいそうなあれだとか、そういうこと言われて。お母ちゃんにも言ってんのかな。お母ちゃん、言われてんのかな。心配しました。お母ちゃん、僕、大丈夫だったんです。僕、お母ちゃんと約束するの楽しかったです。お母ちゃんの約束守るの楽しかったです。お母ちゃんのこと好きだったから、お母ちゃんの楽しいのが僕も楽しいのだったから。今月は何日に来るかな。それ考えるの、幸せでした。お母ちゃんの書いた封筒の字見るの、住所の字見るの、幸せでした。僕いっつも封筒、ポケットに入れて、持ち歩いてました。お母ちゃんの字、見てました。お母ちゃんが僕の、希望でした。希望って、希望ってね。今持ってるものでできてるものだと思う。どっか遠くから来たりするものじゃない、なくて、今持ってるものでできる、できてる。人はお母ちゃんの封筒見て、色々言ったけど、それも僕の希望だったし。みんな、僕のことを不幸って言ったけど、僕にとってただの現実だった。かわいそうだって言ったけど、僕にとってただの生活だった。僕は生きてるだけだよ。泣いてても生きてる。悲しんでても生きてる。僕、生きてただけだよ。そういう、そういうふうに思って……そういう」

泣いている信、涙を拭いて。

信「あのね、僕、家ができました。家族できました。僕と同じで、彼女もちょっと淋しがり屋です。だから一緒に生きてます。気持ちに寄り添うこと。悲しみに寄り添うこと。丁寧に、心を込めて生きること。子供らに伝えます。お母ちゃん、ありがとう。僕は元気です。元気で」

寝ている静恵。

頭を下げて、マフラーを持って出ていった信。

起きていた静恵。

信の声「僕はお母ちゃんに話しかけながら、本当は別のことを考えていました」

○ 土産物屋・店内

信、津川と向かい合って将棋を指している。

楽しげに話し、団子を食べている。

信の声「何とかならないものかな。小春ちゃんと小春ちゃんのお母さんを仲直りさせることは」

○ 現在、大きな木の下

信の手紙を読んでいる小春。

信の声「僕は、小春ちゃんと小春ちゃんのお母さんと一緒にご飯が食べたいです」

○ 回想、土産物屋・店内

テーブルにて手紙を書いている信。

信の声「なので、今から小春ちゃんのお母さんに会いに行こうと思います。会って、話します。今、小春ちゃんが母親になって、娘がいて、育てていること。お母さんの味のいなり寿司を作っていること。話します。僕は小春ちゃんと小春ちゃんのお母さんが一緒にご飯食べてるところが見たいです」

信、ふと顔をあげる。

どこからか聞こえてくる『遠き山に日は落ちて』。
信、あっと思って、外に出る。

○　同・外

どこからか聞こえる『遠き山に日は落ちて』。
向こうに見える山々の稜線に沿って落ちている夕日。
見つめる信。

信の声「きっと上手く行く。何もかも上手く。そんな予感が」

津川が来て、リュックを渡す。
バス停にバスが停まっているのを指さし、あれが最後だと伝える。
信、礼を言って、慌ててバスに向かって走る。
走る信の笑顔。

信の声「予感がして、仕方がないんです」

○　現在、大きな木の下

手紙はそこで終わっている。
小春、読み終えた手紙を胸に抱きしめ、唇を噛みしめるように。

小春「……馬鹿」

○　土産物屋・店内

小春、戻ってくると、テーブルに望海、陸がいて、ジュースを飲み比べしたりしている。
小春、見つめ、そして二人の元に行き。

小春「（強い思いが既にあって）ねえ、お父さんのお手紙、読んでみる？」
望海「いいの？」
小春「（頷き）お父さんのお話だから」

小春、信の手紙を望海に渡す。

望海「（手にし）漢字多い？」
小春「読めないところは読んであげる」

望海、手紙を開き、陸にも見せて。

望海「お父さんの字」
陸「えー」
望海「お父さん、字上手……（読み）小春ちゃん、ごめん。お父さん、謝ってるよ（と、微笑って）」

×　×　×

三人が手紙を読んでいる様子をモンタージ

ュして。
声に出して手紙を読んでいる望海。
横にぴったりくっついて聞いている陸。
指さしたりして漢字を教えてあげている小春。

×　×　×

手紙を読み終える小春、望海、陸。
小春「よかん」
望海「よかん、がして」
小春「しかた」
望海「しかた、が、ないんです……終わり？」
小春「（頷く）」
何かじっと考えているような望海。
小春、そんな望海の反応を待っている。
望海「……お母さん」
小春「何？」
望海「望海にはちょっと難しいけど」
小春「うん」
望海「間違ってるかもしれないけど」
小春「うん」
望海「お父さんね、幸せだったんだと思うの」
小春「うん、お母さんもそう思う」
望海「やっぱり？　何でかな」
小春「お母さんね、思うんだけど」
望海「うん」
小春「幸せなこととか不幸なことなんてないの。幸せだって感じられる心だけがあるの」
陸「心」
小春「うん。お父さんには幸せを感じられる心があったの。お母さん、それはすごく強いことで、すごく素敵なことだと思う。望海が生まれたでしょ。陸が生まれたでしょ。お父さん、もうそれ以上、何にもいらなかったの。家族と一緒なだけで幸せだって思える。それはお父さんがくれたものだよ。願ってくれたことだよ。今も、お母さんと望海と陸はお父さんが感じた幸せの中にいるの」
望海「わかる」
小春「わかる？」
陸「わかんない」
小春「わかんない？」
陸「やっぱりわかる」
小春「うん（と、微笑んで）」
望海「お父さん、お母さんのお母さんに会ったのかな」
小春「（内心少し困惑ありながらも）うん、会えたよ」

望海「お話したのかな」
小春「うん、したって言ってた。一緒にご飯食べたって」
陸「何食べたの？」
小春「それは、わかんないなあ」
望海「何食べたんだろ」
小春「……知りたいね」
望海「聞いてみよ？」
小春「……（と、迷うものの、思いが高まって）」

○　テーラーウエスギ・奥の部屋〜土産物屋・店内
　健太郎、鳴っている電話に出て。
健太郎「はい。（声を聞き、あっ、となり）あー着いた？　どう？　あ、そう。良かった良かった。うん？　さっちゃん？」
　掃除している紗千、ん？と。
健太郎「うん。うん。あー。うん」
　紗千、何だ？と。
健太郎「ちょっと待ってね。いや、大丈夫大丈夫、聞いてみる。（紗千に）小春ちゃん」
紗千「何よ」
健太郎「信くんがウチ来た時、晩ご飯、何食べたかおぼえてませんかって」
紗千「……」
　以下、土産物屋にて携帯で話している小春とカットバックして。
小春「すいません、急に」
　後ろで聞いている望海と陸。
紗千「……もうおぼえてないわ」
小春「そうですか……」
　紗千、実際はおぼえていて、……。
小春「お忙しいのにすいませんでした」
紗千「たいしたものじゃないわよ……」
小春「（え、と）」
紗千「ご飯、豆ご飯とあさりの味噌汁」
小春「（あ、となって）……豆ご飯とあさりの味噌汁」
　聞いている望海と陸、あ！と。
紗千「カレイの煮付け……」

×　×　×

　回想、四年前、植杉家。
　食卓にて、豆ご飯を食べている信、健太郎、紗千。
　健太郎と話して笑っている信。
　むすっとしている紗千。

×　×　×

小春「カレイの煮付け」
紗千「キュウリとささみをお酢で和《あ》えたのと」
小春「キュウリとささみをお酢で和えたの」
紗千「あ、胡麻酢」
小春「胡麻酢」
紗千「茄子とレンコンを煮たの」
小春「茄子とレンコンを煮たの」

×　×　×

回想、四年前、植杉家。
紗千、笑っている信を横目に見ている。

×　×　×

紗千「……あと、ご飯の後、梨を剝いたわ」
小春「梨……」
紗千「……」

×　×　×

回想、四年前、植杉家。
梨を爪楊枝で刺して食べている信、紗千、健太郎。

健太郎「信くんって、どんな字？」
信「信じるの信です」
健太郎「ビリーブくんだ（と、笑う）」
むすっとして、梨を食べている紗千。
信「そうです。あ、ビリーブって歌あるんですけど、卒園式とかで子供が合唱する。今から上の子が歌ってるの想像して泣きそうになって（と、笑う）」
健太郎「（笑って）その前に下の子が生まれて泣くでしょ。いつ？」
信「九ヶ月なんで、来月予定日です」
健太郎「あ、そう。楽しみだね。（紗千に）楽しみだね」
答えず、むすっと梨を食べる紗千。
信「どっちかっていうと、僕の方が緊張してて」
健太郎「小春ちゃんは平気なんだ？」
信「（頷き）彼女、強いんです。上の子の時も堂々としてて。生まれる時、僕、仕事で遅れたんですけど、自分でタクシー呼んで病院行って」
よそ見しながらも聞いている紗千。
健太郎「たくましいんだね。あ、あれ、柔道とかやってそうな感じになってる？　今」
紗千「あの子がやるわけ……（と、思わずぽそっと）」
健太郎「え？」

向こうを向き、梨を食べる紗千。

信「あ、いえ、見た感じは痩せてます」

紗千の表情に浮かぶ、少し心配そうな思い。

健太郎「ご飯食べてるの？」

信「食べてます。太らない体質で。体も丈夫だし、いつも自慢してます、わたしは体が丈夫なのが取り柄だって。風邪ひとつ引かないんですよね」

内心安堵している紗千。

健太郎「あ、そう。小春ちゃん、どんな大人になってるんだろうね（と、紗千に）」

向こうを向き、梨を食べる紗千。

健太郎「よく食べるね、口いっぱいじゃないの」

信、紗千の方を向いて。

信「二人目が産まれたら、小春ちゃんと子供たち連れて来ます。会っていただけませんか」

紗千、え、と。

信「彼女、意地張ってるだけなんです。ほんとはお母さんに会いたいはずです。自分の子供たち、見せたいはずなんです。お願いします（と、頭を下げる）」

紗千、……。

×　×　×

紗千「（思い返していて）……」

受話器から小春の声、もしもしと聞こえて。

紗千「（あっ、と気付き）……それだけです」

小春「ありがとうございます」

紗千「切りますよ。はい」

受話器を置く紗千、何かどきどきするものがあって、ふと気付くと、健太郎がこっちを見ている。

紗千「……（掃除機を向けるなどし）どいてください」

○走る電車（夕方）

乗っている小春、望海、陸。

小春、膝の上に信のマフラーと手紙を置き、車窓を見ている。

山の稜線に日が沈む、美しい景色。

○テーラーウエスギ・奥の部屋

健太郎、来ると、台所にいる紗千、炊飯器の内釜に豆を入れている。

健太郎「あ、豆ご飯（と、嬉しそうに紗千を見る）」

紗千、無視し、炊飯器にセットして。

紗千「夜勤で遅くなるから、栞起きたら部屋に持っていってあげて」
健太郎「はい」
　健太郎、料理を続ける紗千を見ながら。
健太郎「小春ちゃんともこのまま上手く行くと思うんだけどね」
紗千「……合わないのよ」
健太郎「合わないんじゃないよ、似てるんだよ。人の中に自分を見るから腹が立つんでしょ。それが親子喧嘩でしょ」
紗千「（そうかもしれないと思いながら料理を続け）……」

○同・栞の部屋（夜）

　寝ている栞。
　階下から聞こえる、望海と陸の、ただいまという声。

○同・奥の部屋

　健太郎が炊飯器の蓋を開けて、帰ってきている小春に炊きあがっている豆ご飯を見せる。
健太郎「さっちゃんが作ってった」
小春「……（頷き）あの、あ、じゃあ晩ご飯の支度します」
　小春、もう一度豆ご飯を見る。

○同・二階の廊下〜小春の部屋

　出てくる栞。
　小春の部屋が開いており、望海と陸が信の手紙を読んでいる。
　栞、あ、と思う。
望海「これ、何て読むんだっけなあ……」
　栞、傍らに座って。
栞「漢字？　見せて。読んであげる」

○同・奥の部屋

　食卓を囲んで、紗千が作った晩ご飯を食べている小春、望海、陸、健太郎。
　豆ご飯を見ながら食べている小春。
望海「お父さんって、お母さんのことお母ちゃんって呼んでたんだね」
小春「ね。知らなかったよ」
望海「（悪戯っぽく）望海もお母さんのことお母ちゃんって呼ぼうかな」
小春「いいよ」
望海「いやだ、恥ずかしい」

健太郎「呼んでみてよ」
望海「いやだー」
健太郎「お母ちゃん」
望海「何でナマケモノさんが言うの！」

○　同・小春の部屋

階下から聞こえるみんなの笑い声。
まだひとりいて、手紙を読んでいる栞。
目に涙が溜まっている。

○　同・奥の部屋

小春、薬の入った袋を手にして二階から降りてくる。
栞が台所に立って、ごみ袋の口を閉めている。
小春、薬をポケットにしまって。

小春「ごめんなさい、今やっと子供たち寝て……」
栞、大丈夫と首を振ってごみ袋を抱え、玄関に運ぶ。

栞「お父さん飲みに行きました」
小春も台所周りを片付けはじめる。

小春「はい。植杉さんも遅くなりそうですか？」
栞、戻ってきて。

栞「植杉さんって？」
小春「あ、（栞を示し）お母さん」
栞「（小春を示し）お母さん、ですよね」
栞「……（少し照れて微笑いながら首を傾げる）」
小春「（そんな小春を見て）……もうすぐかな。なんか用事とかありました？」
栞「ううん、ご飯用意していただいたから」
小春「あ、もうちょっと普通にしてていいと思いますけど」
栞「え」
小春「ずっとここにいるんですよね」
栞「（頭を下げ）いたいと思ってます」
小春「いてあげてください。お母さん、喜んでるし」
栞「喜んでは……」
小春「喜んでる。お母さん、意地張ってるだけだから、本当は嬉しいんですよ」
栞「（薄く苦笑し）」
小春「自分のせいでって言ってたし」
栞「え」
小春「お母さんがあげた梨のせいで、旦那さんがって」
栞「……新しいごみ袋って」
小春「あ、ここ」

栞、引き出しを開け、小春に渡す。

小春「ありがとう」

小春、ごみ箱にごみ袋を入れながら。

小春「片付けやるんで、もう大丈夫ですよ」

栞「お姉ちゃんと話したいし。話したいことあるの」

小春「……そういうふうに思ってないので。梨のせいでとか」

栞「え、じゃあどう思ってるんですか？　そういうのの被害に遭ったの、何のせいだと思ってるんですか？」

手が止まる小春、……。

小春「何かと、誰かのせいとか思ってないから」

栞「そうなんだ……」

小春、干してあった食器を棚に片付けながら。

小春「被害者とか、思ってないし、彼もわたしにそう思ってほしくないと思うし」

栞「どうして死んだのとか、興味ないんですか？」

小春、片付けをしながら。

小春「考える時もある。あ、でも、それは原因がどうとかじゃなくて、何か、思い残したことはなかったのかなとか、言いたかったことはなかったのかなって」

栞「うん……」

小春「でも、それももう、今日……」

栞「手紙」

小春「え（と、止まって）」

栞「手紙に、そういうこと」

小春「読んだん……」

栞「望海ちゃんが漢字教えてって」

小春、困惑しながら、茶碗を棚に運ぶ。

栞「あ」

小春「え」

栞「お茶碗、こっち……」

栞、小春が棚に入れようとした茶碗に手を伸ばす。

ぶつかって、小春、茶碗を落としてしまう。

床に落ちて割れる。

小春「あ、ごめんなさい……」

栞「（割れた自分の茶碗を見て）……」

小春「ごめんなさい」

栞「（薄く微笑んで）いいよいいよ」

小春、片付けようとして動いて、あ、となる。

踏んでしまった。

栞「踏んじゃった？」
　小春、踏んでしまった茶碗のかけらを取って。
小春「大丈夫です。ごめんなさい。あ、近付かないで」
　小春、キッチンペーパーを取ってきて、割れた茶碗を集めはじめる。
栞「待って、駄目。怪我、先に」
　栞、引き出しを開け、ガーゼと絆創膏を出す。
栞「こっち座って」
小春「大丈夫です」
栞「座って」
　小春、移動し、床に座る。
　足の裏から血が出ている。
栞「あ……」
小春「……」
栞「（ガーゼと絆創膏を渡し）はい」
小春「すいません」
　小春、受け取り、ガーゼで足の裏の血を拭く。
　栞、割れた茶碗を集める。
小春「ごめんなさい、あのご飯茶碗、（栞を示して）そうですよね」
栞「いいよいいよ」
小春「（頭を下げる）」
　小春、なかなか血が止まらず、新たにティッシュを取ったりし、押さえていると。
栞「わたしね」
小春「はい？」
栞「お姉ちゃんと仲良くしたい」
小春「……うん（と、栞を見て、頷く）」
栞「手紙、読んで、泣いたの。そうだったんだって感動して、泣いたの」
小春「……」
栞「旦那さん死んで、でもお姉ちゃん、強く乗り越えてて」
小春「……」
栞「お父さん死んで、なのに望海ちゃんたち、がんばってて偉いなって思うし」
小春「……」
栞「普通家族が死んだら……」
小春「（遮って）信さんは死んだんじゃない」
栞「（え、と）」
小春「信さんは生きたの。生きただけなの」
栞「……あ。うん、はい、わかる。幸せだったんだよね」

小春「……」

栞「悲しんでばかりいることなかったんだよね」

小春「(違和感あるが) そう思ってます……」

　小春、目を伏せ、血を拭い続けて。

栞「わたしもずっと反省してたけど、ずっと苦しかったんだけど……」

小春「(え?と)」

栞「ちゃんと、ちゃんとして、本当のこと話そうかなって、話した方がいいのかなって思って……」

小春「(何が?と聞こうとした時)」

栞「あの日ね」

小春「……(と、嫌な予感)」

○洋菓子店の前

　仕事を終えて帰る途中の紗千、ケーキを買っている。

紗千「これを四つと、こっちの子供用の玩具が付いてるの、これを二つ」

　紗千、薄く微笑みながらショーケースを見ている。

○テーラーウエスギ・奥の部屋

　話している小春と栞。

栞「タイミング? 家帰って、青柳信さんがいて、わたしにお姉ちゃんがいるって知って、タイミングが悪かったっていうか」

小春「(栞をじっと見据えていて)……」

栞「でも、元々はお姉ちゃん欲しいなって思ってたことあったし。それは、今はそうだし。あの時が間違ってたんだよ。お姉ちゃんと仲良くしたいの。お母さん、忘れなさいって言ったけど、わたし、本当に後悔してるし、ずっと黙ってるの苦しいし、本当のこと話した方がいいと思うの。あのね……」

　小春、無意識に聞いていられず、その場を離れようと立ち上がろうとした時。

栞「わたしが電車の中で青柳信さんに痴漢だって言ったの」

　止まる小春。

栞「わたしが嘘をついたからああいうことになったの」

　止まっている小春。

栞「ちょっとね、悪戯しただけなんだよ。ウチに来てほしくなかったから意地悪しただけなんだよ。まわりの人たちが最低だったって言うか。でも青柳信さんは、本当にいい人だったよ。栞のこと心配してくれたって言うか、優しい人だった。だからあの手紙に書いてあったこともわかるよ。許せる人なんだなって。わかるの。青柳信さんは、幸せだったんだろうなって……」

呻くように声をあげる小春。

栞、え?となって、歩み寄る。

栞「どうしたの？　痛い？　大丈夫？」

栞、小春の足を見て、血が滲《にじ》んでいるのを。

栞「え……結構出てるね（と、小春を見ると）」

小春、栞を見ている。

怒りと悲しみと同じだけある。

栞「痛い？」

小春、何か口が動いているが、言葉にならない。

栞「え？　え？」

小春、栞を見つめ続ける。

栞、小春に嫌なものを感じ、下がって。

栞「ごみ出してくる」

栞、背を向け、玄関に行こうとする。

小春、その腕を摑む。引き寄せる。

栞「痛い！」

もつれる二人。

栞、小春を突き飛ばし、引き返す。

栞「痛いよ！」

小春、近付いてくる。

栞、おびえて、傍らの食器棚から健太郎の茶碗を摑み、小春との間の床にたたきつける。

割れる。

栞「え、何で、お姉ちゃん、何で怒ってるの。誰かのせいとかじゃないって言った、信さんは幸せだったって言ったのに……」

睨み続ける小春。

栞、また食器棚から紗千の茶碗を摑み、投げる。

栞「違うよ、栞違うよ。栞が背中押したんじゃないよ。酔っ払った人いたからそういう人だよ。いるでしょ、善意のふりして、自分の鬱憤とか晴らす人。栞のせいじゃないよ。栞も被害者なんだよ」

栞、またさらにコップを摑み、投げ、割れる。

栞「……お母さん、お母さんがね、こういうふうに育てたの」

栞、箸を投げ、スプーンを投げ、皿を投げる。

栞「お母さんに言って」
小春、前に進む。
割れたかけらを少しだけ踏む。

栞「いいよ、もういいよ、どうせ家出ていくから、あとはお姉ちゃんたちでさ……」
小春、栞を流し台まで追い詰め、押さえつける。
栞、抗う。
小春、栞を摑んで押さえつけ、絞り出すようにして。

小春「……何で……何で……何で!」
流し台を叩く小春。
するとその時、階段を駆け下りてくる音がして、望海が降りてきた。

望海「お母さん⁉」
小春、びくっとする。

望海「お母さん、どうしたの⁉」
望海、こっちに来ようとする。
小春、はっとし、叫ぶ。

小春「望海、駄目! 裸足、駄目!」
びくっとし、止まる望海。

小春「割れてるから駄目! 来ちゃ駄目……!」
床にしゃがみ込む小春。
困惑している望海。
呆然としている栞。

小春「(首を振っていて)」

第7話終わり

Woman

第8話

○　駅前の通り

洋菓子店で買ったケーキの箱を手にし、崩れないか気にしながら歩いてくる紗千。

健太郎の声「さっちゃん！」

通りの向こうで健太郎が大きく手を振っている。

健太郎「さっちゃん！　さっちゃん！」

周囲の通行人が健太郎と紗千を見ている。

健太郎、道路を渡ってくる。

健太郎「お疲れさま。ねえ、飲み足りないんだけど」

紗千「外で大きな声でさっちゃんって呼ばないで」

健太郎の肩をぽんと叩く。

○　カフェ・店内

音楽が流れ、店内は若い客ばかりで、カップルの姿も多く見られる。

ソファー席に並んで座って、健太郎は可愛い感じのカクテルを、紗千はビールを飲んでいる。

紗千「（そわそわと周囲を見）わたしたちだけじゃないの」

健太郎「何女の子みたいに照れてるの（と、笑って）」

紗千「どこ行っても楽しそうね。照れてないわよ」

健太郎「毎日楽しぃよ。望海ちゃんと陸くんの、（頬を指し）ここ触ってごらん、世の中にこんなにプニプニしたものがあるのかって思いますね」

紗千「興味ありませんね」

健太郎「癒されますよ（と、飲んで）さっきね、しーちゃんが生まれた時のこと思い出してたの」

紗千「あなた、あの日ずっと待合室で野球見てたじゃない」

健太郎「山本浩二の采配がひどくてさ。ま、それはいいじゃないの。さっちゃん、生まれたばっかりのしーちゃん抱きながら、ちょっと懐かしそうな顔してたんだよ」

紗千「はい？」

健太郎「あれさ、小春ちゃんはじめてだっこした時のこと思い出してたでしょ？　小春ちゃんのこと思い出してたでしょ」

紗千、ふっと思い返す顔をし。

紗千「……（苦笑して首を振り、飲む）」

健太郎「ずっとあったと思うんだよ。だって色々言うけどさ、二人共、わたしの娘です」

紗千「二人共、わたしの娘です」

健太郎「あ、認めるの。でしょ」

紗千「わかってます」
健太郎「じゃあ、どっちかを選んだりしないでさ……」
紗千「選んでなんか……（と、言いかけてやめて）」
健太郎「うん？」
紗千「（何でもないと首を振る）」
健太郎「上手く行きますよ。しーちゃんだって今は不安かもしれないけど、これから先、大人になれば……」
紗千「あなたは栞のこと何もわかってないの」
健太郎「そうかなあ……」
紗千「これから先のことじゃないの、過ぎたことが……（と、言いかけてやめて）」
　紗千、ジョッキを手にし、半分ほど一気に飲む。
健太郎「（あらあ、と見て）」

○　テーラーウエスギ・小春の部屋

　動揺している小春、望海たちのリュックに置いてある筆箱や玩具などを詰め込んでいく。
　傍らで心配そうに見ている望海。
望海「どうしたの？　お皿割っちゃったから？」
小春「出ていくの」
望海「どこに？」
小春「……（そんな場所ない）」
　目を覚まし、体を起こす陸。
小春「……ごめん。いいよ、寝てて。望海も」
　小春、望海と陸を寝かせる。
望海「お皿割ったの、明日一緒に謝ろうね」
　小春、頷き、二人にタオルケットをかける。
小春「……（動揺は残っていて）」

○　都電荒川線沿いの通り

　歩いてくる紗千と健太郎。
健太郎「さっちゃん、お祭りの浴衣出した？」
紗千「わたし、着ませんよ」
健太郎「僕、着るよ」
紗千「ご自由に……（と、気付く）」
　踏み切りのところに栞が立っている。
　どこかおかしな佇《たたず》まいだ。
　紗千、⁉と。
健太郎「一緒に歩きたいなあ……あれ、しーちゃん？」
　紗千、走りはじめた。
　栞の元に紗千が来た。
　内心の困惑を隠し、ゆっくりと近付く紗千。
紗千「（笑みを作って）迎えに来てくれたの？」

栞「（微笑む）」
紗千「ケーキ買ってきたの。食べる？」
　健太郎も来た。
健太郎「しーちゃん、どこ行くの？」
栞「お姉ちゃんに怒られちゃったの」
紗千「（え、と真顔で）」
健太郎「（笑って）どうして」
栞「旦那さんの話してて」
紗千「（理解し）！」
健太郎「（軽く受け止めていて）あー、そういう話しちゃったの。なんか言っちゃった？　悪いこと言っちゃったんならちゃんと謝って、ね」
紗千「（愕然《がくぜん》と栞を見つめ、何故⁉と）」

○テーラーウエスギ・小春の部屋

　眠っている望海と陸。

　小春、血の止まった足に絆創膏を貼った。

　廊下より、隣室のドアを開け閉めする音が聞こえた。

○同・奥の部屋

　ゆっくりと階段を降りてくる小春。

健太郎「起きてた？　ただいま」

　答えず、ぽかんとしている小春。

健太郎「（恐縮し）なんか、しーちゃんと、なんか……」

紗千の声「（台所から）お風呂入ってください」

健太郎「うん。じゃ、お先にね」

　と言って、小春にも笑みを残し、風呂場に行った。

　小春、振り返ると、台所に立っている紗千。

　小春、紗千の背中を見て、……。

　紗千、実は悲壮な顔をしていて、……。

　どこか虚ろな様子の小春、ゆっくりと歩み寄ろうとする。

　紗千、覚悟して振り返って。

紗千「（微笑んで）ご飯、どうだった？　子供にはちょっと堅かったんじゃない？　いつもどうなの？　柔らかめ？」

小春「……」

　紗千、ケーキの箱を見せて。

紗千「食べる？　甘いのだけど」

　紗千、箱を開け、ケーキを皿に分けはじめる。

　ぽかんと見ている小春。

紗千「（動物キャラのケーキを見せて）こういうのあったの。面白いの。二つ買っておいたから」

紗千、箱を冷蔵庫にしまい、二人分のケーキを皿に載せ、食卓に運ぼうとして。

紗千「フォークね……」

紗千、小春にケーキの皿を渡し、食器棚に戻る。

小春、ケーキを食卓に置いて座る。

小春「……さっき」

紗千「(内心警戒しながら、フォークを出し)うん?」

小春「お茶碗割ってしまいました」

紗千「そう、いいのいいの」

小春「たくさん割れました。新聞紙でくるんであそこに置いてあります」

紗千「そんなにいいのはないから」

紗千、来て、食卓に座って、手を合わせる。

紗千「いただきます」

小春「あの、植杉さん」

紗千、構わず食べようとして、持っているのがスプーンだと気付き。

紗千「……ま、いいか」

紗千、スプーンでケーキを食べる。

小春「植杉さん」

紗千「はい」

小春「植杉さん、ご存じだったんですか？　わたしの夫が事故に遭った理由……」

紗千、ティッシュの箱を取り、ティッシュで口元を拭きながら。

紗千「なんていうか、説明不足だったんじゃないのかな」

小春「……」

紗千「その、電車には乗り合わせたみたいだけど、そういうことじゃないと思うのよ」

小春「……えっと」

紗千「そういう年齢だったしね、そういう思春期というか」

小春「いや……」

紗千「混乱してるだけなの」

小春「はっきり聞いたんです。自分がって、嘘をついたから、なったたって……」

紗千「前にも話したでしょ。わたしが梨をあげて。その通りなの。わたしの責任なの」

小春「いや、さっき自分がって……」

紗千「あの子は関係ないの」

小春「植杉さん……」

紗千「そうなの」

小春「植杉さん」

紗千「だってね」

小春「ちょっと待ってください、待って」
紗千「……はい」
小春「あの……わたしは……わたしは事故って思ってたからで、人がいて、そこに人が、何かしたからとか思ってなかったから……わたしは、わたしの夫が、わたしの家族が、あの人に……」
紗千「あなたたち、姉妹なのよ」
小春「……はい？」
紗千「お姉ちゃんと妹なの。二人共、わたしが産んだ子供なの。どちらかひとりなんて選べないの」
小春「……（と、ぽかんとして）」

○　同・二階の廊下

階段の上から小春と紗千が話すのを聞いている栞。
辛《つら》そうにしていて。

○　同・奥の部屋

話している小春と紗千。
紗千「やっと一緒に暮らしはじめた家族なのよ。ずっと一緒に暮らしていくんでしょ？」
小春、言葉が出ない。
小春「……えっと」

紗千「今お風呂入ってる人も喜んでた。孫はいいねって。子供の頬は柔らかいねって。わたしも。本当は感謝してるの。頼ってきてくれたこと、嬉しいの」
小春「そうじゃなくて……」
紗千「うん？　何が？」
小春「何がとかでもなくて……」
紗千「思ってくれていいの、ここが家だって。このままわたしたちを家族だと思って……」
小春「そうじゃなくて！」
紗千「（笑みが消えて）……」
小春「そうじゃないんです！」
紗千「そうね、そうなの。どうしようもできないの」
小春「（首を振る）」
紗千「どうしようもできないの」
小春「あの、それで、忘れろって……忘れろって……」
紗千「はい」
小春、言葉が出ない。
小春「……えっと」
紗千「我慢してほしいの」
小春「……（首を傾げる）」
紗千「栞、さっき踏み切りに立ってたの。わかる？　そういう子なの。責任感じてます。罪の意識に苦しんでます。踏み切りに立ってたの」

小春「(首を振る)」

紗千「お願いします。恨むならわたしを恨んでください」

小春「……」

紗千「わたしを」

理解できないという感じで、黙り込む小春。

沈黙。

紗千「……ケーキ食べて」

紗千、小春のケーキを手にし、差し出そうとすると。

小春「ちょっと！」

小春、紗千の手首を摑む。

紗千の手から皿が落ちる。

小春「ごめんなさい、全然わかりません。わたし、何言ってるのかわかりません。全然あなたが何言ってるのかわかりません」

紗千「わたしを恨んでください」

小春、呆然として。

紗千、小春の腕を見て、痣に気付き、何だろう?と見つめる。

小春、紗千の視線には気付かず。

小春「……あー駄目だ……この人、話にならない」

独り言を言って、ふいに立ち上がる小春。

察し、咄嗟《とっさ》に立ち上がる紗千。

小春、急いで廊下を行き、二階に行こうとする。

後ろからしがみつく紗千。

二人、床に倒れ込む。

小春、もがきながら。

小春「恨めって何ですか。我慢しろって何ですか。何言ってるんですか。何言ってるのかわかりません。恨めって何ですか。ねえ、何言ってるんですか、ねえ」

紗千、小春の思いを受け止めながらも小春を離さない。

小春「離してよ！」

小春、紗千を振り払おうとする。

小春の肘が紗千の顔に当たる。

倒れる紗千。

小春、あ、と。

紗千、痛む顔を押さえることもせず、すぐに起き上がり、座って、小春に頭を下げる。

小春、呆然としながら。

小春「……信さん、死んだんですよ」

紗千「（思いが伝わり、辛く）……」
小春「あなたとわたしの仲取り持とうとして、ここに来て、その帰り道に、死んだんですよ」
紗千「（辛く）……」
小春「もう帰ってこないんですよ……困ったなあ」
弱音を吐くように言う。
力なく肩を落とし、背を向け、二階に行く小春。
紗千、苦悩の顔で見送って、ごろんと倒れ込むように床に寝転がる。
畳みに顔をこすりつけながら、短い嗚咽が出る。

○ 同・小春の部屋

戻ってきた小春、望海と陸の傍らに行って、すがるようにして二人の手を握りしめる。

悲しみと悔しさと入り交じって。

○ 同・栞の部屋

栞、ベッドの中に潜り、携帯プレイヤーのイヤホンを耳に挿している。

○ 良祐のマンション・部屋（日替わり）

良祐、凍らせたおにぎりをレンジに入れる。

落ちている洋服を拾い集め、洗濯機に持っていく。

レンジが鳴って、おにぎりを取りだし、皿に置く。

眠っている舜祐の元に行って。

良祐「舜祐、おはよう」

起きた舜祐に用意してあった服を手際よく渡し。

良祐「先生がさ、舜祐くんは最近自分でお着替えできるようになって偉いですねって言ってたよ」

舜祐「努力してるからね」

良祐「（笑って）よし、着替えたらご飯だから歯磨いて」

○ 総合病院・前の通り

出勤してきて、携帯で話している藍子。

藍子「うん、もう病院。うん、うん。え、本当に？　東京来れるの？　うん、うん。すごい助かる。そしたらすぐにでも舜祐迎えに行くから。うん。はい。はい。また連絡する。ありがとう」

藍子、携帯を切り、着信画面の舜祐を見る。

愛《いと》しそうに。

○　鬼子母神前の通り

夏祭りの提灯《ちょうちん》が並び、夜店の準備がされている。

はっぴを着た町内の人々が楽しげに話している。

はっぴ姿の健太郎が望海と陸を連れてきて、りんご飴の屋台を見せている。

三人でりんごを齧っていると、仕事の支度をした小春が来た。

健太郎「あー、いってらっしゃい」

小春「すいません、今日はやっぱり託児所に……」

望海「お母さん来て！」

望海と陸、小春の手を引く。

通り沿いの公園に、子供みこしが置いてあって。

望海「子供みこしだよ！」

小春「あ……」

望海「あのね、望海もだし、陸もおみこしできるんだって！」

陸「できるんだって！」

期待感を持って、満面の笑顔で小春を見る望海と陸。

複雑な小春。

望海「駄目？　駄目だったらいいよ。（陸に）ね」

陸「駄目だったらいいよ」

小春「……（笑みを作って）持てる？　こんな大きいの」

望海「（笑顔になって、陸に）持てるよね？」

陸「うーん」

健太郎「じゃあ、ナマケモノさんと一緒に鍛えますか！（と、力こぶを作る真似をして）」

望海と陸、力こぶの真似をする。

小春「（微笑みながらも）……」

○　テーラーウエスギ・栞の部屋

紗千、ドアを開けて少し覗いて見ると、栞はイヤホンを付けたまま眠っているように見える。

傍らに行き、そっとイヤホンを外そうとすると、おびえるようにびくっとして避ける栞。

紗千もまた驚いて。

紗千「……（大丈夫よと微笑む）」

紗千、栞の傍らに行き、肩に手をやって。

紗千「怖くない。お母さん、ずっと栞の傍《そば》にいるから

栞　大丈夫」
紗千「……お姉ちゃんは？」
栞　「（悲しみを含んで）出ていくと思う」
紗千「……　……」

○　クリーニング工場・工場内
　　働いている小春と由季、二人で協力して重い荷物を運んでいて。
小春「今日ちょっと早退するけど」
由季「あれ、なんかイベントですか？」
　　置いて、また次のを運ぼうとした時、小春、力が入らず、手を離してしまう。
　　小春、台に手を付く。
小春「……ごめん、大丈夫？」
由季「大丈夫ですけど……大丈夫ですか？」
小春「（何とか微笑んで）」

○　池袋のホテル・客室
　　紗千、ベッドのシーツを取り替えている。
　　新しいものをかけ、四隅に織り込んでいく。
　　続いてバスルームの掃除をし、黙々と洗う。

○　クリーニング工場・休憩所
　　話している小春と由季。
由季「（え、と小春の顔を見ている）」
小春「（微笑んで、頷き）内緒ね」
　　由季、湯沸かしポットを下に置く。
　　腕を伸ばし、小春をしっかりと抱きしめる。
由季「ごめんなさい、気付かなくて」
　　小春、嬉しく。
小春「（首を振り）大丈夫、わたし、絶対治るから」
由季「うん、治ります。そこ同意です」
小春「ありがとう」
　　由季、離れて、再び湯沸かしポットを手にする。
小春「由季ちゃん、お願いがあります」
由季「わかりました」
小春「（微笑って）これから治療したり、入院したり、もしかしたら手術とか、色々あると思うの」
由季「子供たち」
小春「うん」
由季「預かります。一ヶ月でも二ヶ月でも預かります。あ、でも実家帰ったのって……？」
小春「（曖昧に微笑って）」

○　池袋の靴屋の前

歩いてくる紗千、靴屋の店頭に子供用の下駄が売られているのが目に止まる。
女の子用と男の子用があって、じっと見つめる。

○　池袋駅周辺の通り

靴屋の袋を提げた紗千、歩いてくると、ティッシュを配っていた女性（吉川春菜《よしかわはるな》）に声をかけられる。

春菜「おばさん」
紗千「（はい？と）」
春菜「吉川です」
紗千「……春美ちゃん」
春菜「（笑って）春菜」
紗千「ごめん！（と、笑って）」

×　×　×

道路脇のガードレールなどに寄りかかって話している紗千と春菜。

春菜「わたしは栞のことをいじめなかったけど、助けもしなかったです。ごめんなさい（と、頭を下げる）」
紗千「（首を振り）……どうしてそんなことになったの？　あの子が言ってたのは、絵も下手だし、何にもできないのに自意識がとか……」
春菜「違います。栞がクラスで一番いい子だったからです」
紗千「（え、と）」
春菜「クラスで一番優しくて、クラスで一番繊細で、一番真面目で一番人の気持ちがわかる子だったからです」
紗千「……」
春菜「もうちょっと普通の子だったら、わたしぐらいの？　そしたらああいうのなかったかなって思うんですけど」
紗千「……」

○　池袋駅前あたり

急ぎ足で歩いてくる紗千。
備え付けのごみ箱がある。
紗千、持っていた靴屋の紙袋を見、そして思い切りごみ箱に投げ込む。
振り切るようにその場を立ち去る。

○　総合病院・輸血室

輸血を行っている小春。

藍子、看護師の補助をしながら話している。
藍子「お仕事帰りですか」
小春「はい」
藍子「簡単に辞めてくださいとは言えないですけど、この病気は何より安静にしておくことが大切なんですよ」
小春「はい……」
藍子「移植のことにしても、早くご家族にお話しになった方がいいです」
小春「……はい」

○同・食堂

小春、骨髄バンクの患者登録の書類に書き込んでいると、ミートソースを持った澤村が来て。
澤村「前、いいですか」
小春「はい」
澤村、前の席に座り、小春が書いている書類を見つつ、食べはじめる。
小春「(書きながら)肉親の方が適合する確率が高いのは伺ったんですけど……」
澤村「骨髄バンクのドナーが適合する確率は、高い場合で数百分の一。低ければ数万分の一。それがご親族、ご兄弟になると四分の一の確率です」
小春「……(微笑んで)治るって信じてますので」
澤村「(微笑んで)」
小春「免疫抑制の効果も期待できるって……」
澤村「青柳さんね。今あなた、お風呂場にいるとしますよ、全裸で」
小春「(え、と)」
澤村「火事が起こるんです。その時あなた、躊躇なく外に飛び出せますか?」
小春「(首を傾げる)」
澤村「悩みますよね。何でかというと、そんな事態、想像したことがないからです。僕、青柳さんに生きる覚悟をしてくださいと言いましたよね」
小春「はい……」
澤村「覚悟って、想像することです。自分の未来を想像して想像して、想像するんです。生きてること が当然と思ってる人間に生きることはできません。全裸で外に出る想像をしてないと逃げることはできません……風呂のたとえは不適切でしたが。命が大事なら、まず肉親の方に適合検査を受けてもらった方がいい」
澤村、ポケットから自分の名刺を出して見せて。

澤村「話し辛いなら、僕の方からご家族に説明します」
小春「（名刺を見て）……」

○　テーラーウエスギ・庭〜奥の部屋

ラジカセから東京音頭が流れ、踊る健太郎に合わせ、踊る望海と陸。
健太郎「ヤットナ　ソレ　ヨイヨイヨイ　ヤットナ　ソレ　ヨイヨイヨイ」
健太郎、踊っていて、栞が部屋の方に降りてきたのに気付く。
健太郎「起きた？　お腹すいた？　ご飯あるよ」
栞「（首を振り、横目に望海と陸を見る）」
栞を見て、微笑んでいる望海と陸。
栞「（目を伏せ）……お父さん」
健太郎「うん？」
栞「（何か言おうとするが、首を傾げ）」
健太郎、部屋に入り、ガラス戸を閉めると。
栞「家、出たいの」
健太郎「……家って（ここ？と指さす）」
栞「うん」
健太郎「（内心混乱し、半笑いで）なんか急だね。え。お母さんには言ったの？」
栞「言ってない。言わないで」
健太郎「（困惑し）……なんか食べる？」
健太郎、立とうとする。
栞「真希《まき》ちゃんちに行くの」
健太郎、また座って。
健太郎「真希ちゃん。たけおじちゃんとこの。あの子、ひとり暮らしか……え、何で家、出ていくの？」
栞「（首を傾げて）」
健太郎、庭でまだ踊っている望海たちを見て。
健太郎「あの、あれですよ、人と人との関係っていうのは時間をたっぷりかけないと……」
栞「（首を振り）過ぎたことなんだよ」
健太郎「過ぎた……それ、お母さんも言ってたけど、何？」
栞「お父さんには教えない」
健太郎「何で」
栞「わたしのこと、いい子だと思ってくれてるの、もうお父さんだけだもん」
健太郎、意味はわからないが、真顔で栞を見つめ。
健太郎「（優しく）しーちゃん、明日はお祭りですよ」

○　同・店内
買い物袋を提げて帰ってきた紗千。
玄関に望海と陸が腰掛けていて、真新しい下駄を嬉しそうに履いている。
紗千、見て、え、となって。

○　託児所のマンション・廊下〜玄関
部屋の前に来ている良祐、買ってきたジグソーパズルを見て、嬉しそうにしている。
扉が開き、職員が出てきた。
職員「あれ。舜くん、お母さんが連れて帰られましたよ」
良祐「え……」

○　道路
手を繋いで歩いていく藍子と舜祐。
藍子「今日晩ご飯カレーだよ」
舜祐「やった。オリジン？」
藍子「残念、お母さんが作ったの」

○　鬼子母神前の通り（夜）
提灯が灯る中、買い物袋を提げて、急いで帰る小春。
子供みこしが置いてあるのを横目に見ながら。

○　テーラーウエスギ・店内〜奥の部屋
帰ってきた小春、躊躇があるものの、思い切って。
小春「ただいま」
おかえり！と望海と陸が迎えに出てきた。
陸「お母さん、見て」
望海と陸、新しい下駄を見せる。
望海「ナマケモノさんが買ってくれたの」
小春「え……お腹すいたね、すぐご飯するから。（もう一度下駄を見て）ありがとう言った？」
望海「うん。ご飯もう食べてるよ」
と言いながら先に部屋に行く望海と陸。
小春「え……」
小春、部屋に上がると、食卓に料理が並んでおり、紗千、健太郎、栞が座って囲んでいる。
小春、……。
健太郎「おかえりなさい」
紗千「座ってください。今ご飯入れます」

紗千、席を立って台所に行く。

小春「……（健太郎に頭を下げ）下駄、ありがとうございます」

健太郎「似合ってたね」

望海「お母さん、ここ」

望海と陸、健太郎との間に席を空ける。

小春、断れずに座る。

小春、望海の隣にいる栞を横目に見て、……。

望海「お母さん。ヤットナ知ってる？」

小春「ヤットナ？」

陸、立ち上がって、東京音頭を踊って。

陸「ヤットナ　ソレ　ヨイヨイヨイ」

笑う健太郎、少し笑う栞。

小春、栞の笑い声を背中に聞き、……。

紗千、ご飯をよそった小春のお茶碗とお箸を持ってきて、小春に差しだす。

紗千「どうぞ」

小春、緊張しながら礼をし、受け取る。

健太郎、おかずを小春の前に置いて。

健太郎「食べて食べて」

小春「（礼をし）いただきます……」

望海「これ美味しいよ」

栞、その皿を小春の方に寄せる。

小春「（困惑しながら食べて）美味しいね」

健太郎「明日はいよいよお祭りだね。小春ちゃん、お仕事は？」

小春「休みです」

健太郎「さっちゃんも休みだよね」

望海「しーちゃんは？」

小春、……。

栞「うん……」

健太郎「じゃ、みんなでお祭りですね」

望海「お父さんも見てるかな」

小春「……」

紗千、栞、……。

健太郎「お盆ですからね」

望海「お父さん、東京音頭好きかな。お母さん、お父さん好きな歌何？」

小春「色々あったけど……」

健太郎「（紗千に）なんかウチでも話してたね、ウチ来た時」

紗千「子供の歌だったかしら」

栞「（思い当たることがあり、俯いていて）……」

健太郎「何だっけ、ビリーブだったか……」

陸、また立ち上がって。

陸　「ヤットナ　ソレ　ヨイヨイヨイ」
笑う小春、望海、紗千、健太郎、栞。
笑いながらもお互いを意識している小春と紗千。
笑顔の裏に、複雑な思いを隠している。

○同・栞の部屋
紗千、朝食の載ったお盆を手にして入ってくると、栞は画材をまとめたりし、ごみ袋に入れている。
紗千　「……何してるの？」
栞　「もういらないかなと思って」
紗千、傍らに座って、見ると、絵やスケッチブックも紐で結んでまとめてある。
紗千　「向こうの部屋にしまっておけば？」
栞　「向こうの部屋って？」
紗千　「あの子たち、きっとお祭り終わったらいなくなるから、空くでしょ」
栞　「引き留めないの？」
紗千、栞によりかかるようにして、栞の頬を指でつんつんとする。
栞　「（微笑って）何？」
紗千　「お母さんはやっぱり栞が大事」
栞、……。
栞　「明日、栞、お母さんと浴衣着たいな」
紗千　「（躊躇し）お母さんは……着る？（と、嬉しく）」

○同・小春の部屋
テーブルの上に頭を載せて、具合悪く、苦しく呼吸をしている小春。
眠っている望海と陸を見つめている。
決断しようとしている。

○鬼子母神前の通り（日替わり）
お囃子が聞こえ、子供みこしを囲んで子供たちが大勢集まっている。
小春、子供用はっぴを着た望海と陸を連れてきた。
小春　「おしっこ大丈夫？」
陸　「大丈夫」
望海　「どうしよ、緊張してきた」
小春　「お母さんも緊張してるよ」
小春、望海と陸の背中を叩いて。
小春　「はい、いってらっしゃい！」
小春、行く望海と陸を笑顔で見送る。

×　×　×

みこしの担ぎ方を教えてもらっている望海と陸。

担当者「いいですか、ここを持ちます」

望海「（真剣な眼差しで）はい」

担当者「気を付けるのはここ。ここに手を入れると挟まります」

望海「はい」

担当者「お嬢さん背高いから前の小さい子に気遣ってあげて」

望海「はい。（陸に）ここに手入れたら駄目だよ」

陸「はい」

×　×　×

子供みこしを囲んでしゃがんでいる子供たち。

望海は担ぎ手にいて、陸は引く綱を持っている。

担当者「じゃあみなさん、せーので持ち上げてください」

気を引き締める望海。

担当者「せーの」

持ち上げる望海。

子供みこしが上がった。

望海、わーっとなって子供みこしを見上げる。

×　×　×

通りの脇で多くの人たちと共に見守っている小春。

わっしょいわっしょいという声と共に子供たちに担がれた子供みこしが来た。

望海が担ぎ、陸が綱を引いている。

二人共、真剣な顔。

小春、わあっとなって、大きく手を振って。

小春「望海！　陸！」

振り向き、笑顔を向ける望海、陸。

笑顔で手を振る小春。

子供みこしを追って移動し、望海と陸を見つめる小春。

小春、嬉しい。

×　×　×

前の通りを子供みこしが通る中、店から出てくる浴衣を着た紗千と栞。

紗千、栞の浴衣姿を軽く直し、うんと微笑み頷く。
微笑む栞。

健太郎「さっちゃん、しーちゃん、こっちこっち！」
子供みこしを見ている健太郎が呼ぶ。
栞、紗千の手を引いて通りに行く。
栞、子供みこしを指さして笑顔で話す。
紗千、そんな栞の笑顔の横顔を見つめている。

○鬼子母神前の通り（夜）

提灯が灯る中、通りの両側に夜店が並んでいる。
手を繋いで歩いてくる小春、浴衣姿の望海と陸。
色鮮やかな風景を見回し、嬉しそうな三人。
望海と陸、綿菓子を交互に食べていて。

陸「お店いっぱいだね」
小春「いっぱいだね、毎日あればいいのにね」
望海「あのお面、お母さんが怒った顔に似てる」
小春「えー、あんな顔して怒ってる？」
陸「しーちゃんだ！」
浴衣姿の栞を見つけ、駆けだす陸。
栞、陸の耳元で何か話している。

小春「（何だろう？と見ていて）……」

×　×　×

りんご飴の屋台に立って、売っている健太郎。

健太郎「いらっしゃいませー。りんご飴美味しいよー」
店の前にいる紗千。

紗千「ちょっと押しつけがましいんじゃない？」
健太郎「そう？」
栞が来た。

紗千「（笑顔になって）ねえ、全然お客さん来ないのよ」
栞「（笑顔で返して）」
紗千、顔見知りの女性たちを見つけ。

紗千「あ、どうも」
紗千、行き、女性たちと話し込む。

栞「（その様子を見ながら）……お父さん」
健太郎「うん？」
栞「（目で合図）」
健太郎「（理解し）……（頷き）うん」

× × ×

小春と望海と陸がりんご飴の屋台に来ると、紗千が店の中にいた。

望海「あれ、ナマケモノさんは？」

紗千「売れないからって投げ出しちゃったの」

陸「りんご飴ください」

紗千「はい……自分で作ってみますか？」

望海「いいの⁉」

紗千「こっちから（と、屋台の横を示して）」

望海と陸、屋台の中に入る。

見守る小春。

紗千、望海と陸にひとつずつ箸を刺したリンゴを持たせて、自分は鍋の中の飴を混ぜながら。

紗千「はい。気を付けて。ここに」

望海と陸、りんごを鍋の中の飴に浸《つ》ける。

小春、そんな紗千と望海と陸を見つめ、……。

飴のからんだりんごができる。

望海と陸、喜び、小春に見せる。

小春「（手を叩き、笑顔で）」

込み上げてくる様々な葛藤の上で笑っている。

○ テーラーウエスギ・小春の部屋

小春、布団に入った望海と陸を寝かせている。

壁に掛けられた二つの浴衣を見ながら。

望海「怖いぐらい楽しかった」

小春「（笑って）」

望海「どこまで楽しくなっちゃうんだろうと思ったの」

小春「（笑って）」

陸「陸は、人生で一番楽しかった」

小春「（笑って）」

陸「来年もできる？」

小春「（あ、と）……」

望海「陸、来年はおみこし担ぐのできるかもよ」

陸「担ぐ！」

望海「お母さんもさ、大人のおみこしやりなよ」

陸「全然怖くないよ」

小春「うん……（と、葛藤があって）」

望海「お母さんもやってよー、ねー」

陸「全然怖くないよ」

小春「うん……（少し涙ぐんだ笑顔で二人を見つめて

いて)」

○　同・店内

紗千、入ってくると、健太郎が出ようとしていて。

健太郎「片付け行ってきます」
紗千「(上の方を見て)栞、上?」
健太郎「……」
紗千「うん?」
健太郎「いや……しーちゃん、もう家にいない」
紗千「え?」
健太郎「さっきね、見送ってきた」
紗千「見送ったって、何」
健太郎「さっちゃんさ……」
紗千「(遮って)何なの?」
健太郎「しーちゃん、もう二十歳だから……」
紗千「二十歳だから何よ?」
健太郎「ひとり立ちしようとしてるんだよ。さっちゃん、もう十分にあの子育てた。一番の子育ては、親はもういらないと思えるようになることだよ。しーちゃんは……」

紗千は聞かず、慌てて部屋に入っていく。
健太郎、せつなく見送って、……。

○　同・栞の部屋

入ってきた紗千、灯《あか》りを点け、立ち尽くす。
既に部屋は整理されて、がらんとしており、荷物が紐でくくられている。
机の上に、紙が置いてあることに気付く。
慌てて手に取ると、『あとはゴミなので、捨てておいてください』とある。
紗千、裏を見るが、書かれてあるのはそれだけだ。
愕然と立ち尽くす。

○　同・小春の部屋

眠っている望海と陸。
小春、信が残した手紙を読んでいる。
揃え、丁寧に畳み、しまって、顔をあげる。

○　同・奥の部屋

小春、階段を降りてくると、台所の床にしゃがんでいる紗千がいる。
小春、決意の表情となって、傍らに立って。

小春「……今日、ありがとうございました」
返事せず、動かない紗千。

小春「望海も陸もすごく喜んでました。おみこしだけじゃなくて、浴衣。浴衣着てお祭り行くのが、わたしもずっと、思ってたので、本当に、ありがとうございました。嬉しかったです」

返事せず、動かない紗千。

小春「……ちょっと今、いいですか？」

小春、座って。

小春「工場の、今勤めてる工場の仕事をしばらく休もうと思っています。もしかしたら半年か……すいません、いいですか、話してて」

小春、澤村の名刺を取り出し、置く。

小春「今、ずっと通ってる病院があります。その病院の、行ってる病院の、担当の先生に会っていただけませんか」

紗千は聞いているのか聞いていないのか、

返事をしない。

小春「ちょっと今、病気をしていて、そのことで、植杉さんに聞いていただけたらと思っています」

返事はない。

小春「再生不良性貧血、という病気です。先生に会っていただいて、まずお話を一緒に聞いてもらえませんか？」

応えない紗千、握りしめていた手のひらを開く。

紙が握られていて、先ほどの栞の書き置き。

引き延ばし、表を見たり、裏を見たりしている。

小春「……植杉さん」

紗千、深いため息をつくと、立ち上がり、行く。

紗千「どうして今そんな話をするのかしら……」

小春、え……、となって追う。

○同・風呂場

紗千、シャワーの蛇口をひねり、浴槽に入り、洗いはじめる。

追いかけてきた小春。

小春「……植杉さん」

シャワーの水が跳ね返るのも構わず、洗う紗千。

紗千「栞、出ていったの」

小春「（え、と）」

紗千「わたしに言わずに出ていったの。罪を感じて出ていったの。違うのに。あの子のせいじゃないのに出ていったの。背中押した人が……梨を渡したわたしが悪いのに」

取り乱している紗千。

紗千「そうでしょ？」
小春「（黙って紗千を見据えている）」
紗千「どうして栞を悪くするのかな。わたしが悪いの。いい子なの。みんなそう言ってる。わたしが悪いの。そうでしょ？」
小春「（黙って見据えている）」
紗千「栞は……（小春を見て）あなた、どうしているの。どうしてあなたがいるの」
小春「（黙って見据えている）」
紗千「栞はいなくなったのに、あなたはどうしているのって聞いてるの」

小春、……と、蛇口を閉めてシャワーを止め。

小春「（冷静に、悲しげに）はい。わたしたち、行くところないんです。ここにいるしかないんです」

紗千、顔を歪めて、浴槽を叩き。

紗千「警察でも何でも行けばいいじゃない。行ってちょうだい。行って。あの子、何もしてないもん」
小春「（悲しく答えず）……」
紗千「どうすればいいの。あの子を殺せって言うの。あの子を殺して、わたしも死ねばいいの？」
小春「（悲しく）……」
紗千「許すの？　許してくれるの？」
小春「（悲しく）……」
紗千「ねえ！」
小春「（悲しく、首を振り）どれでもありません。どこにもありません。そのどれでもありません」
紗千「（呆然と）……」
小春「わたしはもう、ただの母親なので」
紗千「……」
小春「子供たちが大人になるまで生きていたいだけの、ただの母親なんです」
紗千「……」

浴槽の中、水に濡れて虚ろな紗千。
小春、紗千の手からスポンジを取り、横に置く。
紗千の顔に付いた泡、水しぶきを自分の袖口で拭う。

小春「（薄く微笑み）明日からもよろしくお願いします」

小春、立ち上がり、出ていこうとすると。

紗千「また娘に捨てられちゃった……」
小春「……」

出ていく小春。
浴槽の中、顔を伏せ、肩を震わせ、慟哭《どうこく》す

る紗千。

声を聞きながら行く小春。

○　都電荒川線（日替わり、朝）

走る都電。

○　テーラーウエスギ・奥の部屋

健太郎、食卓で朝ご飯を食べている。

二階から望海と陸を連れて、仕事の支度をした小春が降りてくる。

小春「おはようございます」
望海・陸「おはようございます」
健太郎「おはようございます。（望海と陸に）座って、朝ご飯食べよう」
食卓に座る望海と陸。
小春「今日もこの子たちよろしくお願いします」
健太郎「小春ちゃんは朝ご飯いいの？」
小春「はい。（望海と陸に）行ってくるね」
望海・陸「いってらっしゃい！」
小春、行きかけると、包丁の音が止まって、紗千が後ろ姿のままで。
紗千「いってらっしゃい（と、淡々と）」
小春「いってきます（と、淡々と）」
小春、出かけていく。
健太郎「お母さん、毎日お仕事偉いね」
料理を続けている紗千。

○　同・庭

洗濯物を干している紗千。

部屋の方から電話の鳴るのが聞こえる。

○　同・奥の部屋

庭から来る紗千、受話器を取って。

紗千「はい、植杉です。あー、どうも、こんにちは。お世話になってます。ええ。ええ……」

紗千、話しながら、ふと気付く。

裸足の裏に何かぺたっとくっついている。

膝を曲げて足をあげ、くっついているものを摘《つま》む。

昨日小春が置いた、澤村の名刺だ。

紗千「（見て）……少々お待ちください」

紗千、名刺を摘んだまま、洗面所に行き、ノックし。

紗千「安孫子さん。お電話」

健太郎の声「はい、今出ます」

紗千、戻りながら名刺を見て、……。

○ 同・店内

納戸にいる紗千、家庭の医学を手にしている。

再生不良性貧血の項目。

骨髄の病気であること、難病であること、治療には骨髄移植が必要であることが書かれてある。

紗千、……。

○ 同・階段〜栞の部屋

階段を上がってくる望海と陸。

望海、部屋に入ろうとすると、陸が開いている栞の部屋の方に行く。

望海「陸？」
栞の部屋に入ってきた陸、見回し、布団に乗る。
望海「勝手に入っちゃ駄目だよ」
望海、来て。
陸「しーちゃんがいいって言ったもん」
陸、枕を持ち上げると、そこにはイヤホンが付いた携帯プレイヤーがあった。

○ 総合病院・ロビー

紗千、受付で場所を聞き、奥へと進む。

○ テーラーウエスギ・栞の部屋

望海と陸、並んでベッドに腰掛け、よくわからない携帯プレイヤーのボタンを押したりする。

液晶が点灯し、文字が出て、『ビリーブ』とある。

望海、何だろう？と思いながら、ボタンを色々と押してみる。

○ 総合病院・血液内科前の廊下

澤村、歩いてくると、看護師のひとりに名刺を見せ、話している紗千の姿がある。

看護師「あらかじめ面会の予約をしていただかないと……」
澤村「どうしました？」
紗千「（振り返って、澤村を見る）」

○ テーラーウエスギ・栞の部屋

望海、携帯プレイヤーのボタンを適当に押

していると、イヤホンから何か聞こえた。

望海、あっと思って、イヤホンの片方を耳にする。

いきなり歌声が聞こえた。

望海、あっとなって、もう一方のイヤホンを陸の耳に付ける。

二人で歌を聴く。

子供たちの合唱による『ビリーブ』の歌、どんどん大きくなって、以下の場面に被さって。

○総合病院・血液内科診察室

澤村、書類や資料を見せながら小春の病気について説明している。

聴き入っている紗千。

○テーラーウエスギ・栞の部屋

携帯プレイヤーのイヤホンを分け合って聴いている望海と陸。

○総合病院・外

呆然として出てきた紗千。

立ち尽くし、小春を思う。


歩き、少しずつ少しずつ走りはじめる。

○道路

必死に走る紗千。

○駅の階段

駆け上がる紗千。

○駅前

駅から出てきて、走る紗千。

○道路

走る紗千、苦しいが走り続ける。

○クリーニング工場・工場内

汗を流し、必死に働いている小春。

小春の向こう側、出入り口に立って、こちらを見ている紗千の姿がある。

紗千、働いている小春の姿をじっと見ている。

紗千の目から涙が流れてくる。

流れるまま、働く小春を見つめて。

紗千「……小春」

○　牛丼店

男ばかりの客の中、栞と栞の従姉妹の植杉真希が牛丼を食べている。
美味しそうに食べている栞。

栞「はじめて食べた」
真希「栞、元気そうじゃない」
栞「だってやっと逃げ出せたんだもん」
真希「何かあったの？」
栞、牛丼を口にいっぱい食べながら。
栞「忘れた（と、微笑う）」

第8話終わり

Woman

第9話

○　道路

思い詰め、帰っていく紗千。
後ろから車のクラクションが鳴らされる。
道の端に避《よ》ける紗千、……。

○　クリーニング工場・搬出口あたり

配送トラックに仕上がった商品を運ぶ小春と由季。

由季「生姜焼きと西京漬けだと、生姜焼きがいいなって思うんですけど、西京漬けにはシュウマイ入ってるんですよ」
小春「生姜焼きには何入ってるの?」
由季「ザーサイオンリーです」
小春「迷うね。でも生姜焼きかな」

由季、また別の商品を取りに行って。

由季「じゃあこうしません? わたし、西京漬け頼むんで、青柳さんの生姜焼きと半分ずつして……」

商品を抱えて戻ってくると、小春が地面にしゃがみ込んでいる。

小春「……ごめん、お弁当、駄目かも」

転んだ拍子に怪我した肘から血が流れでている。

○　総合病院・病室（夕方）

四人部屋の病室のベッドに、横たわっている小春。
肘には止血処理がされている。
傍らに立って話している澤村。

澤村「感染兆候はないので、熱が収まれば退院できますよ」
小春「熱、これぐらいです。六時までに帰りたいんです」
澤村「（微笑み、首を振る）」
小春「晩ご飯作らないといけなくて、明日も仕事あって……」

澤村、座って。

澤村「青柳さん、ご趣味は?」
小春「（え、と）……将棋、読書、バトミントン?」
澤村「ウチに大内《おおうち》っていうのがいて、机の下に文庫本ため込んでるんです。持ってきます。将棋は、（男性看護師に）君、将棋部だっけ?」
看護師「バトミントン部です」
澤村「バトミントンは駄目。本当は三日安静にしてほしいんですけど、二日でサービスしておきますよ」

小春「……家に電話してもいいですか」
澤村「（頷き）あ、今日お母さんいらっしゃいましたよ」
小春「（あ、と）……」

○　総合病院・ロビー〜テーラーウエスギ・奥の部屋

公衆電話より話している小春。

小春「あ、いえ、二人に言わないでほしいんですが。はい。いえいえ、ただの疲労なんですけど」

以下、テーラーウエスギの廊下にて、電話に出ている健太郎とカットバックして。

健太郎「うん。うん。うんうん」

台所から紗千が見ていて、怪訝そうにしている。

食卓にいた陸が近くに来る。

健太郎「うん。うん。うんうん。うん。うん。うんうん」

健太郎に合わせて一緒に頷いている陸。

健太郎「オッケーです。（望海に受話器を示して）望海さん、お母さんです」

絵日記を描いていた望海、立ち上がり、行き。

望海「（受話器を取って、笑顔で出て）お母さん」
小春「望海。お母さんね、あさってまで帰れないの」
望海「居酒屋のお仕事？」
小春「ううん、あのね、ホットドッグ大食い大会があったの」
望海「えー」
小春「千人の人が出場して、千人の人のシャツにケチャップとカラシが付いちゃったの」
望海「えー！　大変！」
小春「大変なの。お母さん、これからそのシャツ千枚、洗わなきゃいけないの」
望海「お母さんひとりで？」
小春「そう。みんな、他のお洗濯あるから。望海、お母さん帰るまで陸のこと頼んでいいかな」
望海「いいよ。大丈夫。お母さん、安心して」

傍らで心配そうにしている紗千、……。

○　テーラーウエスギ・小春の部屋〜廊下

望海、陸にタオルケットをかけてあげて。

望海「電気消しますよ」
陸「うん」

望海、立ち上がって電気を消すと、戸が叩かれて。

望海「はい」

望海、電気を点ける。
戸が開き、紗千が顔を出す。
紗千「どう？　眠れる？」
望海「はい」
紗千「あ、そう。はい（と、戸を閉めようとする）」
望海「おやすみなさい」
紗千「（戸を開けて）おやすみなさい」
閉める紗千。
望海、電気を消し、布団に入ろうとすると、また戸が叩かれて。
望海「はい」
戸が開き、紗千が顔を出す。
紗千「おトイレ行った？」
望海「はい」
紗千「あ、そう。二人で淋しくない？」
望海「はい」
紗千「あ、そう。（閉めかけて開き）おやすみなさい」
閉める紗千。
望海、寝ようとすると、また開いて。
紗千「何か困ったことあったら……」
望海「はい。おやすみなさい」
紗千「おやすみなさい（と、閉める）」
眠る望海と陸。

廊下の外より、少しだけ戸を開けて覗き込んでいる紗千、二人が寝たのを見て安堵する。

○同・奥の部屋（日替わり、朝）

健太郎「重いね。減らせないの？」
紗千、紙袋を健太郎に渡して。
紗千「持てます」
健太郎「さっちゃんがお見舞い行ってあげればいいじゃないの、今日お休みでしょ」
紗千、紙袋を押しつけ、食卓を拭きはじめる。
健太郎「そこ、さっき拭いてたよ。行くけどさ」
紗千「早く行きなさいよ」

×　×　×

紗千、掃除をしている。
宿題をしている望海、絵を描いている陸。
紗千、ふと気付くと、望海と陸がニヤニヤしながらこちらを見ている。
紗千「……何？」
慌てて目を伏せ、宿題をする望海、絵を描く陸。

紗千、掃除を再開するが、気付くと、また望海と陸がニヤニヤ見ている。

紗千「何でしょう？」

望海と陸、耳打ちし合って。

陸「好きな乗り物は何ですか？」

紗千「……（首を傾げ）バス？」

陸「バス、どんなところが好きですか？」

紗千「……（ボタンを押す真似をする）」

陸「ボタン押すのが好きなの？」

望海「（陸に）子供みたいだね」

紗千「……」

望海「動物は何が好きですか？」

紗千「……たぬき？」

陸「何色が好きですか？」

紗千「山吹色」

陸「山吹色って？」

紗千「山吹色っていうのは……」

見回し、棚のあたりを探したりする。

○総合病院・廊下

小春、点滴を持って歩いてくると、紙袋を持った良祐が見回しながら来る。

小春「あ、どうも」

良祐「え、え？」

良祐、小春が点滴を持っているのを見て。

小春「似合います？」

良祐「いや、ここですか？（と、血液内科を示して）」

小春「はい、奥さんにお世話になってます」

診察室から出てくる藍子。

良祐、藍子、あ、と。

○同・ひとけのない廊下

廊下の端で会っている良祐と藍子。

良祐「青柳さん、どっか悪いの？」

藍子「部外者にそんなこと言えないの。何？」

良祐、あっと気付いて、紙袋を渡して。

良祐「舜祐、どうしてる？」

藍子「元気だよ。今、親が見てる」

良祐「お母さん、元気？　まだヴィジュアル系バンドの追っかけしてるの？」

藍子「いい？　じゃ」

と愛想笑いして行こうとする。

良祐「ちょっと待って。いや、え、じゃあ、ずっとってこと？　ずっと、舜祐、そっちってこと？」

藍子「そうだけど」

良祐「え、何で勝手にそんなさ、連れてって……いや、元々、置いてって。置いてって、連れてって、何それ」

藍子「印鑑押してさ、送ってくれたらこっちで出すから」

良祐「……」

藍子「(微笑って)ね」

良祐「……父親、必要でしょ」

藍子「そうかな?」

良祐「子供ってさ、父親と母親、両方揃ってはじめて……」

藍子「あなたって何でどこかに書いてあるようなことしか言わないの?」

良祐「え」

藍子「お役所の人みたい」

良祐「……俺、お役所の人だよ」

と言って、立ち去る良祐。

残った藍子、良祐から預かった紙袋を開けてみると、舜祐の枕が入っていて、……。

○ 同・病室

小春、澤村が持ってきてくれた五、六冊の文庫本の中から一冊を手にし、開いてみたりしていると。

健太郎の声「あーどうもどうもお世話になってます」

他の患者や看護師に笑顔で挨拶しながら来る健太郎。

健太郎「(小春に気付き)あ、いたいた!」

健太郎、小春の元に来るなり。

健太郎「(微笑って)望海ちゃんも陸くんも元気ですよ」

小春「(嬉しく微笑って)はい」

健太郎「これ、さっちゃんから」

健太郎、紙袋を差しだす。

小春、開けてみると、歯ブラシや袋に入れた下着や寝間着が入っている。

小春「(表情が曇って、俯いて)……」

健太郎「さっちゃんね、今日も望海ちゃんたちの面倒みて……」

紙袋を開けずに、テーブルに置く小春。

健太郎、そんな小春を見て、あれ……、と。

小春「(視線に気付き、顔をあげて笑顔にし)助かります」

健太郎「いえ…… (と、複雑な思い)」

○ パシフィコ横浜・前

冷凍マンモスの特別展の看板の前に、リュ

ックを背負って歩いてくる紗千、望海、陸。

望海と陸、紗千の手を引き、中に入る。

○　冷凍マンモス展・中

少し怖くて肩を寄せ合い、目を丸くして冷凍マンモスに見入っている紗千と望海と陸。

×　×　×

骨格標本などを見て、しきりに喋っている望海と陸。

微笑ましく聞いている紗千。

○　帆船の見えるデッキ

オープンエアのテーブルでホットドッグなどを食べている紗千と望海と陸。

紗千、陸の口元に付いたケチャップを拭いてあげる。

紗千「（望海に）観覧車乗らなくていいの？」
望海「だってー」
紗千「なーに？」
望海「一日に二個楽しいことがあったら、どっちが楽しかったかわからなくなるでしょ？　今日はね、冷凍マンモスのことだけを思っていたいの」

紗千「そう」
望海「乗りたかった？」
紗千「（首を振り）あなた、お母さんに似てるね」
望海「えー、そう？」
紗千「そういう感じだった」

○　総合病院・病室（夕方）

紙袋の中身を出して、見ている小春。

寝間着などの他に、カーディガン、ヘアバンド、ブラシ、洗顔料、ウエットティッシュ、爪切り、飴などが次々と出てくる。

最後に出てきたのが、本屋のカバーの付いた文庫本。

カバーを外してみると、将棋に関する本だ。

小春、……となって、小さく笑う。

○　テーラーウエスギ・奥の部屋（夜）

寝間着に着替えた紗千が来ると、布団が四つ敷いてあり、望海と陸と健太郎は既に布団に入っている。

紗千「お手洗い行った？」
健太郎「うん、行ったよ」
紗千「あなたに聞いてません。電気消しますよ」

健太郎「もう寝るの⁉　早く寝るの勿体ないね！」
望海「落ち着いて」
健太郎「はい」

　紗千、小さなスタンドの灯りなどを残し、天井の電気を消し、布団に入る。
　隣に望海がいて、笑みを交わす。

望海「続きして」
紗千「はい。小春はね、とにかく昔からお喋りで、いつもおかしな空想ばかりしてました。小学校に入って、三週間目です。学校の帰り道に教科書を全部捨ててきたんです」
望海「えー」
紗千「叱ったら、こんなことを言いました。世界中のどこかにもうひとりのわたしがいると思うの。今からその子を探しに行くの、って」

　いびきが聞こえる。
　紗千と望海、見ると、健太郎も陸ももう寝ている。
　二人、顔を見合わせて、くすっと微笑って。

紗千「わたし、びっくりして、何を言ってるの、教科書取りに戻りなさいと叱りました。そしたらあの子……」

○総合病院・病室

　灯りの消えた中、まだ眠らずに小さなライトで将棋の文庫本を読んでいる小春。

紗千の声「教科書ほど面白くない本を読んだことがない。学校なんか面白いことのかけらもない。わたしはもっともっと面白いことがしたいの。見つけたいの」

○テーラーウエスギ・奥の部屋

　布団の中、話している紗千と望海。

紗千「いるところが間違ってるから交代してもらうのって」
望海「お母さん、駄目だね、わがままだね」
紗千「この子がこのまま大人になったらとんでもないことになると思いました。心配して、ちゃんとした子にしなきゃいけないと思って……（と、黙る）」
望海「思って？」
紗千「思ったけど、そんな心配いらなかったの。あなたたちの素敵なお母さんになりました」

○総合病院・病室

将棋の本を読んでいる小春。

紗千の声「きっと何より面白いことを見つけたのね、もう誰かと交代したいなんて思わないくらい」

本を閉じ、眠ろうとしてライトを消す。

○テーラーウエスギ・作業場

小さなライトを点け、紗千、机の上で何やら書類に書き込みはじめる。

書類には病院の名前が見える。

○同・廊下〜栞の部屋（日替わり）

入ってきた健太郎。

栞が荷物をまとめて置いていったままで、カーテンも締め切ってある。

カーテンを開け、窓を開けると、机の上の埃が舞う。

息をつき、見ると、ベッドに携帯プレイヤーがある。

○同・奥の部屋

健太郎、携帯プレイヤーを持って急ぎ足で降りてくると、紗千が出かける用意をしている。

健太郎「どこ行くの？」
紗千、健太郎を見て、庭に望海と陸がいて、戸が閉まっているのを見て、腰を下ろす。
健太郎、ん？と思いながら座る。
健太郎「何？」
紗千、手元にあった輪ゴムを伸ばしたりしながら。
紗千「病院に行くの」
健太郎「あ、お迎え？　小春ちゃん、いいって言ってたけど」
紗千「ドナーのね、検査を受けてくるの」
健太郎「……へ？」

○同・庭

花壇の中、かなり大きく育ってきたコスモスに水をあげている望海と陸。

○同・奥の部屋

紗千より小春の病状の話を聞いた健太郎。

深い息を吐き、小さく呻きながらうなだれ、信じられないと首を振る。

紗千、輪ゴムを伸ばしたりしながら。

紗千「でも、肉親は適合する可能性が高いらしいから……」

紗千の手から輪ゴムが飛んで、食卓の上に落ちる。
紗千、拾おうとすると、健太郎が手を伸ばし、その手を握る。

健太郎「……運命なのかもしれないね。そうだよ、そのために再会したんだよ。うん。上手く行くよ。小春ちゃんは助かる。さっちゃんもやっとこの二十年の罪滅ぼしが……」

紗千「（首を振り）あの子はそれを一番嫌がってると思うわ。罪滅ぼしだと思われるのが何より……」

健太郎「そんなことは……」

紗千「そんなことで償えるようなことじゃないの」

健太郎「親子だよ？　家族だよ？」

紗千「（首を振る）」

健太郎「家族で一致団結すれば乗り越えられるよ。僕は役に立てないけど、しーちゃんだっている」

紗千「……」

健太郎、持っていた携帯プレイヤーを出し、再生ボタンを押して。

健太郎「これ、これ聞いてごらん。しーちゃんがずっと聞いてたの。信くんが好きな曲だったんだよ。しーちゃんは小春ちゃんの妹なんだから、その適合、する可能性も高いわけでしょ、しーちゃんもすぐ呼んで……」

紗千、健太郎の手を握る、すがるように強く。

紗千「（悲壮な表情で、首を振る）」

健太郎「（え、とその表情から何か感じ取って）……」

携帯プレイヤーのイヤホンから漏れている音。

○　同・栞の部屋

残された荷物の紐が幾つかほどかれている。
健太郎、信の顔、信の手を描いた絵を見ている。
健太郎、肩を震わせ、顔を歪めている。
傍らに立ち、悲しげに見ている紗千。

○　総合病院・病室

病室を引き払っている小春、ヘアバンドや文庫本を紙袋にしまう。
藍子が来て。

藍子「今、お母様がいらしてます。これから血液検査を受けられるところです」

小春「……」

○　同・採血室

看護師に注射針を刺され、採血を行っている紗千。
澤村が傍らにいて。

澤村「結果が出るまで、一週間程度かかります」
紗千「（頷く）」
澤村「青柳さん、まだお部屋にいらっしゃると思いますが、お声かけましょうか？」
紗千「結構です」

○　テーラーウエスギ・奥の部屋

望海が描いた冷凍マンモスの絵、陸が描いた帆船の絵を見せてもらっている小春。

小春「船大きかったでしょ？」
陸「船じゃないよ、帆船」
小春「帆船かあ」

紗千が帰ってきた。

望海・陸「おかえりなさい！」
紗千「ただいま」

小春と紗千、目が合って、互いに、……。
紗千、引き返し、廊下を行く。
小春、立ち上がり、追う。

小春「（紗千の背中に）ありがとうございました」

紗千、振り返って小春を見て。

紗千「体調は……」
小春「……（頷き）」

望海たちの元に戻る小春。

紗千「……」

○　同・栞の部屋

紗千、入ってくると、薄暗いままの部屋に健太郎がいて、何か見ている。
栞が小さい頃の写真が載ったアルバムだ。
悲しげに見ている。
紗千、壁にかかった栞が残していった服が傾いているのを直し、健太郎の横に座る。

健太郎「これ、どこかな」
紗千「隅田川でしょ」
健太郎「花火の時か……懐かしいなあ……」

紗千、健太郎の肩にもたれかかるようにする。

○　良祐のマンション・部屋（日替わり）

起きたばかりの良祐、冷凍庫からおにぎりを出し、レンジに入れる。

振り返ると、自分以外に誰もいない。
良祐、……と、レンジを途中で止める。

○　福祉事務所・生活福祉課

受付にて子供を連れた母親に対応している良祐。

良祐「申し訳ありません」

肩を落として帰っていく母親。
良祐、悲しげにデスクに戻る。
デスクの上には今も藍子と舜祐の写真がある。
良祐、置いてある書類を見て、驚き、松谷に。

良祐「え、この川崎《かわさき》さん、受給の許可出たはずじゃ」

松谷「区民から通報がありました。花を買ってたそうで」

良祐「あ、それ、あれです、お母さんが八十歳の誕生日だから祝ってあげたいっておっしゃって……」

無視し、ＰＣを操作している松谷。

良祐「……花ぐらいいいじゃないですか」

良祐、答えない松谷の元に行って。

良祐「何で花は駄目なんですか」

松谷「どうしたんですか？」

良祐「……この仕事って、何なんですか？」

松谷「（ＰＣを操作しながら）君、まだそういうこと考えてるの？」

良祐「……」

良祐、自分の席に戻ろうとして、傍にあった何かを摑み、引き返す。
良祐、摑んだ花瓶を松谷のＰＣの上で逆さにする。
ＰＣが水浸しになり、松谷、立ち上がる。
課内にいた全員が良祐に注目する。

良祐「（首を振っていて）……」

○　総合病院・廊下

藍子が点滴台を持った患者に付き添ってくると、長椅子で待っている紗千がいる。
思い詰めたような表情の紗千。
藍子、心配し、声をかけようとすると。

看護師の声「植杉紗千さん」

紗千、顔をあげ、診察室に入っていった。

○　テーラーウエスギ・奥の部屋〜庭

庭のガラス戸の拭き掃除をしている小春。
花壇の前にいる望海と陸。

望海「お母さん、来て」

小春、ん？と庭に降りて、望海たちの元に行く。

たくさん植えてあるコスモスのひとつに蕾《つぼみ》がある。

望海「蕾だよね？」

小春「（頷き）もうすぐ咲くね」

○　総合病院・血液内科診察室

椅子に座った紗千の前には見知らぬ医師、中野《なかの》。

感情のなさそうな中年男性。

中野「澤村は本日休みですので、わたしからお伝えします」

紗千「はい……」

中野、検査結果の書類を見て。

中野「えー、マッチしませんでした」

紗千「はい？」

中野「適合しません。HLAのドナーは主にA、B、DR三つのHLAの一致が必要です。他にもC、DQなどがあり、完全一致が理想ですが、植杉さんと娘さんは、A、B、DRのうち、半分しか適合してませんね。ですので、あなたは骨髄ドナーになれませんね」

紗千「（呆然と聞いていて）……」

○　都電荒川線の線路沿い（夕方）

呆然と歩いている紗千。

幼い頃の小春の声が被さって。

小春の声「あのね」

×　×　×

回想、二十年と少し前。

当時の家の台所で話している紗千と小春の後ろ姿。

小春「ねえ、どうなるの？　どこに行くの？」

紗千「そんなこと考えるのやめなさい」

小春「考えないようにしようと思ったの。でもどうしても気になるの。眠れなくなるの」

紗千「（面倒そうに）お星様になるのよ」

小春「（首を傾げている）」

×　×　×

紗千、思い返していると、ふっと聞こえる。

望海の声「……お母さん！」

紗千、顔をあげると、線路の向こう側の通

りからこちらに向かって呼びかけている望海。

望海「お母さんのお母さん！」

小春と陸も共にいて、買い物帰りのようだ。

紗千、三人を見つめ、……。

○　とあるワンルームマンション・廊下

栞と真希、コンビニの袋を提げて帰ってくると、真希の部屋の前におしゃれして帽子を被った健太郎が立っていた。

スイカをひと玉掲げ、小さな笑みを浮かべる健太郎。

栞、……。

○　川にかかる橋の上あたり

川を見下ろす欄干に立っている健太郎と栞。

栞「お父さん、帽子似合う」

健太郎「あ、そう。ありがとう」

栞「そういうの似合う人、あんまりいないよ」

健太郎「（照れたように微笑う）」

栞「近く来たの？」

健太郎「まあ……」

栞「ここ気持ちいいでしょ。あっち、海、こっち、なんか」

健太郎「よく来るの、ここに」

栞「うん、毎日」

健太郎「他には？」

栞「テレビ見たり」

健太郎「何の」

栞「なんか、白くまのかわいそうなやつ」

健太郎「そうか……これからどうするの？」

栞「してないこととか、しようかなって」

健太郎「してないことって？」

栞「ほとんど大体してないよ。わたしまだ男の子と付き合ったこともないんだよ」

健太郎「……（俯く）」

栞「四年ぐらい何にもしてないもん。働くのとかも。働くの。パン屋さんとか、ファミレスとか、制服あるとこ。ポイントカードお持ちですかとか言うの。そしたらさ、最初のそのお金でお父さんに帽子買ってあげる」

健太郎、ポケットから携帯プレイヤーを出す。

栞「（見えるが、見ず）どんなのがいい？　帽子、種類」

健太郎「小春ちゃんにちゃんと謝ろうか。ずっと聞いてたってことは、そういう気持ちあるんだよね？」

栞「帽子見せて」

健太郎の頭から帽子を取る。

健太郎「償い。わかる？　できるかどうかは別だよ。償い。そのできることをしっかり考えて……」

栞、健太郎の手から携帯プレイヤーを取って、川に捨てる。

健太郎「しーちゃん（と、咎《とが》め）」

栞「白くまね、氷が溶けて落ちちゃうの。温暖化？　すごく悲しい」

健太郎「（睨むように栞を見据え）……」

○　テーラーウエスギ・庭〜風呂場〜奥の部屋

縁側に寝そべり、絵日記を描いている望海と陸。

風呂場にいる紗千、蛇口をひねり、お湯を入れる。

温泉の素《もと》を出し、浴槽の脇に置いておく。

部屋に戻る。

小春がスーパーの袋から食材を出している。

小春、紗千が戻ってきたのに気付いて、場所を空けようとする。

紗千「先どうぞ」

小春「すいません、すぐ済ませます」

紗千、向こうに行きかけて。

紗千「お風呂、今入れてるから、子供たち」

小春「はい」

紗千「（思い出し笑いし）この間、温泉の素、使いなさいって渡したら、お湯に溶けてなくなるまでずーっと二人して、眺めてるのよね」

小春「あー」

紗千「子供ってこうだったわって（と、少し微笑って）」

小春「はい（と、少し微笑って）」

紗千、小春が置いた食材を見る。

茄子やレンコン、あさり、えんどう豆などがある。

紗千「（あ、と察して小春を見る）」

小春「子供たちがお父さん食べたご飯食べたいって。この間教えていただいたので」

紗千「わかる？」

小春、食材を確認しながら。

小春「カレイの煮付け」

紗千「はい」

小春「キュウリとささみの胡麻酢和え。茄子とレンコンの」

紗千「煮物」

小春「豆ご飯とあさりの味噌汁」

紗千「はい」

小春「はい」

小春、えんどう豆の束を取りだす。

紗千「ざる」

紗千、奥にしまってあったざるを出し、置く。

小春、礼をし、えんどう豆を剝きはじめる。

紗千「結構な量」

小春「そうですね」

繋がっていたえんどう豆がひとつ落ちる。

小春、拾おうとすると、紗千が先に拾う。

紗千、ついでに剝いて、豆をざるに入れる。

小春、礼をする。

紗千、もうひとつ手に取り、剝きはじめる。

紗千「……あ、いい？」

小春「（すいませんと会釈して）」

二人、黙々と豆を剝く。

えんどう豆を縦に持ち、筋を押すと、ぱかっと開き、指で豆を押すようにしてざるに落とす。

二人は同じ剝き方をしていて、揃っている。

紗千「……あの先生、今日はいなかったの」

小春「え」

紗千「病院。先生」

小春「あ。澤村先生。ちょっとパーマの」

紗千「そうそう。お休みだったみたいで」

小春「そうですか」

紗千「代わりの先生がいらして。もうちょっと年取った」

小春「そうですか」

なかなか言いださず、豆を剝いている紗千。

小春、そんな紗千を見て、そうなのかなと思う。

問うようにじっと紗千を見つめる。

紗千「……お湯見てきますね」

紗千、行く。

小春、見送って、豆を剝く手が止まる。

動揺している。

紗千、戻ってきた。

紗千「もう少しだった……」

止まっている小春。

紗千「（見て、あ、となって）……」

紗千、小春はわかっているのだとわかる。

紗千、込み上げるものがある。
小春、はっとして我に返って。
小春「あ。あ、茄子。茄子とレンコンのやんないと」
小春、茄子とレンコンを取って。
小春「じゃあ、豆お願いしていいですか」
小春、包丁とまな板を出し、支度をはじめる。
紗千「(そんな小春を見つめながら)……ごめんなさい」
小春「……」
紗千「無理でした」
小春「(明るくすぐに)はい」
紗千「……」
小春、茄子を切り、切れ目を入れる。
小春「知ってました? 茄子を水に浸してアク抜きするのってあんまり意味ないんですって(と、見ると)」
泣いている紗千。
小春「……工場の人が言ってたんで、本当かどうかわからないんですけど」
紗千「ごめんなさい……」
小春「だってその人、ガムは食べても平気だって言う人で」
紗千「やめてください……」
泣いている紗千。
小春「ほんとやめてください。ほんと。何で泣いてるんですか。おかしいですよ。仕方ないんで。仕方ないことなんで。元々、わたしも元々そんなに……」
紗千「ごめんなさい。ごめんなさい」
小春「やめてくだ……」
紗千「丈夫に産んであげられなくて」
小春「……」
紗千、涙を拭き。
紗千「お風呂、止めてきます」
小春「はい」
紗千、行く。
小春、持っていた茄子をまな板に置き、再び切りはじめ。
小春「(振り返って)望海、陸、お風呂！」

×　×　×

風呂場の中から望海と陸の笑い声が聞こえる。
小春、脱衣場にバスタオルと着替えを置き。

小春「着替え置いとくからね」
　笑い声しか返ってこない。
　小春、苦笑して風呂場を出る。
　台所に戻ると、紗千、キュウリとささみを胡麻酢で揉んでいる。
　炊飯器から湯気が出ており、鍋に茄子とレンコンが煮てあり、あさりが水に浸してある。
　小春、カレイを出し、さばきはじめる。
紗千「（横目にちらっと見て）上手ね」
小春「煮魚はあんまり」
紗千「しないの？　あの子たち、鯖食べてたわよ？」
小春「ウチではいつも塩焼きです」
紗千「味噌煮じゃないの？」
小春「煮魚ってちょっと年寄りの食べ物っていうか」
紗千「え？」
小春「イメージあるんで」
紗千「塩焼きは若いイメージなの？」
小春「まあ」
紗千「鯖の味噌煮は年寄りのイメージで、塩焼きの鯖は原宿のイメージなんですか？」
小春「原宿かどうかは知らないですけど」
紗千「南蛮漬けは？」

小春「知りませんけど、適当に言ったので」
　苦笑する二人。
　小春、鍋の煮汁を小皿に分け、味見する。見ている紗千にも差しだす。
　紗千、味見する。
　小春、その様子を見つめる。
小春「……すいません、子供の味に合わせてるんで」
紗千「（頷き）美味しい」
　小春、料理を続けながら。
小春「黄色の」
紗千「はい？」
小春「黄色？っていうか、山吹色のエプロン持ってました？」
紗千「……持ってた。おぼえてるの？」
小春「なんとなく」
紗千「そうね、作ってるとだいたい近くにいたから」
小春「へえ」
紗千「本読んだり、あやとりしながら」
小春「あやとり」
紗千「してたのよ」
小春「……してましたね」
紗千「ご飯してると、来て、これ取ってって」
小春「あやとりですか？」

紗千「吊り橋とか」
小春「吊り橋」
紗千「田んぼとか」
小春「吊り橋って……」

小春、菜箸を置いて、指先を広げ、架空のあやとりをし、吊り橋を作ってみる。
違うかな？と首を傾げる。

紗千「もう一回してみて」

小春、もう一度、吊り橋をする。
紗千、頷きながら、そこに手を伸ばし、指で摘み、架空のあやとりをし、受け取る。
紗千の指がまた別の何かを作る。

紗千「わかる？」
小春「田んぼですか」
紗千「そう」
小春「これ、ここから……」

小春、紗千の作った架空のあやとりの中に指を差し入れる。

×　×　×

回想フラッシュバック、二十年前。
本物の赤い毛糸の紐であやとりしている、当時の小春と紗千の二人の手。

×　×　×

小春、形を作った真似をして。

紗千「（見て）川？」
小春「はい」

紗千、またそこに指を差し入れて。

×　×　×

回想フラッシュバック、二十年前。
あやとりしている小春と紗千の二人の手。

×　×　×

紗千「船」

小春、またそこに指を差し入れて。

×　×　×

回想フラッシュバック、二十年前。
あやとりしている小春と紗千の二人の手。

×　×　×

小春、形を作った真似をして。

小春「ダイヤモンド」

×　×　×

回想フラッシュバック、二十年前。
あやとりしている小春と紗千の二人の手。
同じダイヤモンドができた。

×　×　×

小春と紗千、見合って微笑って、同時に、はいおしまいという感じに手を開く。
再び料理に戻る。

小春「……ひとつ思い出すと、色々思い出しますね」
紗千「あなた、おかしな質問するの。クーラーとストーブ、一度に点けたら暑いのか寒いのかとか」
小春「（苦笑し）」
紗千「ティッシュペーパーは一枚取ったら何ですぐ次のが生えてくるのって言って、全部出しちゃって」
小春「（苦笑し）そんなこと……」
紗千「してたのよ。そういうの幾らでもあるの。学校の教科書、全部捨ててきて、世界中のどこかにいるもうひとりの自分に会いに行くって」
小春「そんなこと……」
紗千「言ったの。この間望海ちゃんにも教えてあげた」
小春「やめてください」
紗千「面白いじゃない」
小春「おぼえてないです」
紗千「今思えば、面白い子だったの（と、後悔）」
小春「（首を傾げ）」
紗千「あなたが望海ちゃんにしてるみたいにすれば良かったのよね……」
小春「（首を振り）……わたし、おぼえてるのは、人は死んだらどうなるのって。それはすごく毎晩考えてました」
紗千「わたし、お星様になるのよって答えたの」
小春「はい」
紗千「もっとちゃんと一緒に考えてあげれば良かった」
小春「……答えようないですよね」
紗千「怖かったのかしらね、自分のそういうこと想像して」
小春「本で読んだんです。母親が病気で死ぬ話を。（鍋を菜箸で触りながら）あなたが死ぬのが怖かったんです」
紗千「……」
小春「その本はわりとやっぱりお星様になるみたいな

感じで終わったんですけど、わたし、こんなの嘘って思ったんですよね。死ぬのってこんな綺麗なことじゃなくて、もっとなんか別なんだろうなって……二十年経って、それが自分の身近な、のになったんですけど……」

紗千「（首を振り）あなたは……」

小春「今だったら何て答えます？」

紗千「え……」

小春「死んだらどこに行くんですか？　どうなるんですか？」

紗千「（困惑し）あなたはそんなことにはなりません。絶対そんなことありません」

小春「（苦笑し）それじゃお星様と同じだ」

紗千「……」

　小春、料理を続けながら。

小春「それもわかります。違う意味で。死んだら星になるっていうのは、残った人が言うことじゃなくて、死んだ人が言うことなんですね。手が届かないから。残った人に手が届かなくなるから。わたし、死ぬの怖くありません。怖いって言ったら信さんに悪いし。怖いのは、子供を残してしまうことだけ。さっき言ってたじゃないですか。わたしが子供の頃、世界中のどこかにいるもうひとりの自分に会いにいきたいって、言ってたって。それ、今すごく思います。もうひとりの自分が健康だったら、わたし、その自分に、こう、タッチして、子供たちを頼みたいです。健康なわたしに代わってもらいたいです。そしたら安心して消えられる、って。まあ、大人なので、そんな人いないの知ってますけど」

　小春の思いを受け止め、聞いている紗千。

小春「……あと十年でいいんだけどな」

紗千「……」

　小春、紗千を見つめ。

小春「わたしね」

紗千「……」

小春「返事して」

紗千「……何」

小春「子供いなかったら、別にいいやって思ってたと思うの」

紗千「……」

小春「返事して」

紗千「うん」

小春「それぐらい許せないんだよ。あなたのことも、あなたの娘のことも許せないんだよ」

紗千「うん」

小春「一生。一生なの」
紗千「うん」
小春「許せない人に頼るしかない自分も許せないの。信さんを思う気持ちより、自分を守るしかないのが許せないの」
紗千「うん」
小春「ねえ」
小春、涙を流しながら紗千の胸を叩く。
紗千「うん」
小春「ねえ」
紗千の胸を叩く。
紗千「うん」
紗千もまた涙を流している。
小春「嫌なの」
紗千「うん」
小春「許せないんだよ」
紗千「うん」
小春「助けてよ」
紗千「うん」
小春「許せないんだよ」
紗千「うん」
小春「助けてよ」
紗千「うん」

小春「ねえ……お母さん」
小春、紗千の胸を叩く。
小春「お母さん」
何度も叩く。
小春「お母さん……」
紗千、小春を抱きしめる。
紗千の胸の中で泣きじゃくる小春。
涙を流しながら抱きしめ続ける紗千。
やがて風呂場から聞こえてくる望海と陸の笑い声。
顔をあげる小春。
小春、涙を拭いながら。
小春「わたしはお星様にはならない。絶対ならない。でも絶対なんてないから」
小春、紗千の耳元に口を寄せる。
耳に向かって呟《つぶや》く。
小春「お母さん」
紗千「……」
小春「わたしが死んだら、子供たちをお願い」
紗千「……」
望海の声「お母さん！」
風呂場から聞こえる望海の声。
小春、紗千から離れ、流し台に行き、顔を

洗う。
小春「はーい！」
勢いよく洗って、タオルを手にし、拭く。
陸の声「お母さん！」
小春「はい！　今行くよ！」
小春、無造作に顔を拭きながら風呂場に行く。
残った紗千、小春から言われた言葉を思っている。
炊飯器が炊きあがり、間の抜けたメロディが流れる。
外はすっかり暗くなっている。

○　川沿いの道（夜）
暗くなった中、川沿いの道を歩いてくる健太郎と栞。
栞「栞ね、もっとお父さんと仲良くしておけば良かった」
健太郎、明るい表情の栞を見て、……。
栞「子供の頃はお父さん似だって言われてたし……」
健太郎「しーちゃん」
栞「うん？」
健太郎「帰ってきなさい」
栞「お姉ちゃんいるし……」
健太郎「あの店と家は売ろうと思ってる。売ったお金、小春ちゃんに渡して、僕とさっちゃんとしーちゃんの三人でどこかアパート借りよう。お父さん働く。さっちゃんも働く。しーちゃんも働く。返せるかどうかわからない。返せないかもしれないけど、それでも……」
栞「何の話？」
健太郎「償いの話だよ」
栞「（首を傾げ、へらっと笑って）」
健太郎「お父さん、面白い話してないよ」
栞「（目が泳ぎながら、微笑っていて）」
健太郎「しーちゃん、わかるか？　お父さんの声聞こえてるか？　しーちゃんのしたことは、人の命を、わかるか？」
栞「（微笑っている）」
健太郎「世の中で一番悪い人は自分のしたことをわかってない人だよ。お父さんもそうだった。何にもわかってなかった。しーちゃんが何してたのか、どこにいるのか何にもわかってなかった。わかるか？　命を奪ったんだよ。小さな軽はずみな思いが誰かの大切な、誰かにとって大切な命を奪ってしまったんだよ。反省の仕方わかるか？　後悔の仕方わかるか？　償い方わかるか？」

栞、へらへらとしたまま先に歩いていく。

健太郎「信くんは望海ちゃんの四歳の誕生日祝ってない。陸くんの顔を見たことない」

健太郎、栞の手首を摑んで、掲げる。

栞、自分の腕を見る。

健太郎「わかるか？　この手が彼の人生を、断ち切ったんだ。途中で、断ち切ったんだ」

栞、健太郎の腕を振り払って、走りだす。

暗い川縁の方へ駆け下りていく。

望海の声「(笑って) お母さん、教科書捨てたでしょ」

○　テーラーウエスギ・奥の部屋
晩ご飯を食べている小春、紗千、望海、陸。
小春「ごめんごめん」
陸「駄目だよ！」
小春「はい！」
紗千「(三人の笑顔を見ながら、辛い思いもあって)」

○　川縁
高い草むらをかき分け、視界がほとんど見えなくて暗い中、走ってくる健太郎。


健太郎「しーちゃん！　しーちゃん！」

おぼろげに見えた、川の縁に立っている栞の姿。

川の縁を走りだす栞。

健太郎、足下のすぐ脇を川が流れているのを見る。

健太郎「……しーちゃん！」

暗い中を追いはじめる健太郎。

栞、走る。

走っていて、背後で、ぼちゃんという音が聞こえた。

栞、え、と立ち止まる。

振り返ると、闇ばかりが広がっている。

栞、あれ、と引き返していく。

走って戻ったが、どこにも健太郎の姿はない。

川の流れる音だけが聞こえる。

栞「……お父さん？」

○　テーラーウエスギ・小春の部屋
布団の中に入っている小春、望海、陸。
望海「(陸を見て) 陸、寝てる」
小春「望海も寝ようか」

望海「うん。お母さん、大好き」
小春「お母さんも。お母さんも望海大好きだよ」
望海「おやすみ」
小春「おやすみ」
　目を閉じる望海。
　小春、望海の胸をぽんぽんとして寝かしつけながら、どこか遠い目で先ほどの紗千とのことを思っている。
　ふっと望海の声が聞こえる。
　すすり泣いている声。
　見ると、望海は震えている。
小春「望海？　どうしたの？」
　望海、泣き声を押し殺しながら。
望海「何でもない……」
小春「どうしたの？」
望海「何でもない……」
小春「何でもなくないでしょ、どうしたの？」
望海「……（嗚咽し）」
小春「望海？　望海？」
望海「（嗚咽しながら）お母さん……」
小春「何？」
望海「お母さん、病気なの？」
小春「……！」
　望海、涙を流して、小春にしがみついて。
望海「お母さん、病気なの？」
小春「……（と、動揺して）」

第9話終わり

Woman

第10話

○　テーラーウエスギ・奥の部屋

風呂上がりで、絵日記の絵を描いている望海。
健太郎と陸が覗き込むと、何やら四角いものの絵。

健太郎「画伯、これは何でしょうか？」
望海「温泉の素です」
健太郎「何で温泉の素なんか描いてるの？」
望海「ナマケモノさん、温泉の素の気持ちになってみて」
健太郎「温泉の素の気持ち……なれるかな」
望海「あなたは溶けるためにいます。溶けて、いい匂いを出したら消えてなくなります」
健太郎「……何だか哲学的ですね」
陸「哲学って何？」
健太郎「哲学というのはですね……」

電話が鳴った。

健太郎「あ、電話だ。電話だ電話だ」
陸「哲学って何？」
健太郎「ちょっと待ってね。（電話に出て）はい、植杉です。あー小春ちゃん」

望海、あ、と思って顔をあげる。

健太郎「今遊んでますけど。うん。うん……え？」

健太郎の声の変化に気付き、ん？となる望海。
台所の紗千も気付き、振り返って見ている。

健太郎「……それは（と、横目に望海たちを気にし）え。あ、はい。うん。うん。うんうん」

健太郎の傍に行き、一緒になって頷いている陸。
手を止め、聴き入っている望海。

健太郎「うん。うん。うんうん。うん。うん。うんうん」

何やらコソコソと話している健太郎。

健太郎「オッケーです。（望海に受話器を示して）望海さん、お母さんです」

望海、受話器を受け取って、内心では不安がありながらも、笑顔に変わって。

望海「お母さん」
小春の声「望海。お母さんね、あさってまで帰れないの」

色鉛筆を持った望海の手が緊張する。

望海「居酒屋のお仕事？」
小春の声「ううん、あのね、ホットドッグ大食い大会があったの」

望海「えー」
小春の声「千人の人が出場して、千人の人のシャツに
ケチャップとカラシが付いちゃったの」
望海「えー！　大変！（と、笑顔だが）」
望海の手から色鉛筆が落ちる。

○　同・小春の部屋

布団の中、眠る望海と陸。
戸を開け、紗千が顔を出していて。
紗千「おやすみなさい（と、閉める）」
戸を閉めた紗千。
少し戸が開いていて、明かりが漏れていたが、また閉まった。
望海「（目を開けて）……陸」
寝返りを打つ陸。
望海「お母さん、この頃何で長袖ばっかり着てるのかな」
陸は眠っている。
望海、なんだか眠れない。

○　帆船の見えるデッキ（日替わり）

ホットドッグを食べている望海、陸、紗千。
紗千「あなた、お母さんに似てるね」
望海「えー、そう？」
紗千「そういう感じだった」
照れながら嬉しそうな望海。

○　テーラーウエスギ・小春の部屋（夜）

紗千、お風呂上がりの陸を連れて。
紗千「さ、歯を磨きましょうね」
紗千と陸が出ていき、望海だけが残った。
望海、髪留めのゴムを棚の引き出しにしまう。
部屋を出ようとして、立ち止まる。
戸惑いながら、違う引き出しを開け、中を探る。
折り畳まれた紙が出てきて、開いて見ると、青柳小春様と書かれた、病院の薬の袋だ。
開けて見ると、中身は空《から》。
何か怖い予感が込み上げてきて、どきどきする。
陸の声「お姉ちゃん」
陸が望海の歯ブラシを持って戻ってきた。
望海、慌てて薬の袋を引き出しに戻す。
望海「（動揺を隠し、歯ブラシを受け取り）ありがとう」

○　同・玄関（日替わり）

帰ってきた小春、陸を抱きしめる。

小春「（笑顔で）ただいま！」

陸「おかえり！」

望海、固まった笑顔のままそんな小春を見ている。

望海「おかえり！　あのね、みなとみらい行ったの」

小春「（気付き、望海に）ただいま」

○　同・洗面所

望海と陸、手を洗いに来た小春と共に来て。

望海「観覧車があったの、すごく大きいの」

小春「えー、乗ったの？」

望海「うーん、乗らなかった」

小春「今度お母さんと行った時に乗ろうか」

望海「（内心嬉しいが）乗りたいのー？」

小春「乗りたいよ」

小春、袖をまくって手を洗う。

望海「お母さんが乗りたいんだったら……」

小春の腕に注射の跡があった。

望海、あ……、と。

陸「乗りたい！」

小春「よし、乗ろう！」

望海、動揺を隠し、笑顔で。

○　同・庭（日替わり）

縁側に寝そべり、絵日記を描いている望海と陸。

望海、ふと振り返ると、ガラス戸の向こう、台所で一緒にご飯の支度をしている小春と紗千の姿が見える。

何やら真面目な顔で話している。

望海、何だろう？と思いながら、絵日記を描き、また部屋の方を見ると、紗千が通る。

目頭を拭い、泣いているように見えた。

望海、え、と。

小春の後ろ姿が少し見え、異変が感じられる。

望海、……。

○　同・奥の部屋（夜）

カレイの煮付けなどの晩ご飯を食べている望海、小春、陸、紗千。

紗千、醤油を取ろうとすると、小春が取ってあげる。

紗千「ありがとう」
陸「ナマケモノさんは何でいないの？」
紗千、本当はどこに行ったのか知っているが。
紗千「お友達とお酒飲みに行ったの」
陸「お酒は怠けないね」
紗千「（笑って）そうね、お酒はハタラキモノさんね」
小春「（笑っていて）」
望海「（笑いながら、小春の横顔を見ていて）」

○同・小春の部屋

布団に入っている望海と陸。
望海、小春が自分のリュックから何か出し、引き出しにしまっている後ろ姿をじっと見ている。
小春「（振り返って）さ、寝ようか」
慌てて視線を逸らす望海。
布団に入る小春。
望海、陸を見て。
望海「陸、寝てる」
小春「望海も寝ようか」
望海「うん。お母さん、大好き」
小春「お母さんも。お母さんも望海大好きだよ」
望海「おやすみ」
小春「おやすみ」
望海、目を閉じる。
望海の胸をぽんぽんとして寝かしつける小春。
望海、ちょっと目を開けて、小春を見ると、どこか遠い目をしている。
望海、目を閉じるものの、思いが込み上げてくる。
鼻をすすり、声が漏れる。
小春「望海？　どうしたの？」
望海、泣き声を押し殺しながら。
望海「何でもない……」
小春「どうしたの？」
望海「何でもない……」
小春「何でもなくないでしょ、どうしたの？」
望海「……（嗚咽し）」
小春「望海？　望海？」
望海「（嗚咽しながら）お母さん……」
小春「何？」
望海「お母さん、病気なの？」
小春「……！」
望海、涙を流して、小春にしがみついて。

望海「お母さん、病気なの？」
小春「……（と、動揺して）」
小春、葛藤しながらも、望海を抱きしめて。
小春「どうしたの、望海。お母さん、どこも病気じゃないよ」
望海「（問うように小春を見る）」
小春「（笑顔を作って）お母さん元気だよ」
望海「……（小さく頷く）」
小春「何でそんなこと思っちゃった」
望海「（首を傾げる）」
小春「大丈夫。心配しなくても、お母さん、病気じゃないよ。すごく元気」
望海「（笑顔にして）わかった」
小春「大丈夫だよ」
望海「うん」
望海、不安な表情を残しながら目を閉じる。

○　川縁の土手
救急車が停まっており、痛い痛い痛いと叫ぶ健太郎が担架で運び込まれているのが遠めに見える。

見ていた栞、背を向け、逃げるように立ち去る。

○　テーラーウエスギ・店の前（日替わり、朝）
ランドセルの望海、見送る小春と陸が出てきて。
望海「はじめまして、青柳望海です」
小春と陸、拍手して。
小春・陸「いってらっしゃい！」
望海「いってきます！」
歩いていく望海。
小春「（見送って、陸に）今日は由季ちゃんちで遊んでね」
陸「ナマケモノさんは？」
小春「足、怪我しちゃったんだって」
振り返り、陸と話している小春のことを見ている望海。

○　救急病院・病室
健太郎がベッドに横たわって、挙上《きょじょう》した足を氷枕で冷やしている。
紗千が傍らに座っている。
健太郎「あの、ほらあれ、日光行った時にかぶってた帽子、流されちゃったよ」
紗千「帽子ぐらい……（と、安堵を含む息をついて）」

健太郎「しーちゃん、電話出ない？　真希ちゃん、何て？」
紗千「帰ってないって」
健太郎「あの、あそこはどう？　ネット喫茶。若い子がよく泊まるでしょ」
紗千「……栞は探します。病院で適合検査を受けさせます」
　頷く健太郎、濡れてシワシワになった、栞が描いた信の顔の絵を差しだす。
健太郎「……こんなこと言っちゃいけないけど、しーちゃんが不憫《ふびん》でなりません」
紗千「……」
健太郎「何とか反省させて、何とか償わせて。人生、前向きにやり直させてあげたいです」
紗千「(内心、無理だと思っている)……」
健太郎「しーちゃんが適合したら、小春ちゃんも……」
　紗千、遮るように席を立つ。

○　神社・境内
　拝殿にてお祈りをし、立ち去る紗千。
　御守りなどを売っている脇を通る。

○　雑居ビルの屋上
　柵の手前に立っている栞。
　見下ろし、震えている。

○　総合病院・血液内科診察室
　採血をした小春、腕を伸ばしたままで。
看護師「もう結構ですよ」
小春「あ、はい」
　澤村、データを見ながら話していて。
澤村「少しでも感染兆候が出てきたら入院しなければいけないと考えておいてください」
小春「大丈夫です……（と、だるそう）」
澤村「ちょっと横になりましょう」
小春「大丈夫です……」
　立とうとするが体を支えきれず、倒れそうになる。
　澤村、素早くその体を支える。
　澤村に介助され、ベッドに横になる小春。
　澤村、手早く熱、脈などを診て。
澤村「青柳さんの大丈夫ですは信用できませんね」
小春「すいません……」

○　都電荒川線・鬼子母神前停留場近く
　数人の友達と下校してきた望海。

バイバイと声をかけ合って、別れる。
ひとりになった望海、ランドセルを下ろして、横のポケットから何やら取りだした。
薬袋から書き取った病院の名前と住所のメモだ。
停留場に向かって走りだす望海。

○ 繁華街

行き交う女性たちを見回しながら歩いている紗千。
雑居ビルにネットカフェがあり、階段を上がる。

○ 別の繁華街

地下にあるネットカフェから、階段を上がってくる栞、繁華街を歩きだす。
携帯ショップがあり、着ぐるみのキャラクターが新型携帯のキャンペーンをしている。
横目にその様子を見ながら通り過ぎる。
ふと何かがひっかかり、振り返る。
着ぐるみがポケットティッシュを配っている、その向こう側にある店の中。
三十歳程のスーツ姿の会社員が携帯を選んでいる。
ごく普通の男である。
しかし、じっと見つめている栞。
男は店員の女性にアドバイスを受け、笑っている。
栞の表情がだんだんとおびえるように変わっていく。
着ぐるみが来て、栞にティッシュを渡す。
視線はそのままで受け取る栞の手が震えている。
首を傾げ、行く着ぐるみ。
栞、笑う男を見ていて、口を塞ぎ、道の端に行く。
嘔吐《おうと》している栞の後ろ姿。

○ ネットカフェ・店の外

店から出てくる紗千、鳴っている携帯を取りだし、着信画面を見ると、栞からだ。
紗千「(出て) もしもし？　栞？　今どこ？」
返事はない。
紗千「あなたに用があるの。一緒に病院に行って頂戴」

○　コーヒースタンド・外〜ネットカフェ・外

コーヒースタンド前の通りで、携帯で話している栞。

栞「いるの……」

以下、ネットカフェの外にて携帯で話している紗千とカットバックして。

紗千「はい？」
栞「いたの」
紗千「何が？」
栞「あの人」
紗千「あの人って？」

栞、店の二階を見ると、窓際の席に先ほどの会社員。

栞「青柳信さんの背中押した人」
紗千「……！」
栞「多分そう。わかんない。でも多分そう」
紗千「（驚き）……」
栞「多分そう」
紗千「（動揺し）栞、どこにいるの？」
栞「コーヒー飲んでるよ」
紗千「お母さん、すぐ行くから。どこにいるの？」
栞「スマホ買ってたの。マニュアル読んでるの」
紗千「栞？　おかしなことしちゃ駄目よ」

席を立つ会社員。
栞、あ、と。

紗千「栞⁉　栞⁉」

栞からの電話が切れた。

紗千「！」

○　道路

大人が行き交う中を歩いてくる小さな望海。
すり抜け、小走りで行く。
向こうに病院が見えてきた。

○　公園

藍子の母（美里《みさと》）が見守る中、舜祐が遊んでいる。
公園の出入り口より誰かが見ている。
はしゃぐ舜祐をじっと見つめる、良祐。

○　総合病院・小春の病室

個室のベッドにて、血小板輸血されている小春。
澤村、見守っていて。

澤村「妹さんはどうされてます？　先日、お母様が妹さんにもドナー検査を受けさせますとおっしゃってたんですが」
小春「（拒否する思いでいて）……」
　すると、藍子が入ってきた。
藍子「青柳さん。お子さんがいらしてます」
小春「……！」

○　同・ロビー

　長椅子に座っている望海。
　傍らに看護師・藤田《ふじた》が座っていて、話している。
望海「青柳小春っていうお名前です」

○　同・小春の病室

　小春と澤村と藍子。
藍子「ご案内しますか？」
小春「わたしがここにいることは……」
藍子「勿論まだ話してませんが……」
　小春、葛藤し、そして。
小春「いないと言ってください」
　澤村、藍子、……、と。
小春「友人に迎えに来てもらいます」

○　同・ロビー

　歩いてくる藍子。
　長椅子に座って、望海と藤田が笑っている。
望海「舜くんのお母さん！」
藍子「（微笑み）望海ちゃん、お母さん、探してるの？」
望海「お母さん、いますか？」
藍子「（首を振り）いません」
望海「……」

○　同・小春の病室

　小春、澤村に借りたＰＨＳで話していて。
小春「由季ちゃんの名前伝えとくから。うん。お願いします」
　小春、ＰＨＳを切って、礼をして澤村に返す。
小春「三十分ほどで着くそうです」
　受け取る澤村、悲しげにしている小春を見て。
澤村「賢明な判断だと思いますよ」
小春「……」

○　同・ロビー

長椅子に座って待っている望海。

置いてあった絵本を手にすると、『ウーギークックのこどもたち』だ。

○　公園

美里、遊んでいる舜祐に。

美里「オレンジジュースでいい？　ここにいてね」

通りの方に出ていく美里。

舜祐、遊具で遊ぼうとすると、傍らに立つ良祐。

舜祐「（ぽかんとし）……」

良祐「（笑って）何だよ、もうお父さんの顔忘れたのか？」

舜祐、良祐の着ているTシャツを指さす。

良祐は車の絵のTシャツを着ている。

良祐「わかった？　舜祐の好きなやつ。（美里の行った方を警戒して見ながら）舜祐、今日晩ご飯何にしようか」

首を傾げる舜祐。

良祐「好きなもの何でもいいから」

と言って、舜祐を抱き上げて、公園を出ていく。

舜祐「おばあちゃん……」

良祐「おばあちゃん大丈夫。はい、行こう。大丈夫」

しかし前方から戻ってきた美里。

良祐、あ、と。

○　総合病院・ロビー

真剣な顔つきで『ウーギークックのこどもたち』のあるページをじっと見つめている望海。
陸と直人と将人を連れて入ってきた由季、見回し、望海を見つける。
由季「（陸に）お姉ちゃん、いたよ」
陸「お姉ちゃん！」
振り返る望海、陸を見て、立ち上がる。
由季たち、望海の元に来て。
陸「迎えに来たよ」
望海「ありがとう……（と、困惑していて）」
藍子が来て、由季に。
藍子「蒲田《かまた》さんですか」
由季「はい、蒲田って書いて蒲田です。（望海に微笑み）みんなで人生ゲームしてたの。望海ちゃんも一緒にやろ？」

直人「ママ、人生ゲームでも離婚してたんだよ」
由季「そういうこと言わないの、大きい声で」
将人「慰謝料もらったの」
由季「生々しいの！　（望海に）行こ」
藍子「じゃあね」
望海「（納得いっていないが）ありがとうございました」

望海、由季たちと共に帰る。

陸「僕、借金まみれなの」
由季「また最初からやろうね」

ふと立ち止まる望海。

由季「望海ちゃん？　本物の借金じゃないよ？」

藍子、長椅子に開いて置いてあった『ウーギークックのこどもたち』を手にし、開く。
死んで、灰になっていくウーギークックの絵。

立ち止まっている望海。

望海の声「ウーギークックはいいました。にんげんはかなしい。にんげんだけがいつかしぬことをしっているいきものだ。ウーギークックはうごかなくなり、やがてはいになってとんでいきました」

望海、……。

由季、望海の肩に手を当てたその瞬間、望海、踵《きびす》を返し、また病院奥に向かって走りだす。

望海、走る。
藍子、走ってきた望海に、え？と気付く。
望海、走り抜けていった。
藍子、慌てて追う。

○　同・廊下

走ってくる望海、見回し、奥へ進む。
病室の扉が開き、先ほどの看護師、藤田が出てきて、向こうに行く。
望海、病室に歩み寄り、ゆっくりと扉を開ける。

望海「お母さん……？」

○　同・廊下〜小春の病室

藍子、入ってくる。
小春が寝ているだけで、望海はいない。
小春、血相を変えて入ってきた藍子を見て、え？と。

○　同・病室

入ってきた望海。

シュウシュウという呼吸音が聞こえる。
望海、見ると、ベッドの上、様々な医療機器に囲まれた女性が寝ている。
点滴がされ、人工呼吸器がされている。
痩せた女性の虚ろな目がかすかに見える。
望海、……。

○　同・廊下

小春と藍子、急ぎ足で来る。

藍子「怒らないでくださいね。心配してるんだと思います」

頷くだけの小春。

○　同・階段〜廊下

階段を上がってきた小春。
廊下を進もうとして、振り返る。
反対側の突き当たりに立っている望海。

小春「望海……！」

駆け寄る小春。
小春、望海の前でしゃがみ、抱きしめる。

小春「望海……」

ぽかんとしている望海。
小春、望海の反応がないのに気付き、顔を見て。

小春「望海？」

望海「お母さん、ごめん」

小春「え」

望海「廊下、走っちゃった」

小春「うん……」

望海「知らない人のお部屋、入っちゃった」

小春「大丈夫。お母さん、ごめんなさいしとくから」

望海「ごめんなさい」

小春「（何と言えばいいのかわからず）お母さんね……」

望海「（微笑って）由季ちゃん、待ってるから行くね」

小春「え」

望海「迎えに来てくれたの。陸もいるの。人生ゲームするの」

小春「うん……」

望海「学校ね、お友達五人できたよ。名前聞きたい？」

小春「うん……」

望海「大橋《おおはし》美咲《みさき》ちゃんでしょ、東菜那《ひがしなな》ちゃんでしょ、小山《こやま》美桜《みお》ちゃんでしょ、広橋杏里《ひろはしあんり》ちゃんでしょ、津森《つもり》美早紀《みさき》ちゃんでしょ、わかった？　みさきちゃんっていう子が二人いるの。字は違うの」

小春「うん……」
望海「大橋美咲ちゃんは、飼育係で髪の毛二個結んでるの。津森美早紀ちゃんは係は聞かなかったけど、ショートなの。名探偵コナンが好きなの。男子の子とはまだ喋ってないけど、あ、違う、先生は男だった。村橋《むらはし》先生。あのね、身長百九十五センチなの。すごくない？　教室入ってくる時、小《ち》っさくなって入ってくるの」
小春「そう……」
望海「それでね、あとね、それでね……（と、止まる）」
　小春、望海の思いを感じ取って、抱きしめる。
望海「あとね、それでね……（と、涙がこぼれてきて）」
　小春、望海の頭に手をあて、優しく撫でる。
小春「望海、目つむって」
　望海、目を閉じる。
　小春、優しく望海の頭を撫でる。
　身を任せ、穏やかな表情になる望海。
小春「望海、今日は人生ゲームなし。お母さんと一緒にお家《うち》帰ろう」

○同・ロビー
　帰っていく小春、望海、陸。

　見送る澤村と藍子。

藍子「いいんですか、帰して」

澤村「患者を止める自信はあるけど、母親を止める自信はないよ」

藍子「すぐに連絡取れるようにしておきます」

　澤村、藍子が持っている『ウーギークックのこどもたち』の絵本を、何それ？という感じで受け取り、見る。

　藍子のＰＨＳが鳴る。

○通り
　人混みの中を歩いていく会社員。

　距離をおいて、追う栞。

　ふっと会社員の姿を見失った。

　焦る栞、急ぎ、人混みをかき分けていく。

　靴が片方脱げてしまう。

　栞、そのまま追う。

○大通り
　片足裸足で走ってくる栞。

会社員が路上に立ち止まっているのが見えた。

栞、歩み寄る。

栞「(何と声をかければいいのかわからず)……」

会社員「え、え、何ですか、どっかでお会いしました?」

栞「……四年前。北新宿の駅のホームで」

会社員「え?」

栞「……」

会社員「何何?(と、腕時計を見て)」

栞「あなた、酔ってて、それで、背中……」

会社員「酔って? じゃ、おぼえてないわ」

栞「(え、と)」

会社員「記憶なくす方なんで……」

栞「背中、押しましたよね」

会社員「へ?(と、腕時計を見て)」

会社員、走ってくるタクシーに向かって手を挙げる。

栞「背中、押しましたよね。それで、人が。人が……」

会社員「いや、おぼえてないんで」

タクシーが来て、停まった。

乗り込む会社員。

栞、すがって。

栞「お姉ちゃんに会ってください。お姉ちゃんが……!」

会社員「(ふっと無表情になって)俺のせいじゃないよ」

栞「え……」

タクシーのドアが閉まり、走りだした。

栞、追いかけて走りだす。

栞「待って……待って……待って!」

×　×　×

回想フラッシュバック。

栞を見つめる信の顔。

×　×　×

必死に追う栞、転んだ。

しかしすぐに立ち上がり、走る。

栞「待って!」

×　×　×

回想フラッシュバック。

栞を見つめる信の顔。

×　×　×

タクシーと距離が離れ、見えなくなってしまった。
栞、それでもスピードを落とさず、走る。
裸足で走り続ける栞。
顔をくしゃくしゃに歪め、呻き声を漏らしながら。

○　公園

ひとりブランコに乗っている舜祐。
対峙している藍子と良祐。

藍子「あなたのしようとしたことは誘拐だよ」
良祐「俺、仕事辞めるよ。主夫になるよ」
藍子「今更何言ってるの」
良祐「俺、やっぱり舜祐と一緒にいたいから……」
藍子「だったら裁判だね」
良祐「……」

するとは舜祐が置いてあったリュックを開けている。

藍子「どうしたの？」

舜祐、スナック菓子を取りだし、食べはじめる。

良祐「ごめん、お腹すいてたか」
藍子「おうち帰って食べよ」
良祐「すぐそこにハンバーグ屋あったから」
藍子「ママと帰って食べよ」
良祐「我慢させることないだろ。パパと行こう」

じっと食べている舜祐。

藍子「ママんとこがいいでしょ」
良祐「パパと食べよ」
藍子「パパとママ、どっちがいい？」
良祐「（顔をしかめ）そういうこと……」
藍子「舜祐、どっちがいい？」

食べる手を止め、ぽつり言う舜祐。

舜介「僕、託児所がいい」
良祐「（愕然と）……」
藍子「（愕然と）……」

○　道路（夕方）

栞が描いた信の絵を広げて見ている紗千。
携帯が鳴っていることに気付き、画面を見て、出る。
黙って待つ紗千。
声は返ってこない。
黙って待つ紗千。

沈黙が続き、そして。

栞の声「お母さん」

待つ紗千。

栞の声「ごめん。忘れられなかった」

待つ紗千。

栞の声「青柳信さんのこと、忘れられなかった」

○ 雑居ビル・屋上

柵の手前に立って、携帯で話している栞。

栞「会いたい……青柳信さんに会いたい……会いたい。会いたい。会いたい」

○ 同・非常階段〜屋上

建物外側に設置された非常階段を上がってくる紗千。

屋上に出ると、柵の前に立っている栞が見えた。

裸足で、足の裏を怪我し、血が出ている。

紗千、傍らに立つ。

放心したような栞。

遠くの景色を見ながら紗千、呟く。

紗千「楽になることを選んだら駄目なの。もうね、あなたもわたしもそれは選べないの」

栞「……」

紗千「小春が生きようとしてるのに」

栞「……（その意味を思って）」

○ テーラーウエスギ・奥の部屋（夜）

台所で晩ご飯の支度をしている小春。

お手伝いをしている望海と陸。

○ 雑居ビル・屋上〜非常階段

立っている紗千と栞。

紗千、景色を見ながら、静かに話し出す。

紗千「人でなしになっても良かった。できることなら、忘れてほしかった。忘れさせてあげたかった」

俯いている栞。

紗千「お父さん、言ってた。償おうって。三人で償って生きていこうって。こう言ってた。人生をやり直させてあげたいって」

少し顔をあげる栞。

紗千「お母さん、それは無理だと思うの」

栞、え、と。

紗千「亡くなった人に謝っても聞こえないもの。残された人に尽くしても届くはずないもの。取り返しの付かないことだから。かけがえのないものだったから。命は戻らないものだから」

紗千、おびえるような栞を見据え。

紗千「あなたは、もう一生許されないの」
紗千の言葉に驚く栞。

紗千「(さらに厳しく見据え) 栞、あなたの人生はもう終わったと思いなさい」

逃げだす栞。

紗千、追う。

非常階段を駆け下りていく栞に追い付き、捕まえ、押さえつけるようにする紗千。


紗千「希望を持ってはいけません。夢を見てもいけません。許されることを望んだらいけない。救われることを望んだらいけない。忘れたら駄目。幸せになったら駄目。幸せを感じそうになったら、死んだ人のことを思い出しなさい。償いはできることをするものじゃありません。できないことを一生続けるの。一生、茨の道を歩きなさい」

震える栞。

紗千、震える栞の手を摑み、何か握らせる。

御守りだ。

御守りを見つめる栞。

震える栞の手を握り続ける紗千。

紗千の思いを受け止めた栞、やがて頷いて。

栞「はい……」
紗千、抱きしめることはできず、辛く、……。

○　テーラーウエスギ・奥の部屋
小春、パジャマを着た陸の手を引いて降りてくると、望海がお皿を拭きながら電話の子機を肩に挟んで話している。

望海「はい。うん。はい。わかった。うん。お母さんに言います。うん。はい。おやすみ」
望海、皿を置き、電話を切る。

小春「(苦笑し) 器用に電話するね」

望海「お母さんのお母さん。今日はナマケモノさんの病院に泊まるんだって」

小春「そう」
望海、皿を拭き、食器棚にしまって。

望海「これで最後」

小春「ありがとう。望海も麦茶飲む?」

望海「うん」

小春、コップを三つ取って、二つに麦茶を入れ、ひとつに水道の水を注ぐ。

小春、コップを食卓に運び、薬の袋を出す。

望海、皿をしまって、来る。

小春「お薬飲むね」
小春、薬をシートから抜き出し、手のひらに載せる。
じっと見ている望海。
小春、飲み、水で飲み干す。
望海「苦い？」
小春「（首を振り）味しない」
望海「ふーん」
小春「でも、飲み込むのはちょっと苦手」
望海「（喉を示し）ここがごろごろするよね」
小春「（喉を示し）今してる」
望海「触っていい？」
小春「いいよ」
望海、小春の喉に手をあてる。
望海「（首を傾げ）あんまりわからない」
小春「（微笑み）」
小春の背中に甘えてまとわりついている陸。
小春、すべて飲み終え、袋を畳んで置く。
薬の袋を見る望海。
小春「（そんな望海を見て）今日、来てくれてありがとうね」
望海「（小さく首を振る）」
小春「お母さん、嬉しかったよ」
望海「（首を傾げる）」
小春「望海にたくさん心配かけたね」
望海「心配っていうか……（と、首を傾げる）」
小春「でもさ、もうさ、電車ひとりで乗っちゃ駄目だよ」
望海「学校、電車で行ってる子いるよ」
小春「毎日同じのに乗ってる子でしょ」
望海「まあね」
小春「まあねじゃないよ、ね」
望海「あ、お母さん、洗濯物」
小春「ねえ、電車」
望海「シワシワなっちゃう。乗らないから」
小春「はい。（陸に）陸も手伝って」
小春と望海、山のように積んで置いてあった洗濯物を運び、二つに分けて置く。
向かい合って、膝の上で畳みはじめる二人。
陸はハンカチを畳みはじめる。
望海「前より服がふわふわになった気がするの」
小春「柔軟剤かな。あと、お庭で干してるから」
望海「あー、そうか、それでか」
陸「それでか」
畳んで、畳んで。
望海「あのさ、お母さん、アリクイさんが怒ったらどうなるか知ってる?」
小春「立ち上がって、(ポーズをして) こうなるんでしょ?」
望海「そうそうそう。望海ね、実はね、立ち上がって、こうしたいぐらい、今怒ってるの」
小春「(あっと思って) ……うん」
望海「すごく怒ってるの。エジソンが電球壊すぐらい」
小春「はい」
望海「ナイチンゲールが患者さん叩くぐらい」
小春「ライト兄弟も電車で帰っちゃうぐらい?」
望海「ライト兄弟って何?」
小春「飛行機作った人」
望海「へえ……怒ってるの。わかる?」
望海、立ち上がって、ポーズをする。
小春、……と、陸、笑って。
望海、座って、また洗濯物を畳む。
望海「相談してねって言ったのに」
小春「うん」
望海「助け合おうねって言ったのに」
小春「うん」
望海「望海はそういうのできないのかな……」
小春「(首を振り) 違うよ……」

望海「お母さん、ランチ行かないの?」
小春「え」
望海「大橋美咲ちゃんと東菜那ちゃんと小山美桜ちゃんのお母さんはホテル、ので、ホテルランチするの」
小春「そう」
望海「お母さんは何で行かないの? 望海と陸の世話が大変だから? お母さん、好きなことできなかったでしょ?」
小春「違うよ、お母さんは……」
望海「シングルマザーだから病気になったのかな」
望海、お母さんごめんなさいという気持ちで言った。
小春「……!」
陸「シングルマザーって何?」
小春「お父さんがいないこと」
陸「ふーん」
小春、悲しげな望海を見つめ、畳むのを続けながら。
小春「お母さんが子供の頃の話していい?」
望海「……何歳?」
小春「うーん、望海と同じぐらいかな」
望海「(ふふっと微笑って) 変な感じ」

小春「お母さんだって子供だったんだけど」
望海「知ってるけど、恥ずかしいよ。それで？」
小春「お母さんね、お母さんのお母さんとあんまり仲が良くなかったの。あんまり好きじゃなかったの」
望海「うん」
小春「だから、お母さんのお母さんがお家出てった時、一緒に付いていかなかった。お父さんとがいいって言って」
望海「うん」
小春「でも本当はお母さんのお母さんも悲しい思いがあったの。本当は出ていきたくなかった。今はそれがわかるの」
望海「今は嫌いじゃないの？」
小春「（複雑な思いがありながらも、はっきりと）嫌いじゃないよ。やっぱり、お母さんだから」
望海「うん」
　陸は床でごろごろしながら何となく聞いている感じ。
小春「だからね、子供の頃はお母さんの本当のこと知らなかったの。教えてもらえなかったから」
望海「どうして教えてくれなかったのかな」
小春「ひとつは、心配かけたくなかったんだと思うの。もうひとつは……」
望海「うん」
小春「普通のお母さんでいたかったのかなあって」
望海「……？」
小春「お母さんね、このお母さん。病気になって……そのこと、病院の先生とお話して、由季ちゃんにお話して、お母さんのお母さんにも話して。それまでずっと、ただの青柳小春だったのが、だったのが患者さんの青柳さんになって、病気の青柳さんになって、病気の小春になった。それで助けてもらえた。支えてもらった。でもなんか変わった。なんか前と違う。少し淋しかった。でも頑張ろうって励まされると、良かったなって思った。でもね、でもやっぱり、病気のお母さんにだけはなりたくなかった」
望海「（じっと小春のことを見つめていて）……」
小春「お母さんは望海と陸のお母さんなだけで、病気のお母さんじゃないのに、って思うから」
望海「（じっと小春のことを見つめていて）……」
小春「今まで隠してたこと、謝ります。ごめんなさい。嘘ついたこと、ごめんなさい」
　頭を下げる小春。
望海「（頷く）」

陸　「いいよ」

小春「ありがとう」

畳に転がっている陸。

小春、その脇にごろんと横になって、さらに隣を示し、望海にここにおいでと。

望海も横になる。

小春「あのね。お母さんの病気は、ちょっと難しい名前なの。漢字で、一二三四五六、七文字。再生不良性貧血」

望海「さいせいふりょうせいひんけつ……」

小春「(頷き) どんな病気かっていうと、体の中で血が上手に作れなくなるの」

望海「(頷く)」

小春「貧血になってめまいがしたり、熱が出たりもする」

望海「(頷き) うん」

小春「段階、階段があって、お母さんは今、一、二、三段目」

望海「うん」

小春「直すためにはお薬を飲んだり、輸血をしたり」

望海「輸血?」

小春「注射して、血を足してもらうの。あとは骨髄移植っていう、手術をして治すの。お母さんはまだ手術するかどうかわからないけど。病院の先生は治りますよって言ってくれてるし、お母さんもそれを信じてる。治すだけなの。ちくわチャーハン作るみたいに治すの。お洗濯するみたいに病気治すの」

望海「うん」

小春「簡単なことじゃないけど、難しくもない。ちょっと坂道だけど、道はある。挨拶が変わるわけじゃない。朝起きたらおはようって言う。夜寝る時はおやすみって言う。お母さんの呼び方も変わらない」

望海「お母さん」

小春「はい」

陸　「お母さん」

小春「はい」

小春、望海と陸の手を握って。

小春「望海が生まれて七年、陸が生まれて四年。お母さん、好きなことができなかったなんて思わない。お母さん、シングルマザーだったって思わない。ウチは、三人家族だよ。青柳小春、青柳望海、青柳陸。胸張って言えるよ。ウチは三人家族です。お父さんが作ってくれた幸せの中でスクスク生きてますって」

望海「うん」
陸「（笑う）」
小春「陸、お母さん今面白いこと言った？」
陸「お母さん、面白い」
欠伸《あくび》する陸。
小春「もう九時だね」
望海「寝なきゃ駄目？」
小春「明日学校お休みか。望海は起きてたいの？」
望海「ちょっとね」
小春「じゃあ、十時……」
望海「半」
小春「何しようか？」
望海「お母さん、何かしたいことない？」
小春「お母さん？」
望海「何でもいいよ、何かしたいこと」
小春「あー。でもなあ……」
望海「何？　何がしたい？」
小春「子供の頃ずっとしたかったことがあるの」
望海「何？」
小春、見回し、立ち上がって、ティッシュペーパーの箱を持ってきて、置く。
望海「ティッシュ？」
小春「これってね、（一枚摘んで）一枚取ったら、またすぐ次のがひゅって、草みたいに生えてくるでしょ」
望海「不思議」
小春「不思議でしょ。お母さん、それがずっと知りたくて知りたくてしょうがなかったこと、この間思い出したの。子供の時はそういうことにティッシュ使ったら、勿体ないじゃないかって怒られそうで、できなかったの」
望海「今は望海と陸しか見てないよ」
小春「誰にも言わない？」
望海「言わない。内緒にする。（陸に）ね」
三人、悪戯っぽい笑みを交わす。
三人してティッシュの出てくるところを凝視しながら、小春、一枚をゆっくりと抜き取る。
自動的にまた一枚出てきた。
小春「わかった？」
望海「わからない」
小春、抜き取ったのを綺麗に畳んで脇に置き、またもう一枚抜き取る。
顔を突き合わせ、ティッシュが出てくるのを笑顔で見つめる小春と望海と陸。

○　同・奥の部屋（日替わり、朝）

起きたばかりの陸、歯を磨きながら来ると、食卓の上に、剝きだしのティッシュペーパーが綺麗に折り畳んで重ねて置いてある。陸、何だろう？と見ると、小春が台所から顔を出し。

小春「陸、朝ご飯できたよ」

望海も炊きたてのご飯を三つ持ってくる。

○　総合病院・ロビー

歩いてくる栞、周囲を行き交う病人たち、医師、看護師たちを見て、足がすくむ。

○　通り

退院し、松葉杖を突きながら歩いてくる健太郎。

両手に荷物を持って歩いている紗千。

健太郎「そうですか……いや、でも……」

紗千「許されないことなの」

健太郎「駄目ですかね。願ったら駄目ですかね。しーちゃんが小春ちゃんのと一致すれば、それが赦《ゆる》しに、救いにならないにしても、その兆《きざ》しにはならないですかね？」

紗千「（葛藤はあって）……」

健太郎「信くんを殺《あや》めることになった手で、今度は救いをって、願ったら駄目ですかね」

紗千「……（同じ思いはある）」

○　総合病院・採血室

藍子が見守る中、看護師によって採血される栞。

目を逸らしていたが、注射器の血に視線を移す。

栞にもまた祈るような思いがある。

○　鬼子母神の拝殿前

並んで立って、手を合わせて祈る紗千と健太郎。

陸の声「きのこ」

○　スーパーマーケット・店内

買い物している小春、望海、陸、しりとりしながら食材を選んで進む。

望海「こ、コアラ」

小春「ら、ラスク」

陸「くさいきのこ」
望海「くさいきのこ？　こけし」
小春「シマウマ」
陸「まずいきのこ」
望海「えー」

○　総合病院・血液内科診察室

澤村、『ウーギークックのこどもたち』の絵本を開いて読んでいると、看護師が来て書類を渡す。

看護師「青柳小春さんの先日の検査結果です」

澤村、数値を見て、表情が曇る。

死んで、灰になっているウーギークックの絵。

望海の声「こ、ころんだきのこ」

○　坂道

買い物袋を提げて、しりとりをしながら坂道を登る小春、望海、陸。

小春「こ、こいしかわのきのこ」
陸「こそどろきのこ」
望海「こ、こ……ねえ！　きのこ、もうやめにしない⁉」

第10話終わり

Woman

第11話

○ テーラーウエスギ・小春の部屋（夜）

真夜中、眠っている小春、望海、陸。
強い雨音が聞こえる。
布団から起き出してくる小春、窓辺に行き、カーテンを開ける。
窓の向こうは、豪雨だった。
稲光と、雷鳴。
見つめる小春、わあ、と笑顔になる。
小春、枕を抱え、窓に張り付いて、夢見るように嵐を見つめる。

○ テーラーウエスギ・店の前〜鬼子母神（日替わり、朝）

新聞配達の自転車が来て、新聞を投函する。
鬼子母神の方に歩いていく紗千の姿が見える。
拝殿の前、手を合わせて願っている紗千。

○ 総合病院・廊下

藍子が来ると、椅子に腰掛け、コンビニのおにぎりを食べている夜勤明けの澤村。

藍子「眠れました？」
澤村「うん。君も食べる？　昆布じめたらこと、何だこれ、カレーチーズベーコンおにぎり（と、苦笑し）」
藍子「結構です」
澤村「じゃ、全部いただきます」
こぼしそうになりながら食べる澤村。
藍子「あれって、今日でしたっけ？　青柳さんの妹さんのＨＬＡの結果って」
澤村「昼過ぎ。十六時に妹さんが来る」
藍子「期待されてるでしょうね」
澤村「話はしてあるよ。駄目な時は駄目です」
藍子「そうですよね。（願うような思いがあって）でも……」
澤村「一致してほしいな（と、願う思いがある）」
藍子「はい」

○ テーラーウエスギ・小春の部屋

窓辺によりかかるようにし、膝に抱えた枕に顔を埋めて眠っている小春。
小さな手がゆっくりとカーテンを開ける。
小春の顔に日差しがかかって、目を覚ます。
望海と陸がいて、不思議そうに小春を見ている。

小春「……おはよう（と、照れるように微笑って）」
小春、二人に抱きつき、布団に倒れ込み、くすぐりあって、きゃっきゃっと騒ぐ。

○　同・庭

出てくる小春、望海、陸。
陸、落ちていた真っ赤な男物のパンツを拾って、小春に見せる。
小春「（苦笑し）昨日の風でかな」
望海「お母さん、見て！」
小春「望海、パンツ触っちゃ駄目だよ」
望海は花壇の前にいる。
小春と陸、見に行くと、コスモスが全部咲いている。
望海「咲いたの！」
小春「わあ！　咲いた咲いた！　すごいすごい！」
抱き合って喜ぶ三人。
食パンの袋を提げた紗千が外から帰ってきた。
紗千「おはようございます」
小春「見て、咲いたの！」

○　同・奥の部屋

食卓を囲んで、朝食を食べている小春、望海、陸、紗千、健太郎。
健太郎「朝ご飯がパンだとなんか食べた気がしないな」
望海「陸がパンがいいって言ったの」
小春「お味噌汁作りましょうか？」
健太郎「いいのいいの、大丈夫ですよ。僕、留学してた頃は毎朝フランスパンでしたからね」
望海「ごちそうさま」
望海、ランドセルの中身を確認しはじめる。
小春「留学されてたんですか？」
紗千「自慢話はじまるから聞かない方がいいわよ」
望海「留学って何？」
紗千「聞かなくていいのよ」
健太郎「外国勉強生活です。ナマケモノさん、若い頃パリで暮らしてた頃があるんです」
小春「そうなんですか。望海」
小春、望海を後ろに向かせ、髪を結びはじめる。
健太郎「フランス料理、精通してますからね。フォアグラ、ウサギ、エスカルゴ……」
望海「ウサギ⁉（と振り返り、健太郎を睨む）」
可愛いウサギのイラストの下敷きを持って

いる望海。

健太郎「いえ、ウサギは食べてません」

陸「エスカルゴって何？」

健太郎「エスカルゴは、でんでん虫のことです」

望海と陸、嫌そうな顔をする。

健太郎「いやいやいや、フランスではみんな食べるんですよ？　本当ですよ？　一般的な食べ物なの」

顔を背《そむ》けている望海と陸。

健太郎「食べるよね、食べるじゃん、エスカルゴ食べるじゃん」

小春「（笑っていて、望海に）はい、できた。行こう」

○　同・外

学校に行く望海を見送る小春と陸。

小春「いってらっしゃい！」

望海、行きかけて戻ってきて。

望海「お母さん、なぞなぞです」

小春「なぞなぞ。はい」

望海「望海のものなのに、お母さんの方がよく使うものは何でしょう？」

小春「ん……？」

望海「帰ってくるまでに考えといてね。いってきます！」

走っていく望海。

小春「（陸に）わかる？」

陸、わかりませーんというポーズをする。

○　同・奥の部屋

洗い物している紗千と話している健太郎。

健太郎「今日、何時なんだっけ？」

紗千「四時」

健太郎「に、一致するかどうかの結果が出る？」

紗千「栞が聞いてきます（と、時計を見る）」

健太郎「（時計を見）四時か……」

○　大学・構内

学生たちが行き交う中を、歩いてくる栞。

質素な服装をし、髪を結んでいる。

○　同・学生食堂の厨房

ユニフォームにエプロンをした栞、先輩のパートの年配女性に声をかける。

栞「おはようございます、植杉です」

女性「新しく入った人？　洗い場よろしく」

栞「はい」

女性「大きい声出してね」

栞「はい（と、本人なりに声を出してみる）」
栞、洗い場に立って、大量に積んである調理器具を洗いはじめる。

○ テーラーウエスギ・奥の部屋

小春、掃除機を抱えて二階から来ると、拭き掃除中の雑巾を持ったまま考え事している様子の紗千。

小春、そんな紗千を見て、……。

紗千、小春が来たことに気付いて、笑みを作る。

紗千「大丈夫？　掃除機、重いでしょ」
小春、コンセントを引き出しながら。
小春「水曜日、お休みでしたっけ」
紗千「うん？　うん、今日は……」
小春「わたし、今日の、気付いてるんですけど」
紗千「（あ、と）……」
小春「どっちみち、それだけはできないんで」
と言って、掃除機のコンセントを差したりし。
紗千「でもね……」
小春「骨髄バンクあるんですよ。見つかること、信じます」
紗千「確率が……」
小春「輸血しながら誤魔化し誤魔化しっていうのもあるし」
紗千「相手が誰なのかは、別のことにはできない？このこととは二つに分けて考えられない？」
小春「（首を振り）」
紗千「あの子もそれで許されるとは思ってないの、罪滅ぼしになるとは思ってないの」
小春「（葛藤を振り払うように首を振り）」
紗千「今は治すことだけを考えて……」
小春、遮るように掃除機をかけはじめ、しかし一旦止めて。
小春「心配してくれてるのは嬉しいです。ここのところ毎日楽しいです。ありがとう」
と言って、また掃除機をかけはじめる。
紗千「……」

○ 同・店内

小春、また掃除機を持ってくると、健太郎の作業を手伝い、首に巻き尺をかけている陸。
健太郎「陸くん、スジがいいよ。店継いでもらおうかと思って」

陸「お店もらうの」
小春「えー」
するとドアが開いて。
由季「こんにちは！」
素麺のロゴ入りのダンボールを抱えた由季が入ってきて、健太郎の背中を押す。

○同・奥の部屋

由季、小春と陸の前でダンボールを開け、大量の素麺を出して。
小春「こんなに？」
由季「賞味期限今日なんで、みんなで頑張りましょう。あと、お返しします」
大量の素麺の下、新聞一枚隔てて、中から信の写真立てなどが出てくる。
陸「お父さんだ！」
さらに信の登山靴も出てきて。
小春「（嬉しそうに見つめ）ありがとう」
由季「あ、ごめんなさい」
由季、靴の中にまで入っていた素麺を出す。
小春「（苦笑）」

×　×　×

食卓に大量に置かれた素麺を頑張って食べている小春、陸、紗千、健太郎、由季。
全員、お腹いっぱいで箸を持つ手が止まっている。
由季「ノルマこなせない人は罰ゲームすよ」
小春「そういう罰ゲームとかやめようよ」
小春以外全員、食べる。
健太郎「お腹いっぱいなの？」
小春「わりと」
由季「食べれないなら、なんか面白いことしてください」
小春「面白いことなんかできません」
陸「お母さん、物真似できるよね」
小春「できないよ」
健太郎「どんな物真似？」
小春「できません」
陸「できるよ」
小春「できないよね」
紗千「恥ずかしがらなくても」
小春「できないって言ってるでしょ。できないの」
陸「できるよ」
全員が注目する。
小春「……やります」

全員が拍手する。
小春「笑いながら怒る人します」
小春、顔は笑いながら。
小春「馬鹿この野郎、ふざけんな馬鹿野郎、何言ってんだこの野郎」
全員、……。
小春「え？」
健太郎「今のは何？」
小春「笑いながら怒る人です」
紗千「どうして笑ってるのに怒ってるの？」
小春「そういうことの、面白さです」
由季「わかりにくいですよね」
健太郎「意味がね」
紗千「どうして笑ってるのに怒ってるの？」
小春「……」

○　同・小春の部屋

小春と陸、信の写真を飾っている。
傍らにコップの水を置く。
紗千が入ってきて、花瓶に生けた花を差しだして。
紗千「これ、良かったら」
小春「あ、ありがとうございます」
紗千、横目に信の写真を見つつ、出ていく。
小春、花を置く。
陸を膝に載せて、写真を見つめ。
小春「おかえり……」

× × ×

回想、本屋の隅。
将棋を指しながら話している小春と信。
小春「どうして山に登るんですか？」
信「え……」
小春「真面目に答えてくださいね」
信、首を傾げつつ考えて。
信「読書と同じですよ」
小春「えー」
信「最後のページに何が書いてあるのか知りたいんです。答えが知りたいんです」
小春「何の」
信「生きている」
小春「生きている答え……？」

○　鬼子母神近辺

歩いてくる栞。
通りがかった近所の老人が声をかける。

老人「あら栞ちゃん、久しぶりね」
栞「こんにちは、おばあちゃん。腰、どうですか？」
テーラーウエスギが見える。

○総合病院・書庫

澤村、書類ファイルを探していると、私服に着替えた藍子が来た。
藍子「お先、失礼します」
澤村「はい、お疲れ様」
藍子、行きかけて、振り返って。
藍子「一応ご報告なんですけど、離婚することになりました」
澤村、落ちてきそうなファイルを支えながら。
澤村「そうなの？（支えつつなにげなく）舜祐くんは？」
藍子「ご迷惑はかけません。母が来てくれるし、近くに託児所も見つけたんで……頑張ります」
澤村「頑張らなくていいから夜勤難しい時は声かけて」
藍子「はい」
すると看護師が入ってきて。
看護師「澤村先生。センターから検査結果戻ってきました」
澤村「（あ、となって）今（行くと伝え、大量に抱えたファイルを迷って、藍子に渡し）ごめん、戻しといて」
澤村、いつになく急いで行く。
藍子、なんとなく澤村の思いを察し、見送る。

○テーラーウエスギ・奥の部屋

台所にて、きなこが用意してあり、わらび餅を作っている小春と紗千と陸。
火にかけた鍋にわらび粉を入れ、かき混ぜる紗千。
透明になるのを、だっこして陸に見せている小春。
紗千「どんどん透き通っていきますよ」
健太郎が来た。
健太郎「（内心の動揺を隠していて）さっちゃん」
紗千「今、手が離せません」
健太郎「お客さん、待たせてるから」
紗千「（小春にしゃもじを渡し）何が見つからないのよ」
と健太郎に言いながら、共に行く紗千。

小春、代わって鍋をかき混ぜる。

○　同・店内

紗千、健太郎と共に来ると、栞が立っていた。

栞「（顔をあげ、真っ直ぐに紗千を見て）」
紗千「（動揺し）……」
健太郎「先に、小春ちゃんに謝罪したいって」
紗千「……！」

○　同・奥の部屋

小春、鍋をかき混ぜながら、火加減を弱め。

小春「もういいのかな……」
陸「聞いてくる」

陸、店の方に行く。
小春、きなこを指ですくって舐めたりしていると。

陸の声「しーちゃん！」

小春、え、となって、そして険しい表情となる。

○　鬼子母神・境内

歩いてくる小春。
参拝する客たちが何人かいる境内に立っている栞。
小春、歩み寄っていって、前に立つ。

小春「（軽く目礼し）はい」

既に涙ぐんだ目で小春を見る栞。

栞「（謝罪の思いで、深々と頭を下げる）」
小春「……（目を逸らし）あ。あ、座りますか」

近くのベンチを示す。

栞「あ、はい（と、頷き）」

二人、ベンチに行くと、大型の犬が一匹、あるいは小型の犬が三匹繋がれている。
二人、どうしようかと思いつつ、犬を避けて座る。
小春、犬、栞の状態。
小春、鞄を置く栞の指に気付く。

栞「（小春を見て）青柳さんの……（と、謝罪をはじめようとすると）」
小春「手」
栞「（え、と）」

小春、犬を見ながら言う。

小春「手、手っていうか、指」
栞「（犬を見る）」
小春「いや、そっちの（と、栞の方を示し）」

栞「あ。食洗機のドアで」
小春「挟んだ」
栞「はい、仕事中に」
小春「仕事してるんですか？」
栞「はい」
小春「お店」
栞「大学の食堂です」
小春「食洗機の閉まるここですよね、あります、わたしも」
栞「(話を戻そうと) あの」
小春「絵はもう描かないんですか？」
栞「はい？　あ、はい」
小春「梨の絵。あと信さんの絵とか、手のとか描いてたって」
栞「はい」
小春「どうして？」
栞「(首を傾げる)」
小春「(栞を見て) え、何で？」
栞「……すいません、あの、夢に出て、それで」
小春「夢？　へえ」
栞「……二つ」
小春「え……？」
栞「二つありました。青柳さんに付いていって、電車で後ろに立った時の」
小春「あ、はい」
栞「この人を困らせよう、びっくりさせようと思って。思い浮かんだことが二つありました。わたしが選んだのは、選んだ方は、この人痴漢ですって言った方です。もうひとつの方はそうじゃなかったけど、わたしはそうじゃなかった方を選ばなかったので……」
小春「もうひとつの方って……」
栞「お兄ちゃんって呼ぼうと思いました」
小春「……」
栞「ずっと、選ばなかった方の夢を見てました」
小春「……」
栞「わたし、あなたの奥さんの妹です。ちょっと話あるから、降りませんか。次の駅の前に半額チケット持ってるお店あるから、そこで話しませんか。そう言って、わたし、言って、青柳さんと次の駅で降りて、お店入って、青柳さんはわたしの前座って。お店、青柳さんが好きだって言ってた歌が聞こえてて。あなた、迷惑なんです。急にあんな感じで家に来られても迷惑です。そしたら……そうか、ごめんごめん。君が小春ちゃんの妹か。じゃあ今度ウチにも遊びに来てください、って」

涙ぐんでいる栞。

小春「……（想像し、薄く微笑み）その夢、多分合ってる。そう言ったと思う」

栞「君たちは姉と妹なんだし、仲良くなれるんじゃないかな。きっと上手く行くよ」

小春「小春ちゃん、今日君の妹さんに会ったよ。いい子だったよ？　絵を描くのが好きなんだって」

栞「君のお姉さんはね、すっごく面白い人だよ。話をしてると優しい気持ちになれるんだ」

小春「背は君より少し小さい」

栞「背は君より少し大きい」

小春「似てるなって思うところもあったかな、不器用そうなところとか」

栞「子供が好きなところとか」

小春「仲良くなれるよ。いい家族になれるよ。上手く行く」

栞「……（涙を流して）そうやって、話して、色んなことがはじまっていく、そういう夢を見てました」

小春「全然違う四年があったんだろうね。あなたにも、わたしにも、信さんも。違う今があって。そしたら、お姉ちゃんと妹に……」

小春、揺れていて、……。

小春「……でもそれは選ばれなかったから」

栞「……」

小春「選ばなかったから」

栞、涙を流し、立ち上がって。

栞「お願いします。もし適合したら……」

小春「（悲しげに犬を見ていて）……」

栞「その時だけ、妹だと思ってください。終わったらまた加害者に戻ります。お願いします」

小春「……」

栞「（頭を下げ）病院に行ってきます」

歩いていく栞。

小春、俯いたまま……。

犬がそんな小春を見ている。

○　テーラーウエスギ・店内

小春、入ってくると、紗千と健太郎が店にいる。

心配そうに小春を見る。

小春「（会釈し）……まだ（と、指さし、いますよと）」

小春、部屋に上がっていく。

健太郎、立ち上がって家を出ていこうとする。

紗千「待って」

○　けやき並木の通りあたり

歩いていく栞の後ろ姿。
後ろから追いかけてきた健太郎、追い付き、栞の前に立つ。
健太郎、栞の手に何か持たせる。

健太郎「お母さんから」
栞、見ると、夏祭りの日、浴衣姿で撮った紗千、健太郎、栞の三人の写真。

栞「……」

健太郎「お父さんとお母さんも同じの持ってるから。(自分と栞を示し)同じだから」

栞「(頷き)ありがとう。病院行ってきます」
歩いていく栞。
見送る健太郎。

○　ファミリーレストラン・店内

向かい合って座っている良祐と、藍子と舜祐。

良祐「ここって改装した?」

藍子「したよね? 前はソファーの色が……」

良祐「黄色っぽいのだったよね」

藍子「ありえないよ、最初の食事がファミレスとか」

良祐「学生だったし。普通ファミレスでしょ」

藍子「ファミレスはありでも、デートのあれはないよ」

良祐「(思い出して笑って)コンニャク工場の見学」
笑う二人。
舜祐、三人分のグラスを持って立つ。

良祐「三つも持てるか?」

舜祐「任せて」
舜祐、頷き、ドリンクバーに行く。

藍子「(微笑み見送って)あっという間だよね。四年の時に舜祐、できて……」
真顔になっている良祐、藍子の前に離婚届を出す。
既に良祐の名前が書いてある。

良祐「(微笑み)送金のこととかは、この間もらった名刺の先生に連絡するから」
頷き、バッグにしまう藍子。

藍子「……ごめんね」

良祐「何? 何で藍子が謝るの」

藍子「みんな、あなたのこと普通の旦那さんだって言ってる。普通は我慢するんだよって……舜祐、ちゃんと育てるから。頑張るから」

良祐「藍子……野々村《ののむら》藍子さん」
藍子「はい」
良祐「今ならどうしてこうなったかわかります。母性なんて男が逃げるために作った言葉だった。子供への愛情は父性と母性で分けるものじゃなかった。僕たちは手分けするんじゃなくて、手を取り合うべきだった」
良祐の思いが届く藍子、何か答えようとした時、舜祐がドリンクを抱えて戻ってきた。
良祐「おー、舜祐、よくできたな」

○　同・外の通り

帰っていく藍子と舜祐を見送っている良祐。リュックを背負って、舜祐の手を引いて歩いていく藍子の後ろ姿。

目に涙を滲ませ、見送る良祐。

○　テーラーウエスギ・奥の部屋

冷やしたわらび餅を切っている小春。
眺めている陸。
小春「そろそろお姉ちゃん帰ってくるかな」
陸「なぞなぞわかった?」
小春「あ。望海のものなのに、お母さんの方がよく使うもの」
陸「僕は使わないよ」
小春「え、わかるの?」
陸「わかった」
小春「え」
すると店の方から健太郎の声。
健太郎の声「雨かな」
雨音が激しく聞こえてくる。
小春「お姉ちゃん、傘持ってないから迎えに行ってくるね」

○　同・外

激しい夕立の中、傘を持って出てくる小春。傘を開き、行こうとすると。
望海の声「お母さん!」
小春、見ると、向こうに飛び跳ねている望海がいる。
楽しそうに笑って、はしゃいでいる。
望海「すごい雨だよ!」
小春、慌てて駆け寄って。
小春「何してるの、早く入りなさい!」
望海「急に降ってきたの!」
小春「わかった、わかったから……」

望海「見て見て！　ウォータースライダーみたい！」

望海、両手を広げ、雨を見上げている。

小春「(見て) すごいね……(笑顔になり) すごい雨だね！」

陸も飛びだしてきた。

陸「お姉ちゃん、おかえり！」

望海「陸！」

望海と陸、雨を踏んで、水しぶきをあげる。きゃあきゃあと嬉しい悲鳴をあげ、手を繋いでぐるぐる回ったりしながら、はしゃぐ。小春も一緒になって手を繋ぎ、三人して回る。

夕立の中、はしゃぐ三人。

紗千、何をしてるの！と傘を持って駆け寄ってくる。

○　同・奥の部屋

紗千、バスタオルで望海の髪の毛を拭き、健太郎、陸の髪の毛を拭き、小春、自分で拭いていていて。
紗千「(小春に) ほんと馬鹿なんだから！」
小春「だって」
紗千「だってじゃありません。二十八にもなったいい大人が、何を一緒になってはしゃいでるの！」
小春「お母さん、ごめんなさい」
紗千「すぐお風呂沸かすから入りなさい」
紗千、バスタオルを小春に渡し、行く。
小春と望海、お互いの髪を拭き合って。
小春「怒られちゃった」
庭は、既に雨がやんだようだ。

○　総合病院・廊下 (夕方)

栞、長椅子に座ろうとすると『ウーギークックのこどもたち』の絵本の最後のページが開いて置いてある。

花が咲いている絵。

栞、閉じて置き、紗千からもらった御守りを握りしめ、祈る思いで待つ。

○　テーラーウエスギ・奥の部屋

食卓に着いた小春、望海、陸、紗千、健太郎、爪楊枝でわらび餅を食べている。
望海、ランドセルから絵日記を出し、開いて見せて。
望海「スペシャル花マルもらいました！」
小春「おー！」

健太郎「すごいですね、見せてください」
望海「ちょっと待って。先生からの言葉を読みます」
小春「はい」
望海「夏休み、楽しいことがたくさんあって良かったですね。ナマケモノさんのお世話をしたのはとても偉いですね」
全員、ん？と。
望海「ナマケモノさんのエサは何ですか……先生、ナマケモノさんのこと、ペットだと思ってるの！」
全員、爆笑。
健太郎「……人間だって書いておかなかったの？」
紗千「本物のナマケモノだと思われてるのかしら」
健太郎「まさか。人間ですよ、人間」
電話が鳴る。
はっとし、振り返る紗千と健太郎。
小春、絵日記を見ながら、複雑な思いを消し。
小春「（望海に）先生、何でペットだと思ったのかな？」
紗千、健太郎と目を合わせつつ、電話に出て。
紗千「（緊張しながら）はい、植杉です……」
望海「犬だと思ったのかな」
小春「でんでん虫だったりしてね」
紗千「あ、はい。どうも。はい、少々お待ちください。（健太郎に）安孫子さん」
小春、……。
紗千、子機を健太郎に渡す。
健太郎「どうもどうも、はいはい、あー日曜日ね……」
望海「お母さん、なぞなぞわかった？」
小春「まだわからないんだよ」
望海「答え、教えてあげようか？」
小春「待って待って。ちょっと他のことして遊ぼう。お母さん、考えるから」

○　総合病院・廊下

長椅子に座っている栞。
看護師の声「植杉栞さん」
顔をあげる栞。

○　テーラーウエスギ・一階

食卓で顔を伏せている小春。
小春「もういいかい！」
遠くから聞こえる、望海と陸の声、もういいよと。

顔をあげる小春、見回すと、部屋には誰もいない。

台所に行くと、皿を洗っている紗千。

小春「すいません」

紗千「どうぞ」

小春、見回すが見つからず、廊下に出る。誰もおらず、店に行く。

健太郎が作業している。

小春「来ました？」

健太郎「さあ？　お探しください」

小春、店内、納戸を探すが、いない。

戸を開けて外を見たりし、また戻る。

小春、風呂場に来て浴槽を覗き込むがいない。

お手洗いをノックして開けるがいない。

廊下を戻って見回しながら、二階に上がる。

小春「望海ー、陸ー」

○　同・二階

小春、自分たちの部屋に入る。

信の写真の前を通り、押し入れを開けるが、いない。

床にキャラメルが落ちている。

部屋を出て、栞の部屋の戸を躊躇《ためら》いながら開ける。

栞が残していった荷物が幾つかある。

複雑な思いで見て、出て、また階段を降りていく。

○　同・一階

小春、食卓の下を見たり、収納の中を見たりする。

再び台所に行こうとした時、電話が鳴りはじめた。

小春、あ、と。

台所の紗千、店の健太郎が、あ、と。

小春、鳴る電話を見つめてしまう。

紗千が来て、健太郎も来た。

小春、逃げるように踵《きびす》を返し、縁側に行く。

背後で紗千が電話に出る。

紗千「はい、植杉です……（声を聞き、緊張し）はい」

紗千、栞からだという感じで健太郎に目配せする。

背後にその様子を感じながら、庭に出た小春。

気になる感情を閉じ込め、見回す。

咲いているコスモス。

○　総合病院・裏口あたり

非常口を出たあたりの、ひと気のない片隅。

携帯に向かって、何かを伝える栞の口元。

○　テーラーウエスギ・庭〜奥の部屋

小春、しゃがんで、コスモス、望海が立てた看板を見つめる。

思いが込み上げてくる。

堪えきれずに立ち上がり、部屋の方に歩み寄る。

紗千と健太郎の姿が見える。

紗千、子機を切って、こちらを見る。

小春、……。

紗千、涙を溜めながら、小春を見つめ、頷いた。

小春、……。

肯定の意味で頷いた。

隣の健太郎は既に安堵の感情が込み上げている。

小春、……と、紗千の方に歩み寄っていく。


聞こえてくる、『遠き山に日は落ちて』。

○　同・外

『遠き山に日は落ちて』が流れる中、買い物帰りの人々が立ち話し、子供たちが走っている。

○　総合病院・裏口あたり

近くの小学校から聞こえる、『遠き山に日は落ちて』。

栞、御守りを持った右手を見つめている。

警備員に注意され、頭を下げ、歩きだす。

駐めてあった自転車にぶつかってしまい、ドミノ倒しで何台も何台も倒れてしまう。

○　テーラーウエスギ・庭〜奥の部屋

小春、部屋に入る。

感極まって小春を見ている紗千と健太郎。

小春、二人を見て、昂《たか》ぶる思いがありながらも、望海と陸の名を呼びながら廊下に出ていく。

見送る紗千の目から涙があふれる。

紗千の肩をぐっと抱き寄せる健太郎。

○　総合病院・裏口あたり
倒れた自転車を一台ずつ必死に起こしている栞。
泣きながら自転車を起こし続ける。

○　同・診察室
検査結果の書類を置く澤村、安堵して天井を仰いで、そのまま椅子が倒れて床に転んだ。
書類の上にもコーヒーがこぼれ、痛みながらも笑みを浮かべている澤村。

○　テーラーウエスギ・奥の部屋
手のひらで顔をおおって泣いている紗千。
泣きながら紗千の肩を抱く健太郎。
紗千、泣きながら健太郎の腕を振り払う。
健太郎、泣きながらまた紗千の肩を抱く。
紗千、泣きながらまた振り払う。

○　同・階段〜小春の部屋
階段の途中で止まっていた小春、顔を上げ、
二階に上がり、部屋に入ろうとして、気付く。
押し入れの奥から這って出ようとしている陸。
床に置いてあるキャラメルに手を伸ばしている。
同じく這って出てくる望海。

望海「(小声で)陸、駄目、見つかっちゃう」
陸「キャラメル」
望海「早く、戻って」
見つめる小春、……。
棚を蹴ってしまって、信の写真が倒れた。
望海、気付き、立ち上がり、信の写真を直す。
陸、キャラメルを手にした。
望海「お父さん、ごめん」
陸、手にしたキャラメルをひと粒、写真の前に置く。
陸「ごめんね」
また押し入れに戻り、戸を閉める二人。
陰から見守っていた小春。
目の前に、置いてある信の山岳靴がある。
小春、……。

○　走る都電荒川線

『遠き山に日は落ちて』、静かに消えて。

○　テーラーウエスギ・店内

望海と陸の手を引き、買い物に行く紗千と健太郎。

健太郎「スーパーでお菓子買いましょうね」

紗千、振り返って小春のことを思い、また歩きだす。

○　同・小春の部屋

小春、信の写真の前に座っている。

新聞紙を敷き、信の山岳靴を置いている。

○　回想

結婚前、本屋の隅にて、将棋を指しながら話している小春と信。

小春「わたしは基本博物館派ですね」

信「僕は断然動物園派です」

小春「ちょっと、動物園って子供っぽくないですか」

信「全然子供っぽくないですよ。動物園、生命ですよ。博物館って、乾燥してるじゃないですか大体、ミイラとか」

小春「ミイラ、面白いですよ。だって何万年も何十万年も前のものがそこに、そこにあるんですよ」

信「でも乾燥してますよね」

小春「え、乾燥してることってそんなにマイナスポイントですか？　動物園ってゾウのウンチのにおいしかしないじゃないですか」

信「そりゃ生命ですからね」

小春「え、青柳さん、ウンチのにおいから生命《いのち》を感じるんですか？　ウンチのにおいに生命を感じるんですか？」

信「それ言ったら、ミイラってだってあれ、かさぶたみたいなもんじゃないですか」

小春「かさぶたは半乾きじゃないですか。ミイラは全乾きですもん……あ、ちょっと待ってください」

信「どうしたんですか？」

小春「わたし、今洗濯物干しっぱなしなこと思い出しました」

信「大丈夫ですよ、雨降らないですよ」

小春「天気予報見たんですか？」

信「山男なんで」

小春「ここ山じゃないですよ、町ですよ」

信「山も町も空の下ですからね。僕たち趣味合いませんね」
小春「合いませんね」
キャラメルを食べる信。
小春「どうして山に登るんですか」
信「え?」
小春「まじめに答えてくださいね」
信「いやです」
キャラメルを箱ごと小春が取った。
信「うーん、読書と同じですよ」
小春「ええ?」
信「最後のページに何が書いてあるのか知りたいんです。答えが知りたいんです」
小春「なんの?」
信「生きている?」
小春「生きている? 答え?」

×　×　×

山岳靴を拭いている小春。
信の声「小春ちゃん」
小春の声「うん?」
信の声「前にさ、どうして山に登るかの話……」
小春の声「最後のページ。生きている答え」

×　×　×

回想。
話している小春と信。
信「俺、わかった」
小春「答え?」
信「人生に答えなんかないんだって。生きてる限り、色んなことがあるけど、答えは出ないし、人は最後のページを読むことはできないんだと思う」
信、小春のお腹を見て。
信「最後のページを読むのは子供たちなんだ」
小春「(え、と)」
信「僕と小春が生きてきた答えを見つけるのは、子供たちなんだよ。いつか僕たちがいなくなった後、子供たちは、僕たちが生きて、綴った、人生を読む。僕たちの人生を子供たちが読んでくれる。その時、子供たちがその本を、その答えを、こう、胸に抱いてもらえるようにくれるように、そのために生きる」
小春「(理解し)」
信「できるだけ誠実に、できるだけ一生懸命、子供たちに恥ずかしくないように」
小春「(頷く)」

信「そうやって続いていく。子供たちは子供たちの子供たちに向けて、子供たちの子供たちは、子供たちの子供たちの子供たちに向けて。そうやって読み継がれていく」

×　×　×

靴を磨いている小春。
袖で次から次へとあふれてくる涙を無造作に拭いながら、磨き続け、信の言葉を繰り返す。

小春「子供たちに恥ずかしくないように。そうやって続いていく。子供たちは子供たちの子供たちに向けて、子供たちの子供たちは、子供たちの子供たちの子供たちに向けて。そうやって読み継がれていく」

小春、顔をあげ、信の写真を見、強く頷く。
決意が見える。

○同・奥の部屋～店内（夜）

台所に立っている小春、キャベツを切っている。
ボウルに盛って、来た紗千に渡して。

小春「足ります？」

紗千「十分でしょ」

紗千、キャベツを持って食卓に行く。
小春もまな板を流して立てかけ、食卓に行く。
食卓にホットプレートが置かれており、お好み焼きを食べている望海、陸、紗千、健太郎。
健太郎が語っている。
小春、入り口に立って、その様子を眺める。

健太郎「ここに聴診器、当てられて。その先生が、なかなかのおじいさんだったわけです。はい、息吸って。僕、息吸いました。はい、吸ってー。また吸いました。吸ってー。あれ？　僕、思いました。いつ吐くんだ？」

笑っている望海、陸、紗千。
微笑みながら眺めている小春。

健太郎「吸ってー。吸ってー。僕、もう顔真っ赤っかなのにまた、吸ってー」

笑っている一同。

健太郎「陸くん、面白い？」

陸「あんまり（と、笑いながら）」

眺めていた小春、席に着く。
お好み焼きを切り分け、五人の皿に分ける。

食べて、熱くて熱くてはふはふと、何を言っているのかわからない五人。

× × ×

話している小春、望海、陸、紗千、健太郎。

望海「図書館行った時にお母さんが本を読んでたの」
小春「その話、外でしない約束したでしょ」
健太郎「何の本だったの？」
小春「何でもないです、普通です……」
望海「食べられる虫の本だったの」
健太郎「小春ちゃん、幾ら困っててもそれは」

× × ×

話している小春、望海、陸、紗千、健太郎。

小春「アパートの大家さんにプリンもらったって言って、喜んで帰ってきたんです（と、望海を示し）」
望海「プリン、一年ぶりだったんだもん」
小春「夜ご飯食べ終わって、遂《つい》にプリンの時間来たって言って、喜んで食べようとしたら、何だったんだっけ？」
望海「茶碗蒸しだったの！（と、泣き顔）」

× × ×

話している小春、望海、陸、紗千、健太郎。

陸「あのね、百円ショップに行ったの」
紗千・健太郎「うん」
陸「あのね」
紗千・健太郎「うん」
陸「名前おぼえられたの」

笑う紗千と健太郎。

陸「行くと、おかえりって言われたの（と、笑う）」

× × ×

台所にて洗い物をしている小春と紗千。

紗千「（思い出し笑いして）おかしかった」
小春「あんな話、いっぱいあります。その時々は必死なんだけど、今思うと、おかしいですよね」

小春、部屋に行く。
紗千も行こうとして、店の方で物音がし、振り返る。
健太郎、望海と陸にパジャマを着せている。

健太郎「陸くん、ちょっと大きくなったんじゃない？」

小春、嬉しそうに横目に見ながら残った皿を下げて、台所に戻ろうとして、気付く。
店の方に紗千の後ろ姿。

ん？と歩み寄ると、暗がりに栞がいた。
紗千と栞は、お互いに込み上げる思いの中、静かに手を取り合っている。
紗千「ご飯食べてる？」
栞「（頷く）」
紗千「眠れてる？　今日だけはゆっくり寝なさい」
栞「（頷く）」
紗千「（不憫に思って）栞……」
紗千、栞を抱きしめようとすると。
栞「お母さん、大丈夫」
紗千「（え、と）」
栞「わかってるから。お母さんが思ってくれてることも、わたしがしなきゃいけないこともわかってるから」
紗千「……（はいと頷き）」
紗千、栞から離れ、栞、行こうとする。
小春「お客さんですか」
びくっとし、止まる紗千と栞。
紗千「……ええ」
小春「上がっていただいたらどうですか」
紗千「（察しながら）……もう帰られるって」
小春「そうですか……」
紗千「ええ……今は帰るって」
小春「……わたし、妹を許せるかどうかわかりません」
紗千、栞、……。
小春「でも、こんなふうにも思うんです。子供たちがいつか妹がしたことを知るかもしれない。わたし、その時、子供たちに彼女のことを憎んでほしくないって。信さんを好きな気持ちで、誰かを憎むとか。人を大事に思う気持ちが、それが人を憎む気持ちに変わるとか。それがつらいです」
小春、葛藤しながらも言う。
小春「伝えてください。検査、受けてくれてありがとう。手術の時はよろしくお願いします」
紗千、！と、栞、！と。
小春「わたしの妹に伝えてください。あなたのおかげで生きられる。あなたも生きてください」
小春、そう言って、部屋に戻っていく。
栞、見えた小春の後ろ姿に頭を下げる。
紗千「（栞を見つめ、励ますように強く頷く）」
栞「（はいと頷き）」
栞、その勢いで店を出ていった。
見送る紗千。

○　同・前の通り

歩いていく栞の後ろ姿、立ち止まる。

しかし振り向かず、走っていく。

○　同・小春の部屋

布団の中、望海と陸を寝かしつけている小春。

陸「お母さん」
小春「うん？」
陸「お母さんはエスカルゴ食べたことある？」
小春「（微笑って）」
陸「あるの⁉」
小春「ないない、ないよ」
陸「（安心し）食べちゃ駄目だよ。おやすみ」
目を閉じる陸。
望海「おやすみ、お母さん」
小春「おやすみ、望海……（と言って、ふと思う）」
目を閉じた望海。
小春「……望海、起きて」
望海「何？」
小春「答えわかった。望海のものなのに、お母さんの方がよく使うもの」
望海「わかった？」
小春「（頷き）望海。望海の名前」
望海「正解。名前はお母さんの方がよく使うでしょ」
小春「うん」
望海「おやすみ、小春」
小春「（微笑って）おやすみ、望海」

○　同・奥の部屋

降りてきた小春。
食卓に座り、置いてあった絵日記を開こうとすると、紗千が来た。
紗千「（微笑み）子供たち、寝た？」
小春「はい」
紗千「ウチも寝ました」
小春「（微笑って）はい」
紗千、小春の手元にあるのをちょっと覗き込んで。
紗千「ずっと描いてたもんね」
紗千、引き出しから何か出しかけて。
紗千「いい？　ここいて」
小春「もちろん」
紗千、裁縫道具を出し、布の端切れを出す。
小春、何だろう？と見て。
紗千「パッチワーク（と、照れて苦笑）」
小春「へえ」
紗千「はじめたばっかり、まだこういうのしか」

小春、縫い物をはじめる紗千を見る。

紗千、小春の視線に気付き、ん？と。

小春「（首を振り）お茶飲みます？」

紗千「いただきます」

小春、立って、台所に行き、急須を出そうとして、小瓶のワインボトルが置いてあるのに気付く。

なんとなく見つめる。

紗千、来て。

紗千「茶筒……（小春の手のボトルに気付き）試供品よ。あの人、そういうのは飲まないから」

小春、ワインを戻しかけて。

小春「……ちょっと飲もうかな」

紗千「（意外に思いつつ）コップしかないの」

紗千、棚からコップをひとつ出す。

小春、もうひとつ出して。

小春「（紗千を見て、微笑み）」

紗千「（微笑み、頷く）」

× × ×

食卓で、小さなコップに半分ほど注がれたワインを軽く重ねる小春と紗千。

小春、飲む、紗千、飲む。

顔を見合わせ、あまりよくわからない感じで微笑む。

紗千、パッチワークをはじめる。

小春、絵日記の最初のページを開く。

ひとりで電車に乗っている望海の絵。

望海の声「七月十日晴れ。今日ひとりで電車に乗りました。大月駅でお母さんに会いました。お母さんが泣きました。東京のお家《うち》に帰って、三人で花火をしました」

パッチワークの手を止め、覗き込む紗千。

小春、指さして説明する。

以下、二人して顔を寄せ合って話し、笑いながら、感じ入りながら、絵日記を読み続ける。

階段のところで腰を痛めて唸《うな》っている健太郎の絵、浴衣を着ている望海と陸の絵、喧嘩している小春と紗千の絵。

望海の声「七月十三日晴れ。今日お母さんのお母さんのおうちに行きました。お母さんとお母さんのお母さんがちくわのチャーハンのことで大喧嘩をしました」

犬のブンを探す絵、エアコンの絵、植杉家の前にて引っ越しをしている絵。

望海の声「八月四日晴れ。今日からお母さんのお母さんのお家に住みました。お家には庭がありました。わたしはこの庭を見た時のことを一生忘れないと思います」

　庭の絵、子供みこしを担いでいる望海と陸の絵、信の豆ご飯の絵。

　先生に花マルをされたページをめくると、もう一枚の絵日記があった。

　庭のコスモスに囲まれて、みんなが笑っている、小春、望海、陸、紗千、健太郎、栞の絵。

望海の声「九月十一日晴れ時々雨。庭にコスモスが咲きました。円居せんをしました。円居せんというのは家族みんな、仲良しのことです」

　静かに絵を見つめる小春と紗千。

　二人、また少しワインを飲む。

　小春、リラックスしたように食卓に肘を置き、頰を付ける。

　紗千、そんな小春を横目に見て微笑みながら、またパッチワークをする。

　小春、そんな紗千を見上げる。

　紗千、小春の視線に気付いて、ん？と。

小春「お母さん、そこ白髪ある（と、手を伸ばし示す）」

紗千「（その手を叩いて）馬鹿」

小春「年取った」

紗千「（微笑って）幾つだと思ってるのよ」

　微笑う小春、ワインを紗千に注ぐ。

紗千「もういいわよ」

小春「ちょっとだけ」

　紗千もワインを小春に注ぐ。

紗千「ちょっとだけね」

小春「うん」

紗千「あなたも年取った」

小春「（苦笑し）大きくなったって言うんでしょ」

紗千「（微笑って）何センチ？」

小春「百六十、一か二。お母さんは？」

紗千「同じぐらいでしょ」

小春「無いでしょ、絶対わたしの方が大きいって」

紗千「ちびだったくせに」

　紗千、飲んで。

紗千「不思議ね。こんなに大きくなっちゃって……ね」

小春「ね」

紗千「何にもしてあげてないのに」

小春「（微笑って）……」

小春、飲んで、紗千、飲んで。

小春「あのさ、台風九号、おぼえてる？」

紗千「……（頷く）」

小春「お母さん入院してた時。わたし、家にわたしひとりで」

紗千「はい」

小春「すごい雨だったの。風もすごくて。停電なっちゃって」

紗千「ええ」

夢を語るように話す小春。

小春「テレビ見てたら、急に切り替わって、川があふれたとか、どこかの町で土砂崩れあったとか、たくさんの人がって話になって。そしたら、急にふって真っ暗なったの。窓開けたら、滝の中にいるみたいな雨と風で、道で木が倒れてたり、看板が飛んで、落ちて、車に刺さってたり、すごかったの」

紗千「うん」

小春「人が泣いてる声とか、救急車と消防車のサイレンがずっと聞こえてて。雨もうやまないのかもしれないなあ、なんかこのまま朝来ないんじゃないかなあ、わたし、どうなるんだろうって思って。不安で。怖かった。怖かったんだよ」

紗千「（頷く）」

小春「そしたらお母さん、部屋に入ってきて。入院してて、いないはずなのに、電車動いてないはずなのに、お母さん帰ってきて。ね、でしょ」

紗千「（頷く）」

小春「びしょ濡れなのに、何でもなかったみたいな顔して、ただいまって言って、小春って言って。わたしの手握って、体ぎゅってしてくれて。朝なるまでずっと、お母さん、おぼえてる？　お母さん、子供の頃の話してくれたんだよ？」

紗千「うん」

小春「最初は雨で冷たかった手が、だんだんあったかくなっていったの。冷たかった体が、だんだんあったかくなっていったの。こう、守られてる、大事にされてる感じ。わたし、さっきと違うこと思ったんだよ。ずっと台風だったらいいのに、って。このままずっと真っ暗だったらいいのに、って。お母さんと台風見てたいなって。あのね、だからね、台風九号はいい思い出なんだよ」

紗千「そう」

小春「わたし、大きくなった？」

紗千「なった」

小春「本当はずっと見せたかったんだよ、大きくなったの」
紗千、小春の手を握る。
嬉しそうな小春、握られた手を見る。
小春「思い出があったから大きくなったの。子供は思い出で大きくなるんだと思う。お母さんとわたし、ずっと結ばれてたわけじゃないけど、離れてたけど、代わる代わる、渡すみたいに続いてたんだと思う。あやとりみたいに」
紗千「（頷く、何度も頷く）」
小春「だからね、望海が陸がいつかそう思ってくれたらいいなあって思いながらいつも手握ってる、お母さんが握ってくれたみたいに握ってる」
紗千、小春の手を強く握って。
紗千「小春」
小春「うん？」
紗千「また会えて良かった。良かった」
小春「（頷く）」
紗千、これまでの人生を振り返って思う。
紗千「いい一日だった」
小春、頷き。
小春「ただいま」
紗千「おかえり」
小春、紗千の方に寄って、食卓に頬を載せ。

小春「お母さんが子供の頃の話聞かせて？」
紗千、同じく食卓に頬を載せ、小春を見つめ。
紗千「どこまで話したっけ？」
小春「（微笑って）おしゃもじ持って男の子の家に仕返ししに行くところ」
紗千「（微笑って、頷き）あのね」
傍らに置かれた望海の絵日記。
望海の声「十月九日曇り。お母さんが入院する前の日、お母さんとわたしと弟で観覧車に乗りました」

○　通学路（日替わり、六ヶ月後）
放課後、走っている望海。

望海の声「十一月三日晴れ。病院に行きました。おばあちゃんがお母さんの髪の毛を短く切りました」

走っている望海は、笑顔のない必死な顔。

○　大学・学生食堂
洗い場の前に立ち、皿を洗っている栞。

望海の声「十一月三十日晴れ。おばあちゃんとしーちゃんと一緒に病院に行きました」

同僚に声をかけられ、大きな声で返事をしている。

望海の声「しーちゃんがお母さんに絵をプレゼントしました」

○通学路

走っている望海。

望海の声「十二月五日雨のち晴れ。夜、流れ星が見えました。弟と二人で、お母さんのことをお願いしました」

走り続ける望海。

望海の声「十二月三十一日曇り。ナマケモノさんとおばあちゃんと弟と一緒に除夜の鐘を聞きました」

走り続ける望海。

望海の声「二月三日雨。ナマケモノさんとおばあちゃんと弟と一緒に節分をしました」

○テーラーウエスギ・外

帰ってきた望海、家の中に飛び込んでいく。

○同・店内

望海、スーツの寸法直しをしている健太郎の横を通る。

おかえり、ただいまと声をかけ合う。

○同・奥の部屋

望海、台所を通ると、紗千がいなり寿司を作っている。

おかえり、ただいまと声をかけ合う。

望海、庭の方を見て、ランドセルを投げだしながら、戸を開けて、出る。

望海の声「四月十日晴れ」

○同・庭

望海、出てくると、陸が縁側で遊んでいる。

おかえり、ただいまと声をかけ合う。

望海、庭に降りると、物干しに干してあるシーツの向こうから出てきた小春。

望海「お母さん、おかえり！」

望海、小春に抱きつく。

陸も来て、抱きつく。

小春、二人を受け止め、抱きしめる。

小春「ただいま！」

笑顔を寄せ合う小春、望海、陸。

望海の声「お母さんが帰ってきました」

Woman　終わり

履歴書

連続ドラマ企画「あの空（仮）」

ここでいう〝履歴書〟とは、ごく一部のスタッフとキャストが読むために書いてきた登場人物紹介です。脚本の前の私書的なものですから、読みにくい箇所もあり、実際の役名や設定とは大きく異なるものもありますが、ここでは原文のまま載せています。

坂元裕二

■**青柳小春　二十七歳**

痩せっぽちのお喋りで、想像力豊かというか空想癖激しく、何かと心ここにあらずとなることの多い子供時代だった。一年生の時に元々体の弱かった友達が亡くなった。あの子はどこに行ったのだろうと考えた。死んだらどうなるのかと布団の中で考えはじめたら止まらなくなった。母に聞くと、星になったと教えられた。どうしてお母さんは嘘をついたのだろうと思った。人間が星になるわけがない。なにぶん突き詰める性格なので、持ち前の行動力で色んな人に会いに行って話を聞いてみた。お年寄りからお坊さん、牧師さんを訪ね歩き、地獄の話や天国の話も聞いた。無になるんだという話も聞いた。しかし誰のどんな話もあまりピンと来なかったし、どれだけ考えても死んだらどうなるのかわからなかった。

母はよく小春を褒めてくれた。小春は勉強がよくできて、友人も多く、下級生に優しく、真面目な優等生であった。クラス委員にもよく選ばれた。母はそのことをよく褒めたし、色んな人に自慢していた。しかし小春からすると、そんなことはちょっとしたおまけだった。小春が褒めてほしいのはそんなことではなかった。小春が毎日思いつく物語であったり、色んな人にあだ名を付けたことであったり、うたた寝した時に見た変な夢であったり、近所の惚けたお爺さんの不可思議な行動であったり、空想の数々を母に話したかった。しかし母はそんな話にはまるで興味がないようだった。むしろ聞いてくれるのは、家にはあまり帰ってこない父の方だった。そうして小春は次第にそんな話をするのはやめてしまった。

小学校四年生頃になると、毎日図書館に通い詰め、本を読むようになった。一冊読み終えると、その感想を図書カウンターの人に延々と話して聞かせた。自分自身で小説めいたものを書きはじめたのもこの頃からだ。頭で空想するだけだった物語をノートに書き記すようになった。夢とも現実ともつかぬ話ばかりで、自分としてはなかなかよくできたと気に入った作品でも、人から面白いと言われたことはなかった。別に構わなかった。人のためでなく、自分のための創作だった。書いている時間が楽しかったし、ひとりの時間が好きだった。友人といるよりも、家族と一緒にいるよりもひとりの時間が好きだった。とは言え、小春は小説家になりたかったわけではない。そんなふうに思わなかった。小春がこの頃なりたかったのは棋士だった。図書館で借りてきた小池重明という将棋指しに憧れた。こんな人になりたい。またたく間に近所の老人たちでは相手にならないほどの腕前となった。これ以上上手くなるためには将棋会館に通わなくてはと思った。そう簡単に母が許してくれるとは思えず、小春は半年間勉強を必死に頑張り、県内の模擬試験で上位に入るほどになった。品行方正にも努めた。準備を整え、その上で、母に直訴した。将棋を習わせてくださいと。母はまるで相手にしてくれなかった。女が将棋なんてくだらない。母はこの時小春の未来像を示した。大学に行き、就職し、よきタイミングで、よき男性と結婚して、退職し、妻となり母となるという一般的な道筋だった。小春は目の前が真っ暗になった。その夜小将棋の駒を捨て、布団の中で泣いた。

人生の転機となったのは、小春が十歳の時。両親が離婚することになった。両親の口から理由を詳しく教えられることはなかったが、父の長年の浮気がその中心にあるということは小春にもおよそわかった。母は父の女性問題のことで毎晩のように泣いていた。夫婦は限界に来ていたのだ。

母は当然、小春が自分に付いてくるものと思っていた。しかし小春は言った。わたしはお父さんと暮らしますと。無愛想で無口で、あまり家に帰ってこなかった父だ。抱き上げてもらった記憶もない。にもかかわらず父と暮らすと言う。母は愕然としていた。激高し、どういうつもりだと問い質した。

ずっと母が重かった。母は保守的な人だった。同時に、流されやすい人でもあった。周囲に合わせて生きてきた人だった。そのことにコンプレックスを持ちながらも強い自意識でそれを塞いできた人だ。だから小春のようにマイペースで自分を曲げようとしない人間を見ると、自我が危うくなってしまうのだ。それでも母は母の常識を押しつけ、小春を縛ろうとした。あなたがわたしを軽蔑してるのは知ってる。わたしという女を蔑んでるんだ。小春は答えなかった。ただ涙をぼろぼろと流しながら母が自分を責めるのを聞いていた。

離れるとなって、最終的に母は泣きながらもほっとしていたように思えた。母だって小春と合わないことに気付いていたはずだ。親子にだって相性がある。母はそれを認めようとしなかった。だから自分と母は苦しかったのだ。

父との二人暮らしは快適だった。父は楽な人だった。どこか小春に似てるのかもしれない。中学を卒業する頃、父に新しい恋人ができた。小春はあっさりと家を出る決意をした。今度もまた母を選ばず、父方の祖父母の元に行った。祖父母はとある町のひなびた商店街で本屋を営んでいた。小春は本好きの自分が本屋で働けるなんて夢のようだと喜んだ。祖父母は厳しく無口で愛想のまったくない人たちだったが、それはそれで小春を受け入れてはくれた。干渉されなかったし、祖父は将棋の相手もしてくれた。小春は黙々と店の仕事をし、祖父母のために三度の食事を作り、家事もした。本屋の仕事は想像以上に重労働だったが、本に囲まれて一日を過ごすのは格別に幸せだった。そんなふうにして数年間が過ぎた。大型店舗やネット販売に押され、本屋に訪れる客はほとんどいなくなりつつあった。売れ筋の本が小さな本屋に入荷されることもなかった。売後は祖父母が決断すれば、この店も閉めることになるのだろうと覚悟していた。その後自分はどうするのだろうか。仕事はわからない。きっとずっとひとりなのだろう。男の子を特別に好きになるようなことはこれまでなかったし、これからもきっとないだろう。一生ひとりなんだろう。そんなことを思っていた頃のことだった。今から八年前。彼に出会ったのは。

小春は十九歳。青柳信は二十六歳。信は最初店に訪れたひとりの客だった。何度か訪れるうちに祖父と将棋を指しはじめた。毎日のように来たかと思うと、ぱったりと数ヶ月来なかったりする。話を聞いていると、どうやら海外の戦場を飛び回るルポライターだった。小春は彼から聞く海外の話、戦場の話に夢中になった。信の話は陰惨で、聞くに堪えないような話も多かった。貧しい国の内戦。産まれてすぐに死ぬ赤ん坊。少年兵の話。しかし小春は聞きたがった。閉店後、小春は将棋を指しながら信と話した。将棋の相手としても信は強かった。特にデートもしていない。気が付くとお互いにかけがえのない存在になっていた。ふたりはすぐに結婚をした。式は挙げず、両親にも知らせなかった。共に暮らしはじめ、間もなく小春ははじめの子供をお腹に宿した。信は転職した。家族ができたので、戦場に行くのはやめにした。妻と子供のためにできるだけ長生きすると誓った。小春は、だったらポケットに手を入れて階段降りるのもやめてと言った。信は運送会社でドライバーとして働きはじめた。長距離トラックを運転し、そこそこの収入を得た。小春も本屋での仕事を続けた。女の子が産まれて、佳歩と名付けた。家族は三人となり、これ以上の幸せはないと思えた。小春は翌年ふたり目の子供をお腹に宿した。

この頃、小春はある出来事に遭遇している。炎天下のある日のことだ。信にお弁当を届けた帰りにパチンコ店の前を通った。一台の車に目が留まった。何かが気になり、車に近寄った。車内に子供がふたりいた。暑さに気を失っていた。ドアが閉まっており、親の姿はない。小春は思わず車の上に乗り、その拳と足でフロントガラスを割った。子供を助け出した。子供は危ういところで命を取り留めた。母親は店でパチンコをしていた。小春の傷ついた拳を見て信は呆れた。無茶しないでと。

信は学生の頃からの友人の借金の保証人となった。大丈夫大丈夫と信は笑った。しかしまもなく友人は姿を消した。数千万の借金が信に降りかかった。信はそれでも大丈夫大丈夫と笑った。訴訟する話も出たが、真っ直ぐな性格の信は絶対に返すと言った。信は仕事を増やし、連日連夜休みなく長距離を走った。ふたり目の子供が生まれる数日前、信は帰宅途中に電車の車内で痴漢と間違われた。ホームで乗客たちに殴られた挙げ句に、何故か落としたカバンを拾おうとしたところを突き飛ばされた。線路に転落してしまい、電車に轢かれた。信が拾おうとしたカバンの中には小春の好きな果物が入っていた。痴漢の容疑は晴れぬままだった。

小春は信の入った棺が炉に入る時、思った。人は死んでも、この愛が死ぬことはない。彼が生きていてもそうでなくても、わたしが彼を愛する気持ちは少しも変わらない。わたしが彼のことを好きでい続ける限り、彼が死ぬこともない。小春に信の死を落ち込んでいる時間はなかった。ふたり目の子供がすぐに産まれ、ひとりきりの子育てがはじまった。小春はふたりの娘を抱きしめた。信の子供たち。信の分身。愛しくてたまらなかった。この子たちを愛した信の分も愛する。この子たちが成人になるまで見届ける、それこそが信を愛した自分の役目なのだ。信との約束なのだ。その誓いを小春は強く自分に課した。

信の戸籍は抜かなかった。信の両親は既に年老いており、特に何の感想もないようだ。信には借金の問題があった。信の友人の働きかけによって何とか半分は減らすことができたが、半分は小春が背負うことにした。不満ではなかった。これもまた信を愛することの一環なのだ。

本屋の仕事では食べていけない。小春は子供たちを祖父と祖母に預け、働きに出た。昼間はオフィスの清掃をし、深夜営業のスーパーで働いた。朝出勤し、一度家に帰って子供たちと晩ご飯を食べ、また出かける。一日中働いた。働くことそのものは苦ではなかった。それで得られる収入は十六、七万円だった。そのうちの半分近くが借金の返済で消えた。児童扶養手当を足しても親子三人が満足に暮らしていける金額ではなかった。ぎりぎりまで生活を切り詰め、食費だけは最低限用意できた。最低限だ。最低限だが何とかできる。このまま持ちこたえていれば借金もいつか返せるだろうし、何とかなるはず。

ところが事態は悪い方にしか進まなかった。相次いで祖父と祖母が亡くなった。本屋は閉めた。祖父と祖母に申し訳なかったが、小春ひとりではどうにもならなかった。子供たちの面倒を見てくれる人がいなくなった。夜預けられる場所などない。やむなく夜の仕事を辞めた。昼間だけでもと思い、保育所を探した。しかしどこも一杯だった。働くどころか職を見つけることさえ困難だった。ふたりの子供を連れて、職を探した。ベビーカーに子供を乗せて電車に乗ると犯罪者のような目で見られた。咳払いをされた。ＯＬ風の女性からあからさまに邪魔だと罵られ、降りろと言われた。怒鳴られて子供が泣き出すと、車内の全員が敵視した。無認可の保育所をようやく見つけた。時間が少しでも遅れると、ひどく嫌な顔をされた。謝って謝って謝り続ける毎日だった。小春はそれでも弱音を吐かなかった。苦しい時は信の写真を見た。わたしは今、信の子供を育てているのだ。そう思うと、力が湧いてきた。どんなにお腹がすいても、子供たちの食事を優先し、子供たちがお腹をすかせるようなことだけはしなかった。

朝から夜まで必死に働き続けたが、児童扶養手当を含めて、収入は十万と少し。小春は生活保護を申請しに行った。担当の役人は小春の事情を思いやり、真剣に相談に乗ってくれた。上司からは簡単に支給するなと言われていたが、手続きをしてくれた。小春は何度も頭を下げ、感謝した。

しかしその生活保護も数ヶ月後に途絶えた。担当者が変わり、世の風潮が厳しくなったため、支給を打ち切ると言う。小春は何も贅沢はしていない。それでも重箱の隅をつつくようにして、あれが駄目これが駄目と言って、支給を打ち切った。小春に対して虫けら扱いするような目を向けていた。

お金がなかった。とにかくお金がない。小春は毎日毎日、寝ても覚めても二十四時間、お金のことだけを考えている。気が付くと呆然としている。

夜は子供と一緒にいたいという思いから避けていた、水商売の仕事をはじめた。酒はまったく飲めなかったが、同僚の助けを借りることで何とかなった。店主も仲間も優しい人ばかりだった。しかしこの店は間もなく潰れてしまった。新しく入った店はずっと厳しく、酒を飲まされた。客もタチが悪かった。体に触ってくるので拒否すると騒がれた。店主もそれを怒った。辞めたい逃げ出したいと思った。しかし金が手に入った。昼間どんなに働いても手に入らない金だった。辞めることはできなかった。

子供たちはふたりきりで夜を過ごすことになった。ふたりを残して出かけるのは小春も辛かった。泣かれる時もあった。寝かせてから出かけるもののドアの外に出たところで泣き声が聞こえ、振り切るように出勤したこともあった。

疲れ切っていた。当初は食事を作って寝かせてから仕事に出かけていたものの、徐々にそれすらできなくなった。昼の仕事が終わるとそのまま夜の仕事に向かった。子供たちにはパンとカップラーメンを残しておいた。上の子は賢く、すべてを自力で行い、下の子供の面倒も見た。しかし小春の心への負担は大きくなるばかりだった。自分はそんなこともできない無力な存在だと感じた。ある時、近隣の老人が怒鳴り込んできた。子供を放ったらかしで遅くまで何してるんだ。最低な母親だと言われた。まったくその通りだと思った。自分は最低な母親だ。しかしだとしてもどうすればいいのか。どうすればこの環境を変えられるのかわからなかった。だから、ただひたすら頑張った。頑張ればこの状況を改善できる。頑張りが足りないからいつまでもここから抜け出せないのだと思った。

子供たちを保育園に連れていくこともなくなった。最終的に退園の理由となったのは月謝を払えなくなったことだが、上の子は保育園でよくトラブルを起こした。規則を守らず、保母の言うことも聞かなかった。他の子供に怪我をさせたこともあった。小春は謝り続けた。何をどうすればいいのかわからない。母親がきちんと面倒を見ていないからだと言われた。しつけをしていないからだと言われた。小春は反省した。子供たちに厳しく当たるようになった。下の娘はとてもおとなしい。口数が少ないが、言うことをよく聞く。対して、上の子は時々異常にわがままを言う時がある。はじめは寂しさからだと思って優しく接していたが、周囲のアドバイスを聞くと、きつく言った方が良いらしい。小春は上の子を叱るように心がけた。はじめは軽く叱る程度だった。ただ仕事に疲れて帰ってきて、わがままを言われたり、外で泣かれたりした時は、思わず怒鳴ってしまうこともあった。以前だったら考えられなかったことだ。そんな自分が信じられず、しばらく泣いた。しかし日を追うごとにそれも仕方がないと思った。興奮して自分を抑えきれなくなることもあった。怒りだすと、ずっと怒鳴り続けてしまう。後になって反省し、娘を抱きしめる。しかし数日経つと、また同じことを繰り返してしまう。

ある時、怒った小春に驚き、逃げようとした下の子供がテーブルに頭をぶつけてしまった。頭を打った。心配して病院に連れていくと、医者は小春から頭を打った時の事情を聞いた。どうしてこんなに詳しく聞くのだろうと思い、小春は気付いた。わたしは虐待していると思われているのだ。そんな馬鹿な。こんなにも娘のことを愛しているのに、そんなことをするはずがないと思い、言い返した。興奮し、医者に怒鳴ってしまった。

役所に行くが、生活保護の審査は厳しくなっており、またも支給されなかった。頼れる人はもういなかった。父はどこにいるのかわからない。小春は決して頼るまいと思っていた母に連絡をした。母は驚いていたが、会うのは構わないが家には来ないでほしいと言われた。今の家族に見られたくないのだろうと思った。ふたりの子供を連れていき、母が住んでいる雑司が谷の駅前の喫茶店で会った。小春が生まれた町だ。母は綺麗な服を着ていた。化粧も整っている。裕福な家庭なのだろうと思った。ふたりは戸惑いを隠しながら、会話した。どこかよそよそしい空気の中、再会を喜んだふりをした。母は子供たちのために食事を注文してくれた。小春も空腹だったが、母の前で我慢した。金を借りなくてはいけない。小春が金を貸してもらえないだろうかと切り出しかけた時、母は信の話をはじめた。小春は、まさか母が信のことを知っているとは思わず、驚いた。

信は一度母を訪ねてきたらしい。小春と母の関係を知った信は、ふたりの仲を取り持とうとしたのだ。そして、信が母の元を訪れたのは、まさに彼が死んだ日だった。信と母は親しく話した。信のことは立派な青年だと思った。ただ自分と小春の関係は誰かに取り持てるものではないと丁寧に伝えた。娘はわたしの人生を否定していなくなった。そう簡単には戻れないと。信は納得し、帰ろうとした。その時、母はちょっと待ってと言って、信の手にバッグを持たせた。小春の好きな果物を入れて。

小春は呆然とした。吐き気がした。食事がまだ途中の子供たちを連れて店を出た。母に引き留められるのも聞かず、走り去った。

遂に、手元のお金が底をついて一週間が過ぎた。子供たちは昨日から何も食べていない。自分自身はもう三日も食事をしていない。家にあるものは大抵売ってしまった。子供たちは既にひどく痩せている。小春の頭に、死ぬかもしれないという思いが浮かんだ。

小春は以前からよくしてくれる知人に連絡を取り、会いに行った。お金を貸してほしいと頼んだ。知人はどういうことかと優しく相談に乗ってくれた。結婚後からのこれまでの小春の行いを話すように言われた。様々な質問を受け、丁寧に答えた。知人は小春のしてきたことをひとつひとつ否定しはじめた。ここが駄目、あそこが駄目だと話しはじめた。しかし一向にお金を貸してくれる様子はなかった。母としての愛情、母性について説教をされた。小春は言った。そんなことよりお金を貸してほしい。愛でご飯を食べることはできない。愛で家賃を払うことはできない。いいからお金をください。お金お金お金。知人は呆れた顔をして立ち去った。小春は途方に暮れた。このままでは子供たちは死んでしまう。別の知り合いに電話した。店の常連客の男だ。会うと、彼は十万円を小春に渡し、その見返りとしてホテルに誘った。小春は同意し、ホテルに行った。彼に抱かれた。帰りにコンビニに寄り、男からもらった金で菓子パンとおにぎりを食べきれないほど買った。子供たちに食べさせた。食べている子供たちを見ながら涙が止まらなくなった。ずっと頭の中にあったのは、信のことだった。信を裏切ってしまった。信だけを愛そうと誓って生きてきた。そのすべてが台無しになってしまった。自ら壊してしまった。すべての感情が涙と共に流れて消えた。

次の日から小春は朝起きることも苦しく、何をする気も起きなくなった。子供たちの顔を見られなくなった。家にいるのが苦しい。じっとしていると、死ぬことばかり考えてしまう。自分ではどうにもできない。上の子供は既に小学校に通う時期だが、ほとんど行かせていない。ランドセルも買っていない。

ある日、小春はあるだけのお金を家に残し、家を出た。仕事先の店の床で寝るようになった。家には時々お金を置きに帰った。子供たちの顔を見ないようにした。自分のしていることはおかしい。絶対におかしい。わかってはいた。しかしどうすることもできなかった。何をする気にもならなかった。

最後に金を渡して以来、家に帰らないまま一週間が過ぎた。怖くて怖くて仕方がなかった。あの家で何かが起こっているのではないか。子供たちの身に何か起こっているのではないか。テレビのニュースで見たことがある。子供を放置した挙げ句に死なせてしまった事件を思い出す。家に帰るのが怖い。震えが止まらなかった。帰りたくても足がすくんだ。そのまままた三日が過ぎた。店の人に頼まれて買い物に出かけた。ふたりの兄妹を見かけた。十歳と六歳ぐらいだろうか。見覚えがある。その子たちを連れた母親の顔を見て、思い出した。以前パチンコ店の車に閉じ込められていた子供たちだ。あれから元気に成長したのだ。生きている。母親と共に楽しげに笑っている。気が付くと小春は踵を返し、走りだしていた。家に向かった。子供たちが待っている家に。家に帰ると、鍵がかかっていた。何度もインターフォンを鳴らすが、出ない。裏に回って窓から見ると、子供たちの姿が見えた。上の子供が下の子供の面倒を見ていた。どこから持ってきたのかコンビニの弁当を分け合って食べていた。二人で暮らしている。小春が声をかけた。振り向き、小春を見る子供たち。しかしすぐに目を逸らされた。小春を拒絶している。小春、子供たちの名前を必死に呼んでいると、誰かが来た。児童相談所の人だった。彼らは子供たちを保護しますと言った。通報したのは上の子供だった。妹を救うために、姉が通報していた。自ら危険を感じ、電話したのだった。母を諦めたのだった。

後日、小春は知らされた。ふたりの子供たちは母の元に預けられたらしい。張り詰めていたものが切れた。安堵した。きっとあの家で幸せに暮らしてくれることだろう。

子供たちと引き離されて半年が過ぎたある時、小春は病院で医者から病名を告げられた。元はと言えば、仕事の先輩に付き添って検診に行き、その後再検査の通知を受けての今日のこの結果だった。重い結果。半年後に死ぬ可能性もある。小春の頭にまず浮かんだのは、お金のことだった。治療費、手術費。治るかどうかわからない。いつまでかかるかわからない。またお金の心配をするのか。だったらいっそ今すぐ殺してほしいと思った。悲しくはなかった。帰り道、小春は手近なビルに登り、死のうとした。信に会いに行こう。信はわたしがよその男に抱かれたことを知っているだろうか。許してくれるだろうか。

小銭入れが落ちていた。全部で八百二十六円あった。あーこれだけあれば子供たちにご飯を食べさせてあげられるなとまず思った。子供たちのことを思い出した。今何を食べてるんだろう。何をして遊んでるんだろう。ちゃんと眠れてるんだろうか。子供たちのことがどんどん思い返されてきた。涙が止まらなくなった。もう自分はあの子たちを愛することができない。何よりあの子はもうわたしのことを愛していない。母のことを愛していない。母だと思っていない。母の愛を知らずに、母を愛することもなく、成長していく。そんな子たちを残して、自分は死ぬ。

佳歩。太佳。ふたりの子供たち。

小春は顔をあげた。今死んだら駄目だと思った。死ぬとしても、死ぬ前にあの子たちのためにすべきことがある。死ぬ前に、あの子たちが大人になるまでの準備をしなければいけない。死ぬ前に、あの子たちに母の愛を伝えなければならない。母に愛されたのだと知らせなければならない。この命が終わるのはその後だ。小春は走りだした。佳歩と太佳のいる母の家に。

しかし再会した母の生活は思いも寄らないものだっ

た。

青柳　信、最後の一日

※『Woman』で青柳信の役を小栗旬にオファーする際に書かれた「履歴書」。「信の最後の一日」は第7話で描かれました。

二〇〇九年七月四日、午後四時。青柳信はJR品川駅近くの喫茶店にてウエイトレスからメモ用紙とボールペンを借り、遺書を書いた。妻と娘、そしてまだ見ぬ我が子にあてて。

その日の朝、信は毎朝出勤するために利用する電車に乗らなかった。勿論乗らないつもりではなかったし、家族にも仕事に行くと告げて家を出てきた。しかし駅のホームに立ち、迷った挙げ句に彼は逆方向に向かう電車に乗った。山手線を乗り継ぎ、品川駅に向かった。伊豆方面行きの切符を買い、電車に飛び乗った。午前八時を回ったところだった。

青柳信は伊豆の小さな観光地で産まれた。父はこの地域では有名な建築業者の次男だった。信は父の顔をおぼえていない。信が産まれてすぐに他に女性ができて、家を出た。母は温泉宿で仲居として働いていた。芸能界からもスカウトが来るほど美しいと評判の女性だった。実際、母は女優になることを夢見ていた時期もあったようだ。自分はこんな田舎旅館で仲居をするような女じゃない。母はよくそう言っていた。また、母はよく父の悪口を信に話して聞かせた。信は母のことが大好きだった。

母が家になかなか帰ってこなくなったのは信が五歳の頃だった。この頃母はスナックで働きはじめており、帰りが遅くなることがよくあったが、一週間、二週間と家を空けることが続き、遂にはひと月家に帰ってこなくなった。食事はなかった。信は自力で食べ物を得ることもできなくなり、餓死寸前で近所の人に助けられた。警察が来たが、信は決して母のことを悪く言わなかった。母は信を抱きしめ、ごめんねごめんねと泣いた。母の胸は温かく、信は嬉しかった。再び母と暮らしはじめた。一週間後、母はまた元の母に戻り、おまえさえ産まなければわたしは今頃東京で女優になっていたと信に言うようになった。毎日のように信に手をあげた。蹴りつけた。物を投げた。ひとしきり信を殴ると、母は泣いた。信は心から母に申し訳なく思った。いなくなってくれと何度も言われた。そうしてあげたかったが、信にはいなくなる術がわからなかった。学校にはほとんど行っていなかった。近隣の学校から登下校の音楽が聞こえると、胸が押し潰されるような思いになった。

伊豆の小さな駅に降り立つと、信はすっかり様変わりした街を歩いた。ようやく家のことを思い出し、ここまで自分が家族のことをすっかり忘れていたことに驚いた。何よりも大切な妻、娘、そして妻のお腹の中のまだ見ぬ我が子。家に電話しようかと思った。妻に母の話をしたことはない。自分の子供の頃の話をしたことはない。妻は自分の生い立ちを正直に話してくれた。どこか共通するところのある妻。この人を一生守ろうと思った。しかし信は妻に自分のことを話すことはできなかった。信が今も深い傷を抱えていることを隠し続けた。妻の前では常に笑顔でいた。しかしそれは偽りだった。妻に秘密を抱えていることは、小さな罪の意識となった。今もまた妻への電話を思い留まり、信は病院に向かった。母が入院している。末期の癌におかされた母は間もなく死ぬ。しかしここまで来て尚、信は戸惑っている。母に会うべきなのか。まだ結論の出ないまま、若き日の母の写真を見つめ、母の好物であるキャラメルを売店で買った。

小学三年生の時、信は危うく失明しかけたことがあった。母に灰皿で殴られた。痛みに苦しむ信を母は三日間放置した。母は病院に行くなと言った。今度警察にばれたらお母さんは逮捕されるんだと言った。信は母と離れたくなくて、痛みに耐えた。この時は当時母と交際していた男が見るに見かねて知り合いの病院に信を運んでくれた。彼もまた酒を飲むと暴力をふるう男だったが、酒を飲んでいない時は優しかった。腹をすかせた信を食事に連れだしてくれ、お菓子も買ってくれた。おい坊主来いと言って、キャッチボールをしてくれた。ある時、男は言った。このままあの女と暮らしてると、おまえはいつか殺されるぞ。俺と一緒に東京に行くかと。信は黙っていたが、もうひとつのありえるかもしれない人生を思って興奮し、その夜は眠れなかった。信がその男の背中を包丁で刺したのはその一週間後であった。

その日も信は母に殴られた。夜になって、男が来た。男はひどく酔っており、母を怒鳴り、殴りはじめた。母は包丁を出してきたが、男にあっさりと奪われ、殴られた。その背中を見て、信は包丁を手にした。男は命を取り留めたが、信は警察に保護され、そしてその経緯を知られた結果、信は児童施設に入ることとなった。母との別れに信は号泣した。

信は海沿いにあるさびれた病院に来た。母のいる病室はすぐにわかったが、しばらくの間、中に入ることはできなかった。あの貧しい家で過ごし、今またこのくすんだ色の病院で命果てようとしている母。年老いた母が自分を見たらどんな顔をするだろう。それを想像すると、いたたまれない気持ちになった。今からでも引き返し、家族の元に戻ることも考えた。しかし信は母の笑顔が見たかった。もう長く誰にも見舞いに来てもらえていないであろう母が成長した自分を見て、喜んでくれる姿を、笑顔を。あれほどの仕打ちを受けても尚、母を愛さずにはいられない自分が何ともおかしかった。決意し、信は病室に入った。母はベッドで眠っていた。想像するよりもずっと若々しく、面影の残った母の姿を見て、信は涙が止まらなかった。

中学三年生の時、信は野球推薦によって、名門高校への進学が決まろうとしていた。児童施設で暮らす信にとって、これほどの喜びはなかった。諦めていたはずの高校に行ける。しかも野球をすることができる。暗い道を歩き続けていた信にとって、はじめて目にする眩しい景色がすぐそこにあった。そんな時だった。学校に母が現れたのは。母と会うのは数年ぶりだった。これまでも面会は可能だったが、母は会いに来ようとしなかったし、信が訪れても、母はドアを開けてくれなかった。そんな母が自分に会いに来てくれた。もしかしたら推薦入学を聞きつけ、祝ってくれるのだろうかと思った。抑えきれない喜びで話しかけると、母は言った。進学などとんでもない。なんて親不孝なんだ。卒業したらすぐに働いて家に帰ってきて、わたしを養うのが筋だろうと。信は一切反論しなかった。受け入れることしか選択肢になかった。一瞬輝いて見えた眩しい景色はこの時消えた。しかし母とまた暮らすことができる。それが重い闇の中に踏み込むことのようだったが、また同時に見慣れた懐かしい景色でもあった。信は進学を諦め、卒業すると家に帰り、工場で働きはじめた。油まみれになって働き、疲れて帰ると、母は怒りを信にぶつけた。信は何も言わず、受け止めた。時々母の機嫌のよい時があると、信は幸せだった。そんな生活が一年続いた。母は毎月、生活費とは別に一定額を信から受け取っていた。それは信の保険金だった。母は信に死ねと言った。殺そうとさえした。信もまた死を思った。それが母の願いなら死んでもいい。しかし最後の最後で信は逃げだした。

信はその日のうちに荷物をまとめ、山へと向かった。ひとりで山を登り、朝日を見た。美しい朝日が見えた。終わったと思った。これでようやく母から解放される。もう自分が笑っているのか泣いているのかわからなかった。この日を境に、信は過去を捨てた。小春と出会ったのはその十年後である。

母の目覚めるのを待ち続けた信に、目覚めた母が言った。あんたなんか産まなければよかった。あんたがいなければ、わたしは東京で女優になれた。華やかな人生を送れた。呆然とする信の前で、母は信がいなかったはずの幸福な人生を語り続けた。多くは夢物語であった。しかし母がまったく逆の人生を送りながら、常に心に描き続けたもうひとつの人生。信は笑顔で聞いた。母の最期を看取るために、笑顔で頷き続けた。そして語り終えた母は再び眠りに就いた。信の中に残ったのは絶望だった。母のために買ったキャラメルを残し、信は病室を出た。

信は母を思い、死を思っていた。それは片時も消えたことのない思いだったが、小春に出会って以来、覆い隠してきたものだ。小春に申し訳ない。自分が今死んだら、小春はどう思うだろう。どんなに悲しむだろう。しかし絶望が信の中で剝きだしになってしまった今、これ以上生きることはできない。東京に戻る電車の中で信は自殺することだけを考え続けた。品川駅に着くと、あてなく近くにあった喫茶店に入り、ウエイトレスからメモ用紙とボールペンを借りた。小春と娘に詫び、礼を言った。しかし自分には深い絶望があり、これ以上生きることはできないと書き綴った。

死に場所を探し、歩き続けた。その時だ。近所の小学校から下校の音楽が聞こえてきた。ドボルザークの「遠き山に日は落ちて」。小春に教えてもらった歌。小春は言っていた。母に教えてもらった歌なのだと。信は小春の母を思った。一度も会ったことのない小春の母。自分の母とは違うのだろうか。どんな母なのだろうか。小春を捨てた母。信はその人に思いをぶつけたくなった。自分の母には伝えられなかった思いをその人にぶつけたい。そして願わくば、小春の思いを伝え、小春へのさよならのお土産にできないものかと。信は以前から知っていた小春の母の家に向かった。

午後六時。鬼子母神にある小さな仕立て屋である。ここで紗千と健太郎は信を迎え入れてくれた。共に食事をした。たいした話をしていない。たわいない世間話と、小春とのなれそめ、そして近況を話した程度だ。

しかしそこには家族の団らんがあった。信が死ぬほど追い求めていた家族の団らんがあった。今泣いてはいけないと思った。今泣いたらこの空気が消えてしまう。信は必死に笑いながら紗千と健太郎との会話を続けた。はじめは距離を置いていた紗千も話しかけてきて、小春のことをそれとなく聞いてきたりした。上手く行くかもしれない。この人たちと家族を作れるかもしれない。それは信にとって、まぎれもなく希望だった。

帰りに紗千は信に梨を持たせてくれた。小春の好物だと言った。信は礼を言い、植杉家を後にした。またすぐに小春と共に伺いますと告げて。

遅くなった。小春は心配していることだろう。信は電車に乗り、家路に向かった。周囲には多くの乗客がいる。酔っている者もいる。信は両腕で梨を抱きしめていた。早く小春に届けなくては。その時だった。信の腕が摑まれた。信の腕を摑んだのは、女子高校生だった。彼女は言った。痴漢ですと。信にはすぐにわかった。彼女は震えている。何か事情があるのだろうか。その思いから、信は否定を躊躇ってしまった。周囲にいた乗客が信の腕を捕まえた。電車が駅に到着すると、信は電車から引きずり下ろされた。酔った乗客たちが信を羽交い締めにし、地面に押さえつけた。信はまだ否定することなく、彼女を探していた。あの子は大丈夫なのだろうか。酔った男が信を蹴った。その時、持っていた梨が転がり落ちた。紗千がくれた梨。小春に届ける梨。信は酔った男たちの腕を振り払い、梨を拾いに行った。その時、誰かが背中を押した。信は線路に転落した。近付いてくるヘッドライトを見つめながら信の脳裏に浮かんだのは、あの日小春が歌ってくれた「遠き山に日は落ちて」だった。信の一日、そして一生が終わった。

■ **植杉里都子　五十六歳**

山口県下関市に生まれた。父は区役所に勤め、母は里都子を産むまでは小学校で教師をしていた。一般的な家庭であった。幼い頃から耳に残る曲がある。小学校の校内放送で放課後に流されるドボルザークの「遠き山に日は落ちて」という曲だ。家のすぐ真裏が学校だったせいか、幼い頃から生活と共にあった。港で遊んで家に帰ると、母が夕ご飯を作っている。しばらくすると父が帰ってきてナイターを見ながらビールを飲む。ひとりっ子だったが近所に友達も多く、遊び相手には困らなかった。明るく屈託のない幸せな子供時代だったが、ひとつだけ気になっていることがある。小学校五年生の時だ。母とデパートに行った時、母とはぐれ、見知らぬ男に声をかけられた。三十過ぎの男は海とガソリンの混じったにおいがした。一緒にお母さんを探してあげると言って、里都子を外に連れだした。母はなかなか見つからず、夜になった。男は里都子を自分のアパートの部屋に誘った。特に疑問も感じず、部屋に入ろうとした時、五、六人の警官が駆け寄ってきて、男を取り押さえた。里都子には男がどんな悪いことをしたのかわからなかった。数日後の夜、父と母が夜中に話しているのを里都子は盗み聞きした。あの子にはそういうところがあるから気を付けないと駄目だと。里都子には父と母の言う、そういうところとはどういうことなのかよくわからなかった。

高校に入ると、里都子はある男性教師と恋をした。結婚している教師だった。放課後になると男の部屋に入り浸るようになり、男に抱かれている時、ふいに父と母が話していたことを思い出した。このことだろうか。これが父と母の言っていた、あの子にはそういうところがあるという意味だろうかと思い当たった。里都子と教師の関係は学校に知られることとなり、父と母の耳にも届くこととなった。父と母の目を見て、すぐにわかった。蔑まれていると。里都子は勉強もスポーツもできた。優等生と言えた。両親から見ても、ずっと自慢の子だった。ふたりの言うこともよく聞いてきた。しかし両親の里都子を見る目ははっきりと変わった。この子は妻子ある教師に体を許した女だ。里都子は地元で進学するはずだった予定を変更し、東京の短大に進学し、その後デパートに就職した。

里都子は経験から、慎重にことを運んだ。目立たず、女性らしさを表に出さないように心がけた。それでも里都子は見つかった。社長の御曹司で将来を期待される男だった。彼には将来を約束する女性がいたが、里都子を自分の元に置き、秘書課に配属させた。食事に誘われ、好待遇を受けた。里都子は少しも嬉しくなかった。すぐに周囲の知るところとなり、白い目で見られた。男からの誘いを断ると、今度はひどい待遇を受けるようになった。わずか一年で退職した。

小さな町工場の事務として就職した。家族経営の職場は里都子にとってようやく安心できる場所であった。社長もその奥さんもよくしてくれた。時代そのものが上り調子だった。工場は拡張し、人員を増やしていった。その中のひとりが、植杉健だった。優秀な技師だった。健は物静かな男だった。人付き合いが苦手で、弁当もいつもひとりで食べている。その素性もよくわからないが、ひどく貧しい生活をしていた。社長から、あの子はかわいそうな生い立ちの子だと聞かされたが、詳しくはわからなかった。気が付くと、健の姿を目で追うようになった。里都子にとってそんなことははじめてのことだった。ふたりはゆっくり時間をかけて近づき、愛し合うようになった。彼自身の口から、いつか独立するという夢も聞いた。里都子は涙した。近くの小学校の校庭からあのドボルザークの曲が聞こえていた。

共に暮らしはじめ、結婚の話が出はじめた直後だった。健の技術と好待遇に嫉妬する同僚に絡まれ、健は機械に腕を挟まれた。神経を切断した。技師として命取りだった。間もなく里都子の前から健は姿を消した。怪我をした時から里都子は予感があった。健は自分の腕に誇りを持っていたし、それが自分の生きる支えだと思っていた。ようやく人に言える夢だってあった。しかしそのすべてが台無しになった。里都子は健の行方を探したが、見つからなかった。

二年後、里都子は社長の勧める相手と結婚した。父と同じく区役所に勤める男だった。近野浩志。平凡で、真面目だった。健のことはまだ頭に残っていた。しかし当時父は病死し、母も弱っていた。早く結婚してくれとせがまれ、里都子は頷いた。盛大な結婚式を挙げ、近野家に嫁いだ。まもなく母は病死し、その代わりに娘が生まれた。娘は可愛い顔立ちをしていて、里都子自身で、小春と名付けた。出産と同時にわかったことがある。夫の浩志にはあまり感情がなかった。里都子のことをどう思っているのかもよくわからない。外で浮気しているわけではない。真面目に働き、気遣いもある。ただ、義母の言うことに頷いて生きてきたような男なのだとわかった。里都子が何をしても何を言っても、無反応だった。夫に愛情を持てなかった。里都子の脳裏に健のことが思い浮かび、どうしても比べてしまう。しかしそれを振り払い、里都子はその愛情を小春に注いだ。小春を抱いていると、それだけでどんな悩み事も消える気がしたし、この子がいれば何もいらないと思えた。成長が目に見えてわかり、子育ては楽しかった。小春は七歳になった。このままずっと続いていくのだろう。夫から愛されていなくとも構わない。ひとりの母親として生きていく。そんな一生。そう思っていた。その日もまた、そんな日常の続きの一日のはずだった。

小春を連れて、ピアノの発表会の服を買うために新宿に出た。そこで健の姿を見つけた。健はボロ雑巾のようになって街中に横たわっていた。人々が避けて通る。彼と離れてから十年、彼に何があったのか、ひと目でわかる姿だった。小春がおびえるようにし、あの人どうしたの?と聞く。里都子は立ち尽くしたまま、答えられなかった。そして健と目が合った。里都子のことがわかったのかわからないのか、立ち上がって背を向け、歩きだした。だんだん遠ざかっていく。小春が、お母さんどうしたの？　と手を引く。健の姿が見えなくなる。もう会えなくなるかもしれない。里都子は駆け寄った。そして健の姿を探した。まだ気付いていなかった。既にその時小春の手を離していたことに。
　ひと月後、里都子は夫に離婚を申し出た。健の体は既にボロボロだった。放っておけなかった。家を抜け出して、器用に彼の元に通うこともできなかった。見てしまった以上、再会してしまった以上、もう引き返せなかった。夫はあっさりと離婚を認めた。しかし夫と義母は言った。出ていくのは構わない。ただし、小春は渡さないと。勿論里都子は葛藤した。しかし葛藤している時点で答えは出ていた。娘と男を天秤にかけた時点で、自分は母親失格なのだ。小春を連れて逃げだすことも考えた。小春にこっそりと伝えた。しかし小春自身が拒否した。娘にはわかっていたのだ。母が男のために家族を捨てようとしていることだ。自分は狂っていると思った。常軌を逸していると思った。しかし抑えきれなかった。そしてまた思い返した。父と母が言っていた言葉。あの子はそういうところがある子だから。里都子は娘を残し、家族を捨て、雑巾のようになった男の元に行った。

　あれから二十年。健との暮らしは厳しいものだった。健は命を落とすことはなかったものの、今でも仕事をすることはできない。里都子が働くことで何とか生活している。籍は入れなかった。子供ができることもなかったし、望んでもいなかった。健も今ではこの人生を受け入れ、淡々と生きている。里都子と同じように何かを望むことはないし、何かを諦めることもない。里都子はただ毎日仕事を終えて帰り、慎ましやかな食事をふたりでする。近隣の小学校からは今日も夕方になると、あの曲が聞こえる。明るく振る舞い、冗談を言い合う。子供を送り出した後の普通の夫婦に見えるだろう。貧しく淋しい暮らしだが、仲の良い夫婦。実情を知られれば、破綻した人生だと思われるだろう。しかし里都子は思う。生まれた時からそうだった。自分にはこの生き方しかなかった。分岐路も何もなく、これが唯一の一本道だったのだ。ここが人生の終着点なのだ。そう思っていた。娘と再会するまでは。児童相談所の男が現れ、あなたの孫ですと言ってふたりの孫を連れてくるまでは。

巻末座談会

「人が人を思う気持ちが込められた作品」

坂元裕二　脚本
水田伸生　日本テレビ 演出
次屋尚　日本テレビ プロデューサー
明比雪　日本テレビ 海外マーケティング担当
宮田佳輔　日テレ アックスオン 海外セールス担当

◎生きた証《あかし》を描きたかった「Woman」

水田　「Woman」は二〇一三年の七月クールでしたね。

次屋　そうです、真夏のドラマでした。

水田　確か、前の年の暮れにはもうドラマの骨格ができてたんですよ。なぜ覚えてるかというと、一月スタートのNHK大河ドラマの第1回を見て、鈴木《すずき》梨《り》央《お》ちゃんを望海役に決めたから。大河を見てすぐ次屋さんに連絡したんだよね、この子にしようって。

次屋　そうでした。

坂元　もともとは違う内容でドラマの企画をはじめてたんですけど、それができなくなってしまって、別の物語を考えることになった。だから、スタートはいつもより早かったかもしれないですね。日比谷の銀座ライオンで三人で途方に暮れながら、何やりましょうかって話した時に、僕が「主人公はシングルマザーで、最終回は彼女が亡くなる話を書きたい」って切り出したんですよ。

次屋　地下のお店でしたね。

坂元　それを言ったら、すぐにお二人が「それは非常に興味があります」って乗ってきた記憶があります。

水田 死ぬ話というよりも先に、坂元さんは貧困と言いましたよ。

坂元 シングルマザーが病気になってしまったらどうすればいいのかというのが僕の着想というか、問いかけのスタート地点だったんです。

水田 うん。「シングルマザーの平均年収、いくらか知ってますか？　二百万いくかいかないかですよ」というところから入って。そのギリギリの暮らしの中で、子供を育て食べさせなきゃいけないのに病気で働けなくなるかもしれない、っていう話を最初されたんじゃないかな。それですぐ「いいね」って言ったんですよ。

次屋 そうでしたね。坂元さん、かなり怒ってました。

水田 怒ってた？

次屋 シングルマザーの社会的な立場の悪さに。

水田 そうでしたね。

次屋 だからその時はまだ、主人公の小春が最終的に死ぬか死なないかって話はしてなかったと思います。

坂元 そうでしたっけ。そうなんだ。

次屋 むしろ、死なせたくないって言ってた気がする。

坂元 そもそもが、主人公の死を悲劇として捉えない物語を書くつもりだったんです。当初、企画していたドラマが東日本大震災の後を生きる人たちの物語だったんですよね。震災で亡くなった人たちについて、亡くなったということだけを取り上げてその人生を悲しいものとして捉えていいんだろうか、被災者という点だけで語られていいんだろうかという思いがあったんですね。彼らの人生がすべて、震災で亡くなったという一点で塗りつぶされてしまうのは、あまりに淋しい。人生の最後は確かにそうだったとしても、長かろうが短かろうがその時まで生きてきて、被災者以外の角度の方がたくさんあると思った。最終的に、そういう視点で人の死を描きたいなというのがあったんです。主人公は病死するけれども彼女が残したものは他にもたくさんあったんだよという、人生を死と切り離して、前向きに捉えられるものにしようと思っていた、最初は。

水田 被災地、三人で行きましたよね。

次屋 震災の年の五月でしたね。

坂元 銀座ライオンでどこまで話したのか覚えてないんですけど、僕の中でそういう思いがあったから、ひとりの人が死ぬまでの話を書くんだっていう覚悟で始めたんですよね。

――生きた証を描く＝「死ぬ」ということだったんですね。

坂元 でも、実際に脚本に取り掛かってから半分の第

5、6話くらいまで書いたところで、最期までは到達できないなと思って。自分自身の能力不足と精神的なものもあって、死はもう書けないと思って。

次屋 坂元さんがもともと書きたいとおっしゃっていた震災の企画は、タイトルが「こどもたちのこどもたちへ」だったんですよね。つまり、次の世代、またその次の世代へと続いていくんだという意味だと思ってるんですけど。「Woman」の最終話に「人は最後のページを読むことはできないんだと思う。最後のページを読むのは子供たちなんだ。僕と小春が生きてきた答えを見つけるのは、子供たちなんだよ」という信のセリフがありますね。

坂元 そのセリフにだけ、あの時の企画が残ってたんですね。

次屋 当時の企画書、まだ持ってますよ。

水田 坂元さんの中に書こうという動機が都度都度あって、それが積み重なったり、消え去ったり、新しく生まれたりということが繰り返されてるんでしょうね。

——次屋さんが、坂元さんのドラマには怒りがある、とおっしゃっていましたね。

次屋 はい。それこそ「Woman」の時に強く感じられて。次の企画のディスカッションをする時、坂元さんは、怒りに感じていることはぶわーっと饒舌《じょうぜつ》に話し始めるので、「それだ!」っていつも思っちゃうんですよね。「Woman」の時には、シングルマザーがいかに疲弊した生活をおくっていて、社会的な扱いも悪くて苦労しているかということを強くお話しになってて。そういう勢いを持って話してくださったものをドラマにすると、すごく熱いドラマができるので、企画を立てる時にはその感覚を大切にしていますね。

水田 小春役は、満島《みつしま》ひかりさん以外では想定してなかったですよね。

次屋 そうですね。「Mother」が終わった後、芦田愛菜《あしだまな》さん主演のドラマをと制作したのが「さよならぼくたちのようちえん」(二〇一一年、日本テレビ)で、幼稚園の先生役が満島さんだったんですけど、その時に「今度は満島さんを主演にしたドラマをやろう」っていう話をしてたんですよ。それが「Woman」になった。

◎青柳家は現場でもいい親子だった

坂元 そういえば「初恋の悪魔」(二〇二二年、日本テレビ)の第1話で、ほとんど寝ているだけの病人役の女の子にも、水田監督が一生懸命芝居をつけてたって聞きました。その子セリフもないんですよ。でもその子の役について、水田さんが全部説明して一生懸命教えてあげてたって話を次屋さんから聞いて。

水田　大事なことですよ！

次屋　他の監督だとそこまではしないんですよ。ほとんど寝ている役なら、俳優さんに「寝てて」って言うだけだったり。

水田　寝てるだけだったとしても、きちんと芝居をつけて撮ったものはいいものになると思うし、それだけじゃないんですよ、どんな役だったとしてもその作品に出てよかった、演《や》ってよかったって思って、いい気持ちで帰ってもらわないと、僕らの仕事はよくないんじゃないかと常々思っていて。その現場では小さな役だった俳優かもしれないけど、現場から離れたらその人も視聴者になるし、彼らには友達や家族もいるわけだし。オーディションも同じです。受かる子と落ちる子がいるわけだけど、大事なのは落ちる子の方だと思う。落ちた子が「このオーディションに行って良かった」と思うぐらい丁寧にやりたい。

次屋　「初恋の悪魔」の第1話で、ほとんど寝ている女の子に憧れている男の子役を演じていたのが「Woman」で陸を演じた髙橋來《たかはしらい》くんなんですよね。

坂元　今何歳ですか？

次屋　十四歳かな。

水田　「Woman」の時は四歳だったかな。演技を仕込まれた子役が多い中、本当に天然で、まるで動物のような感じだったよね。

次屋　天然で人たらしなんですよ。みんなが來くんのこと好きになっちゃう。

水田　そうそう。満島さんもそうだったね。梨央ちゃんも一生懸命面倒見てたし。あの三人はいい親子だったよね。ただ、ドラマは第1話から難易度の高いシーンの連続だったから。駅の階段でベビーカーを落としたりね。満員電車にベビーカーを乗せるとか、子どもが泣く泣かないとか。それって今でも言われていることですよね。働きに出る出ないは別として、子育てする上で女性がずっと言われていること。

次屋　あれから十年経って、会社や社会のシステムは多少は改善されているとは聞きますけれども。リアルは実際どうかわからないですけれどね。

◎出会いの路面電車

水田　都電荒川線は、最初からイメージしていたんですか？　鬼子母神と都電と、イメージとしてはどっちが先だったんだろうと思って。都電だから鬼子母神にしたのか、鬼子母神のロケセットを決めたから都電荒川線になったのか。

坂元　路面電車と書いたと思うんですが、イメージは都電ありきでした。それが鬼子母神に繋がっていったんです。都電の撮影、大変でしたか？

水田　いや、それが、制作部が東京都庁にちゃんと行って話を通したので、まったく問題なくＯＫだったんですよ。

坂元　そうなんですね。

次屋　坂元さんに、ロケ地の候補写真を見せた記憶がありますね。

水田　電車のロケーション撮影って常々厄介なんですよ。最近で言うと「silent」（二〇二二年、フジテレビ）は小田急線の事情ともピッタリあって珍しくうまくいったけど、普通は厄介なんですよ。東京のどの路線にも断られて、結局成田の方に行ったりとか、神奈川の外れでやったりとか、よくあるんですけどね。ところが都電は、丁寧に交渉したらうまくいったんです。もちろん、お客様に迷惑かけないとか、いろんな制限はあるんですけれど、車内での撮影も貸し切りにすればやらせてくれたんですよ。

明比　東京の設定で路面電車にしたんですか？

水田　思いっきり東京の設定でしたよね。

坂元　全然覚えてないんですよね、なんで路面電車にしたんだろう。脚本の中で路面電車が出てくるのは、冒頭の小春と信のシーンと、小春たちが紗千に会いに行くところですよね。第2話以降はそんなに出してないですものね。

水田　第2話以降は、我々が積極的に画面に入れていったんですよね。

坂元　シーンとしてはないですよね。

水田　小春と信のシーンがとても大事でしたからね、二人の出会いだから。第1話のラストにも、我々が画面に入れたくて路面電車を入れたんですよ。その時、夕日の日差しの角度があるからこの時間帯じゃなきゃいやだ、とかカメラマンの中山さんがうるさくてね！

一同　（笑）

明比　「Woman」がトルコでリメイク（トルコ版タイトル「Kadin《カドゥン》」、二〇一七年制作）された時は、電車じゃなくて船なんですよ。

水田　トルコには路面電車はないんだよね？

坂元　電車ないんでしたっけ、トルコって。

明比　あるのですが、通勤などでも普通に使われるボスフォラス海峡を渡るフェリーのような船が生活の中にあったので、トルコ版ではその船から転落してしまうという設定になりました。

◎世界各国でのリメイク

――「Mother」も「Woman」も世界の様々な国でリメイク版が作られていますけれど、一番最初はトルコ版の「Mother」（トルコ版タイトル「Anne《アンネ》」、二〇一六年制作）だったんですか？

宮田　実は、契約したのは日本のドラマをよく研究している韓国が最初です。「Mother」のリメイク（韓国版の日本語タイトル「マザー～無償の愛～」、二〇一八年制作）のオファーがあって契約はしていたんですが、先方の脚本家が変わったりしたこともあって時間がかかったんです。その間に、トルコからもリメイクの問い合わせがあって、そちらはすぐに契約してすぐに制作したいということだったので、結局、トルコ版の方が早く出来上がったんですよ。

明比　そうしたら、第1話からトルコ国内で大ヒット、視聴率ナンバーワンになって、他の国々でもトルコ版がどんどん放送されていったんです。それで同じトルコの制作会社から、「Mother」が終わったら「Woman」もすぐにリメイクしたいとオファーがあり、結局、トルコでは「Mother」「Woman」と二年連続で制作され放送されることになったんです。

宮田　海外に作品を売り込む業務は日々行っていますが、「Mother」や「Woman」の場合はこちらから売り込むというより、リメイクされた各国版の反響がすごく大きくて、それを踏まえてまた別の国からお問い合わせいただくことが非常に多いんです。

水田　そもそも、リメイクのドラマを作ろうというのは、オリジナルだけでは事足りてないからでしょう？海外の制作陣は、日本のドラマについてもものすごい情報を集めてますからね。それこそ、次屋さんよりもはるかに日本のドラマを見ていると思いますよ。

次屋　本当にそうです（笑）。どんな作品名を言っても知ってましたもんね。

明比　トルコ版の制作会社社長やクリエイターたちと、坂元さんや水田監督、次屋プロデューサーを交えて何回かミーティングや食事をしたんですが、彼らは「坂元さんはどうしてあんなストーリーが書けるんですか」と常々リスペクトしていました。トルコだけでなく、スペインやイギリス、アメリカでも、各国の制作サイドは日本のドラマに注目しているんですが、中でも特に坂元さんの作品は、他に新しい作品はないのかという問い合わせがしょっちゅう入ります。その中でも「Mother」はアジアで制作されたすべてのドラマの中で一番海外リメイクされているドラマだということがとても誇らしいです。トルコ、韓国、ウクライナ、タイ、中国、フランス、スペイン、と現在七カ国でリメイクされています。

宮田　さらに、その後に契約した国もいくつかありますのでこれからも新しい国のリメイク版が制作される予定です。

――リメイクとなると、その国によって、全体の話数や放送の事情が全然違いますよね。そのため、海外版ではオリジナルにはないストーリーがずいぶん付け足されているなという印象があります。そのあたり、坂元さんはどうやって許諾したのかなと思っていたんですが。

明比　海外と日本は枠組みなどが違いますね。例えば「Mother」のトルコ版は33話もあります。必然的にオリジナルから少し変わっていく部分があるんですが、坂元さんがすごく心が広くて、制作するお国柄に合わせてその国で受け入れられるようにストーリーを少し変えていただいても構わない、というスタンスを示してくださいました。

坂元　そうですね、お任せでした。その国の事情や視聴者に合っているようにして下さい、って。

明比　脚本家によっては、現地の台本を自分が読んでチェックする、っていう方もいらっしゃると聞いたことがあるんです、私はそういう経験はないんですけれど。でも、坂元さんは最初から「現地の方が良きように作っていただければ」っておっしゃって。トルコの制作チームと初めてお会いになったのが現地版「Mother」が作られた後で「Woman」の準備中だったんですけど、その時の先方からの質問や提案がドラマのメッセージを理解していることがこちらにしっかり伝わってくる内容で、「こういうチームだったから、うまくいったんだね」ってお話ししたのを覚えています。トルコでのリメイク以降も、ウクライナや中国など、現地の方が納得するように作っていただければ、本筋さえ守っていただければ、っておっしゃってくださって。

坂元　本筋……でも、トルコ版「Woman」では信さん生きてたからなぁ（笑）。

一同　（笑）

水田　トルコ版の制作チームは、オリジナルにかなりのリスペクトを持ってくれていたすごく熱心な人たちでした。「Mother」で我々が撮影に使用したカメラボディとレンズ、同じものを使って撮影していたんですよ。もちろん日本とトルコでは、フレーム数とか放送のフォーマットが違うので、同じカメラを使ったからといって見た目がピッタリ一緒になるかというとそうではないんです。ヨーロッパと日本、アメリカの規格は全然違うんですよ、むしろ我々の方が低いんです。やっぱり、映画、映像が生まれたのは向こうですから。それに「Mother」の時はまだ日本はアナログ放送でしたからね。

――まだアナログ放送でしたか。

水田　そうです。ただ、いつからフルデジタルになるかってことはもうわかっていたので、カメラマンの中《なか》山光一《やまこういち》さんと話して「今は現場で撮影した映像と家庭のテレビ映像の再現性が低くてもやっておこう」と。最初は「画面が暗い」とかずいぶん非難されたんですけれど、「ここでひるんではいけない！　デジタル化されれば再現性が高くなるはずだ！」ってね。

◎世界中のクリエイターを揺さぶった「Mother」

明比　トルコ版「Mother」は、第1話から現地で大ヒットしたとお話ししましたけど、その当時のトルコではかなりドロドロのメロドラマが好まれていたそうなんですね。メロドラマを19時から3時間ぐらいずっとやっているようなお国柄で。さらに、七局ほどある主要放送局がすべて、月曜日から金曜日までそれぞれ違うドラマを放送していて、かなりのドラマ大国なんです。トルコ版の制作会社社長はそのメロドラマのルーティンを変えたくて、今までのトルコにないジャンルを作ろうと世界中を探して「Mother」に行き当たったそうなんです。その後第1話から国内で大ヒットしたこともあり、間髪容れずに次も坂元さんの作品をリメイクしたいと、彼らは「Woman」の話を聞きに日本まで来たんですよ。それが、トルコで「Mother」がまだ放送されている時期でした。その結果、二〇一六年十月からスタートした「Mother」が二〇一七年六月に終わって、十月には「Woman」がスタート。それが三シーズン、三年間放送されることになったわけです。

宮田　全81話でしたね。

明比　「Mother」は一年でしたけど、「Woman」は最初から何年もシーズンを重ねる前提でしたね。アメリカのドラマでも「ER」や「グレイズ・アナトミー」など、シーズンが続いていく作品が多いですよね、ドラマ大国のトルコも当初からその戦略を練っています。トルコ版で信さんが船から落ちるという設定になったのも、向こうは最初から長期間の放送を狙っていたので、列車事故だと絶対生き返れないので船に変更して信さんを生き返らせるストーリーにしようと考えていたんじゃないでしょうか。

水田　そうすると、坂元さんがお書きになった第7話の信さんの物語はトルコ版にはないんですか？

次屋　全く同じ場面はないんですけど、中身は似せたものにはなっていました。

明比　そこから先はもう全く違うトルコオリジナルストーリーになって、エンディングも全然違います。ラストは、主人公が作家になって大成功するんです。大きな賞の授賞式のシーンがあって、子供たちも客席にいて、主人公もちょっと豪華な服を着ていて、強く生きてきてよかった、というラストでした。

坂元　それはハッピーエンドですね。

明比　はい、そうなんです。

坂元　子供たちはどうなってるんですか？

明比　少し大きくなっていて元気に一緒に暮らしています。最終回が制作される前に、トルコ版の制作会社社長にラストはどうするのかと訊いたら、「日本版とは違って、女性が強くたくましく生きていくことがもっとはっきりわかるような方向にするんだ」と、構想を教えてくださって。実際見たら、その通りの映像になっていました。このトルコ版「Mother」は48カ国、トルコ版「Woman」に至っては51カ国に売れてます。

水田　トルコって、アメリカに次ぐドラマ輸出大国なんでしょ？　すごいよね。アジアとヨーロッパの両方合わさった顔立ちもいいんですかね。

明比　どこの国で放送されてもトルコドラマが万人受けする一因は役者さんの見た目も大きいのかも。

坂元　うん。トルコに行ったとき、道を歩いていてもジロジロ見られなかったからすごく居やすかったんですよ。いろんな人種の方がいるから、自分と違う人がいても何も思わないのかな。

次屋　そう、みんなでトルコに行きましたね。ちょうどその時期、トルコで「Woman」が放送されていて。

坂元　ホテルでテレビをつけたらちょうどやってましたよ。

次屋　だから「Woman」の撮影現場にも行きましたね。

明比　トルコも撮影しながら放送する〝撮って出し〟なんですよね。

次屋　現場に行ったら、みんなに喜ばれて。さっきから話に出ているカメラマンの中山さんなんて、「撮ってくれ」って言われててワンカット撮って帰ったんですよね（笑）。

明比　現地のカメラマンも喜んでましたよね。気が付いたら中山さんがカメラマンの席に座っていて、驚きました（笑）。そんな中、坂元さんは「脚本家は撮影現場だとやっぱり居場所がないです」っておっしゃってて。

坂元　どこに行ってもそうです。監督とカメラマンは生き生きと溶け込んでいたけど。僕はすみっこに。

水田　いや、僕だってスタートもカットも言えなかったですよ！（笑）

一同　（笑）

明比　その時撮影していたのが、まだ主人公たちが貧しい頃で、家族三人で傾いているアパートに入っていくシーンだったんですけど、それを見て水田監督は「あの主人公が穿いてるスカートは、うちの衣装部だったらOK出さないな、あんなピシッとしたスカート……もっと、よれよれじゃないと」って内輪でダメ出ししてましたよね。

水田　まだ貧しい頃のシーンだったから気になってしまって（笑）。トルコの撮影現場には、日本だとなかなか許してもらえないクレーンが常に置かれていて、「あー、リッチだな」と感じました。日本だと全然許してくれない（笑）。

次屋　そう、クレーンが常備でしたよね。悔しかった！

明比　特に「Mother」のリメイクを作る国は制作クオリティが高いところが多く、いつも美しい映像やスチールが届くんです。

　トルコ版「Mother」は世界各国で放送されたとお話ししましたが、スペインでも放送されて大ヒットしたんですね、それがきっかけでスペインでも「Mother」のスペイン版リメイクが作られることになりました（スペイン版タイトル「Heridas《エリーダス》」、二〇二二年制作）。ところが、スペイン版の制作者がトルコ版を見たときに「何か足りない、何かが違う気がする」と感じたそうなんです。調べてみたらオリジナルが日本だとわかって、オリジナルを見たいけれどスペインでは見られないので、アメリカの海賊版サイトでDVD――おそらく違法のものですけど（笑）――を取り寄せて字幕もなく日本語で見てようやく、「これだ、このオリジナルをベースに作らないとおかしいことになる」と気がついて、制作に当たったそうです。スペインのドラマ事情は、配信が先で、その後テレビ放送になることがあるのですが、二〇二二年に配信されて大ヒットし、二〇二三年にテレビ放送され超高視聴率でついこの間放送が終わり、さらに現地でたくさんの賞を受賞したそうです。スペイン版ですから、当然、中南米でも売れていて、最新ニュースだとアメリカのAmazon Prime Videoでもスペイン版「Mother」が配信されています。

宮田　海外では、ドラマをリメイクする文化がありますよね。

明比　世界中で作品が足りないんですよね。オリジナルの大作を作ることももちろん目指されますが、リメイクはオリジナルストーリーが素晴らしいため企画が通りやすいという裏事情もあるみたいです。

◎他者への尊重が常にある坂元作品

次屋　「Woman」のレギュラーメンバーの中で一番最後に決まったキャストが小栗旬《おぐりしゅん》さんだったんです。当初、我々はものすごく熱烈にオファーしていて、小栗さんもやりたいと言ってくれてたんだけど、他の撮影の関係でどうしてもスケジュールが合わなかった。それでも待っていたら、運良くもう一方の撮影スケジュールが変わったんです。それを聞いたとき、満島さんが悲鳴をあげて喜んだんですよ。

――小栗さんへのオファー用に、坂元さんが書いた「信の物語」というものがありますよね。

次屋　僕らの中で「お手紙」と呼んでいるものですね。これを俳優さんにお見せすると、読んで考えて、返事をくださるんですよ。

水田　信さんが小春に宛てた手紙の回――信さんの生い立ちや母親について費やした第7話は僕が演出した担当回だったんだけど、小栗さんの気合の入り方がすごくて。

次屋　すごかったですね。

水田　それと、僕は撮ってない回なんだけど、第5話のラストシーンもとてもよく覚えています。時々、若い俳優たちに「できれば人間が持っている美徳を演じられる俳優になってほしい。そのためには常に美しく生きていなきゃダメだよ」と話すんですが、「美徳とはなんですか」って質問を受けたことがあって。その時に伝えたのがこのシーン。ここで、初めて小春が医者に対して命乞いをするんです。実は処方された薬は捨ててしまって飲んでいない、今では歯を磨いただけで血が出る、でもまだ子供たちは小さいからなんとか大きくなるまで生きたい、助けてくれ、って言うシーンなんだけど。その命乞いのセリフの合間に小春が、「時間外ですよね。ごめんなさい。お帰りになろうとしてたのに。すいません」って言うんですよね。今喋っててもグッとくるんだけど、これにやられちゃって。坂元さんのセリフのすごさって、世間では比喩の部分を取り上げることも多いけど、そうじゃなくて他者に対するリスペクト、尊重があることだと僕は思うんですよね。自分以外の人間に対する尊重が登場人物たちに常にある。坂元さんの伝えたいことには、内容だけじゃなくて、人間関係や、人が人を思う気持ちというのが込められている。この話をしたら、若い俳優たちもみんな深く頷いて、そうか、それが美徳かって。

坂元　第5話って監督の回じゃなかったんでしたっけ。

水田　そうなんですよ。うちにある台本を読んで、いつも泣くんだけど。

坂元　小春と澤村のお芝居が本当に素敵で。

水田　そうそうそう本当にいい。次屋さんは覚えてない？

次屋　いやいや。第5話担当の相沢淳《あいざわじゅん》監督が、とにかくこのシーンに命かけてたことをよく覚えてますよ。

水田　やっぱりそうだよね。あと僕が覚えているのは、第9話の紗千のいる台所で小春が料理をしているシーンだな。

坂元　煮物をするところですよね、あやとりと。他にも、第6話の小春が倒れて紗千がおかゆを持ってきて「わたしたちは昔、娘と母だったけど、今は別々の、別々のところで生きてる、二人の母親だから」っていうところとか、とてもいいシーンばかりですよね。

水田　おかゆのシーンは中山さんがうまかったですよね、ガラスの反射で撮ってるシーン。あと第1話で、まだ小さい頃の望海が出てくるシーン。本物のシーツではないもう少し薄い布をふくらませて、そこに間接照明をあてて、シーツの中に入っている気分になる画《え》を撮った。坂元さんは、いつも「これはどう撮ればいいの？」という脚本を書いてくださるんで、とても闘争心がわくんです、燃えるというか（笑）。

一同　（笑）

◎書くときに考えていること

水田　「どう撮るか」は撮影側の問題ですけど、坂元さんの中では、書いてるときに映像が浮かんでるんですか？

坂元　映像は最初に浮かべるけど、書きながら一旦忘れるみたいな感じですね。

水田　坂元さんの脚本の柱って、シチュエーションがきっちり限定されてることが多いですよね。

坂元　映像というより、キャラクターのお芝居ですね。人物の動く順番を頭に入れないと芝居は書けないから、段取りはイメージしてるんです。でもそれをどう撮るかまでは考えてないです。

水田　坂元さんは仕事場でセリフを口に出すじゃないですか。その時、動いてもみるんですか？

坂元　動きはしないですね。パソコンの前で喋るだけですね。映像というより、カメラで撮られたものじゃない現実を想像している感じです……この人がこうなるためにはどう動いて何を言わなきゃいけないか、というシミュレーションをひたすら繰り返してます。あと、その人がどこをどう向いてるかとか、手の位置はどこかとかは考えますね。

水田 僕は演出という職業上、役柄になりきって動いてみるんです、家でね。当然、誰もいないときを見計らって。セットの間尺は頭に入ってるし、ロケハンしているからロケーションもわかっているので、どれくらい距離感を保てるか、動いてみるんですよ。そうすると、時々妻が見てるんです。

一同 （笑）

水田 死ぬほど恥ずかしいです、特に女性役の動きをしている時は（笑）。役がどう動くかを考えて脚本を書かれるから、坂元さんはロケハンの写真とかセット図をものすごく早く欲しいっておっしゃるんですね。どういう体勢で向かい合えるかとか、この場所では二人はこういうふうにしか居られないとか、それが書く材料になってるわけですね。

坂元 そうですね。狭さとか、その場に三人いて、二人だけで話したい時はどうするのかとか。

――ドラマを制作するにあたって、どんなタイミングでロケ現場を決めたり設計図を用意したりされるんですか？

水田 セットの建て込みをするのに1ヶ月ちょっとかかるんですよ。だから、外観シーンのロケ地を決めて、その外観とマッチするような中身をセットで作ったり――外観を含めてセットで作ることもあるんですけれども、そんなことをクランクインの3ヶ月前くらいに動き始めて、2ヶ月前くらいに坂元さんに脚本をねだって、そこからまた具体的に落とし込んでいくという感じですね。

次屋 脚本ができる前のプロットの段階で、監督はどこを舞台にするか考えるんですよね。

水田 「Woman」の場合は都電がキーワードだったので、そこを軸に考えました。都電もいろいろ幅があるけれども、例の鬼子母神の石畳に惹かれて。さらにその先の絶好の場所に緑色の壁のお家があって、お願いしたら貸してくださるということになったので、ここを紗千の住む仕立て屋さんに、となっていったんです。ロケ現場のことを坂元さんに報告すると、「そこなら夏祭りができるんじゃないか」とか、「雨が降ってもこの家の前でいろんなことができるね」と着想していただけたんじゃないかな。あとはもう坂元さんがお書きになったものを撮る。脚本については、撮影場所を限定しないでいろんなところに行ってくださっていいからとお伝えして、我々はあとは調整してパッチワークのように繋いでいくんです。そういえば、今年も暑いけど、「Woman」の夏も暑かったですね。

次屋　鬼子母神がまた暑かったですね。

水田　スタジオも暑い。セットだと三方だけ作って一方は開いていることが多いんですけど、我々の作るセットって全部閉じてるんですよね。四方の壁を全部作って、天井も閉じてる。だからライティングすると、セットの中がすごく暑いんです。もちろん空気抜きの穴開けたりとかいろいろな工夫はするんだけども、当然、本番は閉めるからすごく暑くなってしまう。でもその代わり、映っちゃいけないところもないように作っています。昔のテレビドラマって、カメラサイドが開いていて、まるで演劇の舞台のように客席＝カメラサイドを意識してお芝居するような、とても不自然なことをやっていたんですよ。でもロケだと、すべて本物で360度空間があるじゃないですか。だから、セットに入った途端にどこか一方を意識してお芝居しなければいけないというのはナンセンスだし。それがコントだったなら逆にいいんですけど。ドラマや映画に関しては、どう演じていただいても僕たちは大丈夫ですよ、という空間を作っておかないといけないと思っています。

◎ドラマという生き物

次屋　そういえば、「Woman」の時は坂元さんは一度も現場に来なかったんでしたっけ。

坂元　書き終わってからスタジオには一回行きましたけど、俳優さんには会ってないですね。

次屋　現場にはいらっしゃらない主義ですよね。他の作品でも、例えば撮影の最中に脚本の打ち合わせでスタジオ内の会議室に来ていただく時でも、俳優さんには会わないようにそーっと帰っていかれますよね。

坂元　現場に行ってもすることないですし、邪魔なだけなので行かないようにしてるんですよ。

水田　口を出したくなることはないですか？

坂元　いや、それはないですよ。もしもあったら、次屋さんにこそこそって言いますよ（笑）。

一同　（笑）

明比　映像はいつご覧になるんですか？　編集が終わったDVDをオンエア前に、あるいはオンエアでご覧になるんですか？

坂元　DVDでもらってますね。

次屋　編集が終わったものをお送りしてます。編集に取りかかったら監督のものなので、編集途中のものはお見せしないです。もちろん、編集途中で相談があったら訊きますよ。その際も、映像を見せながらというのはないです。その辺の駆け引きがあるんです。
水田　駆け引きって、そんな重大なこと？
次屋　ありますよ！　監督に対して「え、ここカットしちゃったんですか⁉　これ、坂元さん絶対怒るんじゃないかな」って思うことだってあるんですけど、音楽なども入れて最終的にどんな編集になったのかを見届けてからじゃないと。編集途中で「このシーンのこの部分、カットしてるんですけど」って坂元さんに伝えることはできないです。
坂元　でも、シーンカットとかセリフカットで文句は言ってないと思いますよ。実際、不満はないですし。「あー、ここ、切ったんだ」と内心悲しんだりしてますけど。
次屋　そうですね。坂元さんは「わかりました」っておっしゃいますね。
水田　でも、その「わかりました」とか「切ったんだ」にいろんなニュアンスが……（笑）。
次屋　「これはまずいかもしれない」と思った時は、監督が自分で報告してたらしいですね。
坂元　僕にはもっと情熱を持って怒ってることがいっぱいあるから。そんな、セリフを切ったくらいでは……（笑）。
一同　（笑）
――脚本を書いている最中、送られてきたＤＶＤは何度もご覧になるんですか？
坂元　「Mother」「Woman」の頃はよく見てました。最近は書くのに必死で、見るのはなかなか追いつかないです。「Woman」の頃も書くのは決して速くはなかったんですけど、今思えば、見る余裕もあったなと。
次屋　ありましたね。今と比べると。
坂元　人間、十年経つとボロボロになりますね。
水田　脚本作りは、僕は「Mother」より「Woman」の方が順調だったような気がするんだけど。
坂元　順調じゃなかったですよ（笑）。いろいろありました。
次屋　そうですね、いろいろありましたけど……。でも、坂元さんは書き始めると速いということを僕がわかったのが「Woman」でした。例えば第2話が書き終わって、これから第3話を書きますって言ったあと、実際に書き始めるまでは長くかかって、「まだ一ページも書いてないですよ」と言われて「えー、間に合うかな」と焦るんですけど、「書き始めました」とおっしゃってからは本当に二日ぐらいで一話分書いてしまう。走り始めたら速いんですよね。
明比　日本のドラマは〝撮って出し〟の場合、途中でお話を変えることができていいっていう人も多いんですけど、坂元さんは途中で予定していた物語を変えることはあるんですか？

坂元 変わります。

次屋 途中で変わりますよね、ドラマって生き物ですから。それがいいところでもあり、悪いところでもあるんでしょうけれど。原作ものは物語の終わり方が決まってるじゃないですか。だから自分の役が最後どうなるかわかる原作ものの方が好きっていう俳優さんも結構いらっしゃるんですよ。それが坂元作品の場合は、ほぼ最後がどうなるかはわからないんです。でも、坂元さんの作品に出演される俳優さんの中に、最後はどうなるか教えてほしいっていうような方はいないですね。

（二〇二三年七月二七日）

10年前の夏を振り返って――あとがきに代えて、著者インタビュー

――「Woman」は、最初は主人公のシングルマザー・青柳小春が亡くなるまでを描こうとされていたそうですね。

そうですね。当初は小春の死を描くつもりで書いていて、死んでもなお、その人の生きた証が残る物語を作りたいという思いで始めたんです。物語の中で主人公が死を迎えたとしても、周囲がそれを悲劇とは捉えない物語を、と書き始めたんですが……ちょっとそこまで到達できなくて。それで小春が死ぬというプランはやめたんです。その書けなかったことは自分の中で今もずっと大きく残っているんですけどね。書いていて、そこに行けなかったというか、脚本家としても人間としても力不足でした。

――すでに何話か脚本を書いている途中の方針変更だったんですか？

そう、後半に向けて書いている途中だったので、第5話か第6話くらいだったと思いますが、その頃に、小春が死んでしまうプランはやめようと決めて、プロデューサーの次屋さんに話した記憶がありますね。

――小春が生きる物語にしよう、と。

生きていくというより、単純に死なないというお話に。小春の死を僕自身が受け止められなかったということですね。それは、小春を演じた満島ひかりさんも思っていらしたんじゃないかな。満島さんの中に「子供を置いて死ねない」という考えがとても強くあったと聞いたことがあります。まあ、僕が到達できなかったんです。

でも、最終話のラストシーンは、撮影の中山さんは、小春は死んだという解釈で、小春がもういない世界で

彼女が出てくる幻想というか夢みたいなつもりでこのシーンを撮っていたらしいんです。聞いて、「いやいや、そんなことないよ」って思いましたけども。満島さんが結婚指輪をしてなかったのもあって、放送を見て「指輪もしてないから、やっぱり小春は死んだんじゃないか」と思った人が結構いたみたいですね。もちろん小春は死んでない、生きてます。ラストシーンで夢オチみたいなことはさすがに書きません（笑）。

――第9話の脚本には、「わたしが死んだら、子供たちをお願い」と小春が紗千に言うセリフがありますが、該当シーンの現場ではそのセリフは撮影されなかったというエピソードがありますよね。

満島さん自身、母親として子供たちを残しては死ねない、だからたとえ仮定だったとしても「わたしが死んだら、子供たちをお願い」ということは言えないんだって現場でおっしゃっていたみたいですね。直接聞いたのは水田監督なので、僕も詳しくは知らないんですけれど。

――このエピソードを伺って、ドラマというのは脚本・演出・俳優・裏方などの様々な方々がみんなで一緒に作り上げていくものなんだ、と改めて感じました。

うん、そうですね。あと、他に覚えているのは、キャストが結構多かったんですけれど、それをなかなかうまく活かせなくて苦労したことですね。

二階堂《にかいどう》ふみさんが演じていた栞という役については、見ている人からすると悪役的――信さんが死んだ原因になる人物だったので、それをどう描くのかがすごく難しくて大変でしたね。ただの悪役として終わるのは嫌だったし。トルコ版「Woman」で栞の役を演じられた女優さんにお会いした時、トルコでは視聴者からかなり反感を抱かれてしまって苦労した、とおっしゃっていたんです。日本では、栞がただただ批判を受けたという記憶はないんですけれど。でも、ちょっと難しかったし、反省してました。

第10話で、栞が、信の背中を駅のホームで押した男を見つける場面があるんです。自分の頭の中ではうまく書けたつもりだったんですけど、実際に映像が上がったらあまり良くなくて……。自分の頭の中では泣きながら書いてて、書けたつもりが全然表現できてなかったですね。三浦誠己《みうらまさき》さん演じる信を押した男を栞が偶然見つけて、必死に追いかけて、なんとかつかまえて、二人でちょっと喋るんだけど、逃げられてしまう。

栞の絶望を描くこのシーンがもう少しうまく書けていれば、もっと栞という人を描けたのかな、と思うんです。本来は一話分丸ごとかけて描いてもいいぐらいの場面でしたし、その課題はその後もずっと自分の中にありました。

――そうだったんですね。栞という役柄も、様々な葛藤がありとても苦しんでいて、一概に悪とは言えないような人物でした。彼女の罪を知った時、健太郎と紗千がそれぞれにかける言葉からは、栞、そして信と小春のことを心から思う気持ちと、栞と一緒に苦しんでいこうという決意を感じましたし、簡単には答えが出ない、だからこそ、ずっと考えていこう、という投げ出さない真剣さに、心を打たれました。

「Mother」では「Father の不在」が一つのテーマだったとおっしゃっていましたが、「Woman」では、最終話で「母性なんて男が逃げるために作った言葉だった。子供への愛情は父性と母性で分けるものじゃなかった。僕たちは手分けするんじゃなくて、手を取り合うべきだった」というセリフがあって、「Mother」のさらに先へ進んでいるんだ、と感銘を受けました。

「Mother」の時、プロデューサーの次屋さんがずっと「テーマは母性です」って言っていて、「何を言ってるんだろう?」とずっと思っていて……(笑)。その言葉への疑問みたいなものが「Woman」には引き継がれたのかもしれないですね。第1話で、小春が紗千に対して「男の人は母性って言うけど、そんなの無理。だって母性、そんなの本当に欲しがってるのは女の方だもん。母親の愛情が欲しくて欲しくてたまらないのは女の方だもん」って言ってますけど、僕自身も色々葛藤していたようですね。

小春と紗千のシーンでいうと、第6話のラストの方で、倒れた小春に紗千がおかゆを作って持っていくシーン。「ずっとこうなんでしょうね(中略)わたしも母親になりました。だからもう母親はいらないんですね。あなたもそうなんだと思います。あなたには別の娘がいて、その子の母親なんですね(中略)わたしたちは昔、娘と母だったけど、今は別々の、別々のところで生きてる、二人の母親だから。もうお互いを、一番に思うことはないんですもんね。」ここはとても好きなシーンでした。悲しい場面だけど、どこか人が生きる糧みたいな感じがあって、こういうことが書きたかったんだろうなって思います。

――脚本を丁寧に見ていくと、放送ではカットされたシーンやセリフがたくさんあって、様々な発見がありました。「Woman」は二〇一三年七月期のドラマで、今回、十年の時を経て、シナリオブックとして刊行させていただけて、とても嬉しいです。

「Woman」はほとんど記憶がないんです。十年前というのもあるけど、ただただ集中してたんですよね。同時期に家族が病気したりして、病院の待合室で書いたりしてたから、自分と物語がすごくシンクロしてました。夏の日差しの下、病院に通ってる自分の記憶だけは鮮明で……まあ、キャストとスタッフの気迫がすごくて、引っ張られながらなんとか書き上げたんでしょうね。もうあんなに集中して書けることはないだろうから、いつかゆっくり観直してみたいですね。頑張ってたんだな自分、って思えるのかもしれません（笑）。

（二〇二三年七月二七日）

番組制作主要スタッフ

脚本　坂元裕二
演出　水田伸生／相沢淳
プロデューサー　次屋尚／千葉行利／大塚英治
音楽　三宅一徳
製作著作　日本テレビ
出版プロデューサー　小塩真奈／齋藤里子（日本テレビ）

JASRAC　出2305365-301

本書は、日本テレビ系列にて放送された「Woman」全11話（二〇一三年七月三日〜九月一一日）のシナリオブックです。

初出

「Woman」第1話〜第11話　本書初出
履歴書　『脚本家・坂元裕二』（二〇一八年、ギャンビット）
巻末座談会　録り下ろし
あとがきに代えて　録り下ろし

坂元裕二
（さかもと・ゆうじ）

1967年、大阪府出身。脚本家。1987年第1回フジテレビヤングシナリオ大賞を19歳で受賞しデビュー。以降、数多くのテレビドラマを手掛け、「わたしたちの教科書」（フジテレビ）で第26回向田邦子賞、「Mother」（日本テレビ）で第19回橋田賞、「Woman」（日本テレビ）で日本民間放送連盟賞最優秀、「それでも、生きてゆく」（フジテレビ）で芸術選奨新人賞、「最高の離婚」（フジテレビ）で日本民間放送連盟賞最優秀、「カルテット」（TBS）で芸術選奨文部科学大臣賞など受賞も多数。映画「怪物」（監督・是枝裕和）の脚本で、第76回カンヌ国際映画祭脚本賞を受賞。そのほかの主な作品に、ドラマ「いつかこの恋を思い出してきっと泣いてしまう」（フジテレビ）、「anone」「初恋の悪魔」（以上、日本テレビ）、「大豆田とわ子と三人の元夫」（カンテレ）、映画「花束みたいな恋をした」（監督・土井裕泰）、朗読劇「不帰の初恋、海老名SA」「カラシニコフ不倫海峡」「忘れえぬ忘れえぬ」、舞台「またここか」など。

Woman

2023年9月20日　初版印刷
2023年9月30日　初版発行

著者　坂元裕二
発行者　小野寺優
発行所　株式会社河出書房新社
〒151-0051
東京都渋谷区千駄ヶ谷2-32-2
電話　03-3404-1201［営業］
03-3404-8611［編集］
https://www.kawade.co.jp/
組版　株式会社キャップス
印刷　株式会社暁印刷
製本　株式会社暁印刷

Printed in Japan
ISBN978-4-309-03136-1

Woman